Hannah Hope
Die Insel der Pelikane

AF178702

TINTE
&
FEDER

Das Buch

Als Lisa von einer Insel vor Kaliforniens Küste hört, auf der sich vom Aussterben bedrohte Pelikane auf unerklärliche Weise wieder vermehren, will die junge Biologin dem unbedingt auf den Grund gehen. Doch ihre Leidenschaft für die Erforschung der Pelikane stößt vor Ort auf Widerstand, denn der Leuchtturmwärter, der zurückgezogen auf Lobos Island lebt, ist alles andere als hilfsbereit. Finns einziger Lebensinhalt scheinen die gefährdeten Vögel zu sein und die Insel umgibt ein dunkles Geheimnis.

Davon lässt Lisa sich jedoch nicht abschrecken. Je tiefer sie in Finns Welt eintaucht, desto näher fühlt sie sich dem sensiblen Einzelgänger. Zu spät erkennt sie, in welcher Gefahr sie beide schweben: Lisa ist nicht die Einzige, die den Pelikanen auf der Spur ist.

Die Autorin

Hannah Hope ist das Pseudonym einer Deutschamerikanerin, die ihre deutsche Heimat genauso liebt wie die Westküste der USA. Unter dem Pseudonym Hannah Hope schreibt sie spannende Liebesromane, als Mimi J. Poppersen humorvolle Belletristik. Bislang hat die Journalistin und promovierte Betriebswirtin 30 Romane veröffentlicht. Der Auftakt ihrer Mallorca-Reihe »Das kleine Hotel am Meer« war ein #1-Kindle-Bestseller.

Hannah Hope

Die Insel der Pelikane

Geheimnisse der Brandung

ROMAN

Deutsche Erstveröffentlichung bei
Tinte & Feder, Amazon Media EU S.à r.l.
38, avenue John F. Kennedy, L-1855 Luxembourg
Dezember 2023
Copyright © der deutschsprachigen Ausgabe 2023
By Hannah Hope

Umschlaggestaltung: bürosüd⁰ München, www.buerosued.de
Umschlagmotiv: © Vibrant Image Studio © Vlad Teodor
© Phitha Tanpairoj © DianaFinch © Westend61 on Offset
© Khabarushka / Shutterstock
1. Lektorat: Marketa Görgen
2. Lektorat: Bernadette Lindebacher
Korrektorat: Manuela Tiller / DRSVS
Gedruckt durch:
Amazon Distribution GmbH, Amazonstraße 1, 04347 Leipzig /
Canon Deutschland Business Services GmbH, Ferdinand-Jühlke-Straße 7,
99095 Erfurt /
CPI books GmbH, Birkstraße 10, 25917 Leck

ISBN 978-2-49671-460-9
e-ISBN 978-2-49671-461-6

www.tinte-feder.de

Prolog

In dem beschaulichen Küstenstädtchen Carmel kannte jeder die tragische Geschichte des Leuchtturmwärters und seiner Familie, doch niemand sprach sie laut aus.

Die Einwohner waren stolz auf ihren Leuchtturm, der auf einer Insel direkt vor der kalifornischen Küste thronte, als wollte er die Stadt behüten. In der Tat beschützte er seit fast zweihundert Jahren die Seefahrer vor dem gefährlichen Küstengebiet von Big Sur, in dem zerklüftete Felsen und tückische Strömungen schon so manches Schiff zum Kentern gebracht hatten.

Der Leuchtturm gab dem Ort etwas Romantisches, aber auch Mystisches, wenn der häufig auftretende Küstennebel ihn umspielte. Dem Nebel verdankte er seine immense Höhe, die ihn zu einem unübersehbaren Markenzeichen der Gegend machte. Schon von Weitem konnte man den Leuchtturm sehen, wenn man den berühmten Küsten-Highway One entlangfuhr. Mittlerweile war er einer der letzten Leuchttürme in Kalifornien, der noch in Betrieb war.

Obwohl das Bauwerk inzwischen mehr Zierde war, als es Nutzen hatte, weigerte sich die Gemeinde von Carmel, den Betrieb gänzlich einzustellen, auch wenn ihr Leuchtturm nicht nur Gutes gebracht hatte. Ganz im Gegenteil.

Fast zwanzig Jahre war es her, dass die traurigen Ereignisse die malerische Kleinstadt erschüttert hatten, und doch fühlte es sich an, als wäre es gestern gewesen – vermutlich, weil sie den Leuchtturm jeden Tag vor Augen hatten und ständig an die Geschehnisse erinnert wurden.

Alle hatten damals gewusst, was vor sich ging, doch niemand hatte es verhindert.

Daran hatte sich bis zum heutigen Tag nichts geändert.

KAPITEL 1

LISA

»Wir werden Sie vermissen, Frau Willis«, vernahm Lisa hinter sich die Stimme von Leonie, einer Abiturientin, die von der ersten Minute an Feuer und Flamme für das Projekt gewesen war. Sie hörte, dass ihre Stimme ein wenig zitterte. Das Mädchen war vermutlich ähnlich traurig wie sie selbst.

Als man Lisa fragte, ob sie bei dem Projekt zur Umsiedelung der Halsbandsittiche in Heidelberg mitarbeiten wolle, hatte sie sofort zugesagt. Es war ihre Idee gewesen, die Gymnasiasten mit ins Boot zu holen. Schließlich hatten sich die Papageien in der Außenwand des Gymnasiums eingenistet, wo sie meterlange Gänge in die Styroporverkleidung des Gebäudes gebaut hatten. Gerade die Schüler des Leistungskurses Biologie überschlugen sich mit Ideen für das Projekt. Ein öffentlicher Park in der Nähe des Schulgeländes wurde schließlich das neue Zuhause der bauwütigen Vögel.

Als Lisa sich umdrehte, war sie überrascht, dass einige Schüler hinter ihr standen, die sie gar nicht hatte kommen hören. Leonie kam auf sie zu und streckte ihr einen Blumenstrauß entgegen, den sie gerührt annahm. Daran befestigt war eine Karte mit Unterschriften von Schülern, die an dem Projekt mitgearbeitet hatten. Lisa versuchte, stark zu bleiben, konnte aber bei den handgeschriebenen Erinnerungen die Tränen nicht mehr zurückhalten.

Eine Weile umarmte sie Leonie, während die anderen Schüler etwas betreten zu Boden blickten. Sie schienen nicht recht zu wissen, was sie sagen oder tun sollten.

»Schluss mit der Trauermiene«, entschied Lisa nach einer Weile und lächelte in die Runde. Schließlich konnte sie als Projektleiterin und Älteste des Teams nicht heulen wie ein Schlosshund. »Ihr macht mir den Abschied aber auch wirklich schwer«, fügte sie kurz darauf an, als die Gymnasiasten ihr einen blauen Papagei als Stofftier überreichten.

»So haben Sie Azzurro immer bei sich«, bemerkte Leonie, deren Idee dieses Abschiedsgeschenk sicherlich gewesen war.

Als hätte der Papagei gehört, dass gerade von ihm die Rede war, kam er in dem Moment angeflogen. Die außergewöhnliche Mutation des Halsbandsittichs, dem der gelbe Farbstoff fehlte, wodurch ihn statt des leuchtenden Grüns ein hübscher Blauton zierte, war Lisa besonders ans Herz gewachsen. Nur wenigen Vögeln hatte sie Namen gegeben, dieses Männchen jedoch originellerweise Azzurro genannt. Als Lisa ihre Hand ausstreckte, zögerte er keine Sekunde und machte es sich darauf bequem.

Während sie vorsichtig über sein Gefieder strich, traten ihr erneut Tränen in die Augen. »Ihr wart das beste Team, mit dem ich jemals zusammengearbeitet habe!«, lobte Lisa die Umstehenden, ohne übertreiben zu müssen. Zu gern hätte sie mit den Jugendlichen weitergearbeitet, aber wie es in der Wissenschaft oft war: Das Geld für dieses Projekt war nach zwei Jahren erschöpft.

Nachdem sich alle Schüler ihres Teams persönlich von ihr verabschiedet hatten, schwang sich Lisa auf ihr Fahrrad und machte sich auf den Weg zur Uni. Dort stand ihr ein unliebsames Gespräch mit Professor Meinhard bevor, dessen Inhalt sie bereits ahnte. Sie war nun ohne Arbeit und das Budget ihrer Fakultät so gut wie erschöpft.

Auf ein positives Gespräch brauchte sie sich also gar nicht einzustellen …

KAPITEL 2

FINNLEY

Gemeinsam mit seinem Großvater erklomm er die unendlich lang wirkende Wendeltreppe zu dem kleinen Raum, der in fünfundfünfzig Metern Höhe lag. Von hier aus steuerte sein Grandpa das Leuchtfeuer. Wenn der achtjährige Finnley hier oben stand, war er begeistert von dem Ausblick. Fast fühlte er sich wie eine Möwe, die über dem ungestümen Pazifik schwebte, um nach Futter Ausschau zu halten.

Doch dieses Mal war es nicht nur die Aussicht, die ihn faszinierte, sondern der riesige Vogel, der seelenruhig auf dem Außengeländer des Leuchtturms saß. Majestätisch ließ er den Blick über den Ozean schweifen. Das Tier wirkte auf ihn, als wäre es schon zu Urzeiten hier gewesen. Es hatte Ähnlichkeit mit den fliegenden Dinosauriern, die er immer in einem Buch bestaunte.

»Was ist das für ein Vogel, Opa?«

»Das ist ein brauner Pelikan, mein Junge.« Sein Opa gab ihm ein Zeichen, sich nicht zu rühren. Doch Finn hatte bereits automatisch in seiner Bewegung innegehalten, da er den außergewöhnlichen Vogel ein wenig beobachten und nicht verscheuchen wollte.

»Der ist ja riesig«, flüsterte Finn, ohne den Blick von dem Tier abzuwenden.

»Und er ist etwas ganz Besonderes. Der Bestand der Pelikane hat sich stark verringert. Vor ein paar Jahren waren sie sogar vom Aussterben bedroht.«

»Was bedeutet das?«

»Dass die Gefahr besteht, dass es diesen Vogel hier bald nicht mehr gibt.«

Die Worte trafen Finnley zutiefst. Es konnte doch nicht sein, dass es solch prachtvolle Tiere bald nicht mehr geben sollte!

»Früher war der braune Pelikan hier an der Küste zahlreich vertreten, doch dann begannen die Fischer, ihn aus dem Weg zu schaffen.«

»Warum denn das?«

»Wie so oft, geht es nur um Geld, mein Kind. Die Fischer hatten Angst, die Vögel würden ihnen den Fang vor der Nase wegschnappen – im wahrsten Sinne des Wortes. So ein Pelikan ernährt sich fast ausschließlich von Fischen. Mit seinem großen Schnabel kann er innerhalb kürzester Zeit unheimlich viel Beute erfassen. Er benutzt den Schnabel wie eine Schöpfkelle.«

Fasziniert beobachtete Finnley, wie sich der riesige Vogel in dem Moment streckte. Erst jetzt entdeckte er den überdimensionalen Hautsack unter seinem Schnabel. »Wow!«, entwich es ihm beeindruckt.

»Der Pelikan schöpft die Fische aus dem Meer. Während er dicht über das Gewässer fliegt, öffnet er den Schnabel und nimmt darin Wasser und Nahrung auf. Das Meerwasser lässt er, ähnlich wie ein Walfisch, anschließend wieder abfließen und schon hat er seine Beute.«

»Und die Fischer haben ihn getötet, weil er damit so viele Fische fängt?«

»Ja, leider. Obwohl es mittlerweile verboten ist, tun das manche immer noch. Doch sie müssen die Pelikane nicht einmal töten, um ihnen gefährlich zu werden. Wenn sie den Vögeln die Fische als Lebensgrundlage nehmen, ist das schlimm genug. In diesen Gewässern herrscht eine starke Überfischung, was bedeutet, dass mehr Fische gefangen werden, als sich fortpflanzen können.«

Kurz schwiegen die beiden und betrachteten den imposanten Pelikan, der seinen Kopf nun zur Seite gewandt hatte und sie ebenfalls zu beobachten schien. Zumindest hatte Finnley das Gefühl, als würde er ihn mit seinen hellgrünen Augen direkt anblicken.

»Nicht nur die Fischer sind der Feind der Pelikane«, redete sein Opa weiter. »Es gibt auch ein Pestizid gegen Insekten, das dafür gesorgt hat, dass die Eierschalen dieser Vögel dünn und brüchig wurden, weshalb es kaum noch Nachkommen gab.«

Finnley nickte, als hätte er verstanden, was sein Opa gerade gesagt hatte, doch er wusste nicht, was ein Pestizid war. Er traute sich nicht, nachzufragen, da sein Vater immer äußerst ungehalten wurde, wenn er »blöde Fragen« stellte. Daher hatte er sich das Fragestellen schon lange abgewöhnt, auch wenn sein Opa um einiges geduldiger war als sein Vater.

»Ein Pestizid tötet Insekten, die die Ernte bedrohen«, erklärte sein Grandpa, als hätte er seine Frage gehört. »Es ist unglaublich schade um diese wunderschönen Tiere.«

Als wollte der Pelikan sie noch mehr beeindrucken, zeigte er die volle Spannweite seiner Flügel. Mit einem flatternden Geräusch öffnete er diese, wodurch er noch größer wirkte. Dann wandte er seinen Blick Richtung Ozean und ließ sich einfach fallen. Tatsächlich sah es so aus, als würde er vom Geländer stürzen, worauf Finn erschrocken den Atem anhielt.

Augenblicklich stürmte Finn nach draußen, um nach dem Pelikan Ausschau zu halten, den er kurz darauf majestätisch weggleiten sah. Glücklich umarmte er seinen Opa. Diesen Moment würde er niemals vergessen!

KAPITEL 3

LISA

Als Lisa in dem kleinen Wartezimmer vor dem Büro ihres Vorgesetzten ankam, fühlte sie sich niedergeschlagen. Sie konnte sich gar nicht erklären, warum sie so betrübt war. Schließlich hatte sie seit Wochen, wenn nicht Monaten gewusst, dass dieser Tag kommen würde.

Sie ärgerte sich über sich selbst, denn obwohl ihr die Abiturienten einen so herzlichen Abschied bereitet und sie gemeinsam ein äußerst erfolgreiches Projekt beendet hatten, war sie etwas deprimiert.

Schwermütig blickte sie auf die massive Wanduhr, die über der Tür angebracht war, und fragte sich, warum sie überhaupt pünktlich zu dem Termin erschienen war. Sie wusste ja, dass Professor Meinhard die Studenten gern warten ließ. Lisa war sogar ein paar Minuten zu früh dran gewesen, was bedeutete, dass sie sicherlich eine halbe Stunde hier ausharren musste. Lisa mochte ihren Vorgesetzten und er war auf seinem Gebiet, der Ornithologie, einer der Besten, von dem sie unendlich viel gelernt hatte. Schon als Kind wollte Lisa Ornithologin, also Vogelkundlerin werden und hatte diese Entscheidung nie bereut. Doch die unsicheren Arbeitsbedingungen an der Universität und der Kampf um die wenigen, stets befristeten Stellen zehrten an ihren Nerven.

Lisas Blick fiel auf die Biologie-Zeitschriften, die auf einem kleinen Tisch auslagen. Die meisten davon waren älteren Datums, da ihr Vorgesetzter gern Fachblätter zeigte, in denen von ihm verfasste Artikel veröffentlicht waren.

Gelangweilt schaute Lisa den Stapel der Fachzeitschriften durch, wobei ihr eine neuere Ausgabe ins Auge fiel. Auf dem Titelblatt war ein imposanter Pelikan abgebildet. Eine Weile betrachtete sie das Foto des außergewöhnlichen Vogels, der sie ein wenig an ein Tier aus der Urzeit erinnerte. Irgendetwas an diesem Foto berührte sie.

Mit immer größerem Interesse las sie den dazugehörigen Artikel mit der Überschrift »Die Insel der Pelikane«, der von den braunen Pelikanen handelte, die im kalifornischen Küstengebiet Big Sur lebten.

»Das ist ja faszinierend«, flüsterte Lisa, während sie den Bericht las. Der wissenschaftliche Beitrag war so mitreißend verfasst, dass Lisa kaum schnell genug lesen konnte. In dem Artikel wurde von den braunen Pelikanen berichtet, die vor dreißig Jahren in dieser Gegend nahezu ausgestorben gewesen waren. Lediglich ein paar Exemplare seien noch übrig gewesen. Mittlerweile habe sich der Bestand in Kalifornien wieder etwas erholt, wobei vor allem auf einer Insel vor dem Küstengebiet von Big Sur die Population zugenommen habe. Aus unerklärlichen Gründen habe hier der Tierbestand überdurchschnittlich zugenommen. Abgebildet war das Foto einer Insel, auf der ein imposanter Leuchtturm thronte. Der Artikel schloss mit dem Satz: »Warum sich hier die Pelikane so wohlfühlen, kann vermutlich nur der Leuchtturmwärter erklären, der als einziger Mensch Zugang zur Insel der Pelikane hat. Ein Interview mit ihm war bedauerlicherweise nicht möglich.«

Während Lisa die Zeilen las, verspürte sie ein angenehmes Kribbeln auf der Haut, das bald ihren ganzen Körper erfasste. Sie kannte dieses Gefühl, das sie immer überkam, wenn sie etwas fesselte. Der Artikel löste eine Mischung aus wissenschaftlicher Neugier und der Anziehung von Unerforschtem bei ihr aus. Zwischen den Zeilen konnte sie etwas Geheimnisvolles herauslesen.

Die Insel zog sie in ihren Bann, wie sie so einsam, vom Nebel umschlossen, im Meer lag, als wollte sie das Geheimnis der Pelikane nicht preisgeben.

»Frau Willis?«, vernahm sie in dem Moment die tiefe Stimme ihres Vorgesetzten. Anscheinend hatte er sie nicht zum ersten Mal angesprochen.

»Ja, bitte!«, rief Lisa erschrocken aus, wobei sie die Zeitschrift zusammenklappte und an ihren Oberkörper drückte. Irgendetwas gab ihr das Gefühl, dass der Artikel eine tiefere Bedeutung für sie haben könnte.

»Möchten Sie etwas trinken?«, wollte Professor Meinhard kurz darauf von ihr wissen, was nur eine Floskel sein konnte. Wo sollte er in dem völlig chaotischen Büro etwas zu trinken auftreiben?

»Nein, vielen Dank«, antwortete sie und bildete sich ein, ihm die Erleichterung über diese Antwort anzusehen. Der Professor drehte sich um und hantierte an einer winzigen Kaffeemaschine herum, die hinter seinem Schreibtisch zwischen unzähligen Büchern stand.

Verstohlen blickte sich Lisa im Raum um. Ein paar Monate war sie nicht hier gewesen und hatte das Gefühl, dass das Arbeitszimmer in dieser Zeit noch unordentlicher geworden war. Die Regale waren so vollgestopft mit Büchern, die kreuz und quer lagen, dass Lisa die Befürchtung hatte, sie könnten jederzeit zusammenbrechen. An einer Wand hing eine Tafel, an der so viele Notizen befestigt waren, dass man nicht mehr darauf schreiben konnte. Doch Meinhards Schreibtisch toppte das noch. Im Gegensatz dazu wirkte der Rest des Raumes geradezu aufgeräumt.

Zwischen Büchern, Zeitschriften und Manuskripten befanden sich ausgestopfte Vögel sowie Skelette verschiedener Kleintiere und einige Kaffeetassen. Eine davon nahm sich Professor Meinhard nun, um etwas von der schwarzen Flüssigkeit, die die Kaffeemaschine ausgespuckt hatte, hineinzugießen.

Lisa war heilfroh, dass sie abgelehnt hatte, etwas zu trinken. Amüsiert stellte sie fest, dass sie ihren Chef kaum noch sehen konnte, als er auf dem Stuhl hinter dem Schreibtisch Platz nahm. Da er dies auch zu merken schien, hantierte er erst einmal an seinem Bürostuhl herum, um ihn höher zu stellen. Wie es aussah, hatte er schon länger kein Gespräch mehr in seinem Büro geführt.

Lisa mochte den älteren Herrn. In der Fakultät für Biowissenschaften war er eine wahre Koryphäe, wobei die meisten seiner Erfolge schon eine Weile zurücklagen.

»Ich gratuliere Ihnen noch einmal zum erfolgreichen Abschluss des Projekts der Umsiedlung der Halsbandsittiche«, begann er das Gespräch, das erfahrungsgemäß ein längerer Monolog werden konnte. »Wie Sie wissen, haben wir momentan nicht allzu viele Kapazitäten in unserer Fakultät verfügbar«, erklärte er, nachdem er verschiedene laufende wissenschaftliche Untersuchungen erläutert hatte. »Daher wollte ich Sie fragen, wie Sie sich Ihre Zukunft nun so vorstellen«, spielte er Lisa den Ball zu.

Warum hatte sie sich nicht besser auf dieses Gespräch vorbereitet? Sie wusste doch, wie es in ihrer Fakultät aussah. Sie hätte sich ein Forschungsgebiet aussuchen sollen, das sie ihm nun hätte vorschlagen können.

Just in dem Moment fiel ihr Blick auf die Zeitschrift, die sie noch immer in den Händen hielt. »Ich hätte Interesse an einem ganz aktuellen Forschungsbereich, über den ich schon einiges gelesen habe und der das Titelthema der neuesten Zeitschrift für Biowissenschaft ist«, plapperte sie munter drauflos, ohne lange darüber nachzudenken.

»Ach, das ist ja interessant. Ein Projekt in Heidelberg?«

»Nein, nicht ganz«, antwortete Lisa zögerlich. In dem Moment merkte sie, wie unrealistisch ihr Vorschlag war. »Es ist in Kalifornien!«

Fast hatte Lisa das Gefühl, als wollte Professor Meinhard den Kaffee, den er gerade aus der Tasse geschlürft hatte, wieder ausspucken. Allein sein Gesichtsausdruck sagte ihr, dass sie genauso gut ein Projekt auf dem Mond hätte vorschlagen können.

»Kalifornien?«, hakte er nach, wobei sich seine Stimme lauter als zuvor anhörte.

»Ja, sehen Sie mal!« Lisa reichte ihm die aufgeschlagene Zeitschrift. Fast befürchtete sie, dass er sie nicht einmal anschauen würde, doch Professor Meinhard schob seine Lesebrille zurecht und las den Artikel. Lisa war überrascht, dass er dies sogar äußerst ausführlich tat.

»Das hört sich wirklich interessant an«, bemerkte der Professor, als er nach einer Weile wieder aufblickte.

Augenblicklich schlug Lisas Herz schneller. Hatte er das wirklich gerade gesagt? Lisa war davon ausgegangen, dass er ihre Idee sofort abschmettern würde. Das konnte er nämlich ziemlich gut.

Das Schweigen, das hierauf zwischen ihnen entstand, machte sie beinahe wahnsinnig. In aller Seelenruhe betrachtete der Professor den Pelikan, der auf der Titelseite abgebildet war. Einen Augenblick lang hatte Lisa die Befürchtung, er würde sie veräppeln.

»Als Student war ich in Kalifornien. Ich war etwas weiter nördlich an der Universität von Santa Cruz, wo ich zwei Semester Meeresbiologie studiert habe. Meine Güte, ist das lange her …« Versonnen blickte er in die Ferne.

Lisa konnte förmlich sehen, wie ein Film vor seinem geistigen Auge ablief, in dem er es sich schätzungsweise in den Siebzigerjahren mit einem gebatikten T-Shirt und langen Haaren in Kalifornien gut gehen ließ.

Kurz darauf riss Meinhard einige Schubladen seines Schreibtisches auf, um etwas darin zu suchen.

»Das Genie beherrscht das Chaos!«, frohlockte er kurze Zeit später und streckte ihr eine verblichene Fotografie entgegen. Darauf abgebildet waren einige junge Leute, die vor einem gigantischen Walskelett posierten. Der Kleidung nach zu urteilen, musste die Aufnahme aus den Siebzigerjahren stammen. Lisa blickte zwischen ihm und dem Foto hin und her, in der Hoffnung, dass er nicht von ihr erwartete, ihn auf dem Bild zu erkennen.

»Ich bin der junge Mann ganz vorn mit dem blau-weiß gestreiften T-Shirt.«

Kurz musste Lisa ein Auflachen unterdrücken, denn ihr Chef sah genauso aus, wie sie es sich vorgestellt hatte. Er hatte lange Haare, trug ein Stirnband, Schlaghosen und besagtes gestreiftes T-Shirt. Mit diesem Outfit wäre er heute ein Hingucker bei jeder Siebzigerjahre-Fete.

»Da staunen Sie, was? Sah ich nicht fesch aus?«, meinte er mit einem Augenzwinkern und musste selbst lachen.

»Diese Station Ihres Lebenslaufs kannte ich noch gar nicht«, bemerkte Lisa, die nicht recht wusste, wie sie auf den emotionalen Beitrag ihres Vorgesetzten reagieren sollte. Andererseits war es ein gutes Zeichen, wenn er solch positive Erinnerungen mit Kalifornien verband.

Krampfhaft überlegte sie, wie sie daran anknüpfen konnte. »Was haben Sie damals dort erforscht?«, fragte sie höflich, um etwas Zeit zu gewinnen. Sie musste sich überlegen, wie sie ihn von ihrem Vorhaben überzeugen konnte. Sie brauchte einen Plan, über den sie sich selbst vor einer Minute noch nicht im Klaren gewesen war.

»Das Migrationsverhalten der Seelöwen vor der Küste Kaliforniens. Ich fand es damals äußerst spannend dort. Hätte ich hier in Heidelberg nicht meine Frau gehabt, die bereits schwanger war, wäre ich vermutlich dortgeblieben.«

Lisa war völlig erschüttert, wie persönlich Professor Meinhard auf einmal wurde. Zugegebenermaßen wusste sie nicht, was sie darauf sagen sollte. »Haben Sie es bereut?«, fragte sie dann, ohne lang darüber nachzudenken.

»Wissen Sie was? Das habe ich mich bis zum heutigen Tag nicht gefragt. Manche Dinge hinterfragt man einfach nicht.«

Plötzlich ärgerte sich Lisa. Es schien, als wäre sie nur zum Kaffeeklatsch hier, um über seine vergangene Zeit in Kalifornien zu sprechen. Doch eigentlich wollte sie endlich eine Antwort. »Was halten Sie also von meiner Idee?«

»Im Grunde finde ich sie fantastisch. Sie sind jung, ungebunden und ich würde Ihnen nichts mehr wünschen, als dass Sie nach Kalifornien reisen können«, begann er, wobei Lisa fand, dass sie mit zweiunddreißig nicht wirklich jung war, und ungebunden war sie auch nicht. Aber das würde sie ihm nicht unter die Nase reiben.

»Auch die Forschungsarbeit hört sich interessant an. Das könnten wir bestimmt irgendwo bei uns unterkriegen. Aber es liegt am Geld, liebe Frau Willis.«

»Und wenn ich auf eigene Faust forsche?«, platzte Lisa heraus und fragte sich gleich darauf, ob sie heute gar nicht mehr ihr Gehirn einschalten würde.

»Auf eigene Faust?«

»Na, vielleicht lege ich so etwas wie ein Sabbatjahr ein und Sie könnten ermöglichen, dass ich dort recherchieren kann, also Zugang zu einer Bibliothek oder einem Forschungsinstitut bekomme. Irgendetwas in der Richtung …«

»Wissen Sie, wie teuer das Leben in Kalifornien ist?«

Als Lisa hierauf nur mit den Schultern zuckte, schüttelte er den Kopf.

»Lassen Sie mich überlegen, wie wir das anstellen können. Vielleicht könnten Sie einen gewissen Forschungsetat bekommen, müssten aber die Flüge selbst zahlen.«

»Das wäre genial!«, rief Lisa aus und sprang vor Begeisterung auf. Sie hätte Professor Meinhard dafür umarmen können, dass er sie in dieser Angelegenheit unterstützen wollte. Offensichtlich hatte sie genau den richtigen Punkt bei ihm getroffen.

»Kommen Sie Ende der Woche noch mal bei mir vorbei, dann weiß ich mehr.«

»Prima. Bis dahin habe ich auch den Abschlussbericht zu den Halsbandsittichen fertiggestellt.«

»Dann Freitag um dieselbe Zeit.«

»Ist gebongt«, antwortete Lisa etwas salopp und streckte ihm die Hand entgegen, in die er einschlug. Ein wenig fühlte sie sich, als hätte sie einen Verbündeten. Doch es gab nicht nur Professor Meinhard, den sie von ihrem Vorhaben überzeugen musste. Es gab auch noch ihren Freund, mit dem sie gerade zusammengezogen war. Dieser hatte natürlich – wie sie selbst noch vor ein paar Minuten – von alledem keine Ahnung.

Das konnte ja was werden!

KAPITEL 4

FINNLEY

Eine Weile standen Finnley und sein Großvater noch am Geländer und blickten aufs Meer. Immer wenn Finn hier war, lernte er so viel über die Natur. Er hatte das Gefühl, sein Grandpa wusste alles. Egal, was er ihn fragte, Stanley hatte stets eine Antwort parat.

Er konnte ihm alles erklären, ganz im Gegensatz zu seinem Dad, bei dem Finnley immer den Eindruck hatte, jede Frage wäre ihm lästig. Fast kam es ihm so vor, als würde ihm seine pure Anwesenheit auf die Nerven fallen.

»Lass uns wieder zu deiner Ma gehen. Sie wartet bestimmt schon mit dem Essen auf uns«, entschied sein Opa nach einer Weile.

Als sie kurz darauf die steile Wendeltreppe hinabstiegen, fiel Finnley zum ersten Mal auf, dass mit seinem Opa etwas nicht stimmte. Der sonst so robuste Mann fing auf einmal an, schwer zu atmen. Er hielt sich krampfhaft am Geländer fest und beugte sich vornüber.

»Was ist denn, Opa?«, fragte Finn erschrocken.

»Alles gut, mein Junge. Mein Herz macht manchmal nicht mehr so mit, wie ich das möchte.«

»Bist du krank?«

»Nicht direkt, Kind. Nur alt.«

»Und dann bekommt man so was?«

»Ja, dann bekommt man so was«, antwortete Stanley und lächelte schon wieder, was Finn ein wenig beruhigte. Trotzdem sah er seinem Großvater an, dass etwas ganz und gar nicht stimmte. Er war blass, geradezu weiß im Gesicht. Bei seinen Händen, die sich ans Geländer krallten, traten die Fingergelenke hervor. Die Haut wirkte durchsichtig und schimmerte bläulich. Noch lange hatte Finnley dieses Bild vor Augen.

Nachdem Stanley eine Weile verschnauft hatte, machten sie sich ganz langsam an den weiteren Abstieg.

Als sie unten ankamen, betrat seine Mutter gerade den Leuchtturm, offenbar, um nach den beiden zu schauen. »Wo bleibt ihr denn?«, fragte sie und eilte sogleich besorgt auf Grandpa Stan zu, um ihn zu stützen.

»Mein Herz macht Sperenzchen, Margret«, erklärte Stanley und rang sich ein Lächeln ab.

»Dass ihr auch immer so aufregende Sachen machen müsst …«, schalt sie die beiden kopfschüttelnd.

»Das ist doch mein Job, den mache ich jeden Tag!«, verteidigte sich Opa Stan.

»Jetzt ruhst du dich aber erst mal aus«, entschied seine Ma schon versöhnlicher.

Hierauf gingen sie gemeinsam in das Haus, in dem sein Großvater lebte und das nur einige Schritte vom Leuchtturm entfernt stand. Finnley liebte das im viktorianischen Stil erbaute Häuschen. Ein wenig erinnerte ihn das weiße Holzhaus mit den roten Fensterläden und den vielen Holzverzierungen an ein Puppenhaus.

23

Doch noch mehr liebte er das Innere. Obwohl der Wind durch die alten Fenster pfiff, wirkte es urgemütlich. Im Erdgeschoss befand sich ein großes Wohnzimmer mit einer Essecke, von der aus man einen wunderbaren Blick auf den Leuchtturm und das Meer hatte. Daran schloss sich eine urige Küche an, in der seine Mutter die letzte Stunde hantiert hatte. Das von ihr zubereitete Abendessen hüllte das ganze Haus in einen köstlichen Duft. Augenblicklich lief Finn das Wasser im Mund zusammen. Wenn er sich nicht täuschte, gab es heute Lasagne, sein Lieblingsessen.

Im ersten Stockwerk befanden sich ein Schlafzimmer und ein weiterer Raum, den sein Opa als Büro nutzte. Außerdem gab es ein Badezimmer, das so alt sein musste wie der Leuchtturm selbst. Immer wieder war Finnley hingerissen von der frei stehenden antiken Badewanne mit den Löwentatzen. Die blauweißen Fliesen auf dem Boden und an den Wänden hatten eine ausgefallene Musterung, waren aber ganz krumm und schief und an vielen Stellen zerbrochen. Über dem geschwungenen Waschbecken befand sich ein Wandspiegel, dessen Glas so verblichen war, dass man sich darin kaum noch erkennen konnte. Trotzdem oder vielleicht gerade deshalb liebte Finnley dieses Badezimmer.

Am meisten mochte Finn allerdings den Dachboden, den er sich selbst hatte einrichten dürfen. Stundenlang konnte er auf dem Sessel vor dem runden Dachfenster sitzen und in die Natur schauen. Viele Tiere konnte er von hier aus beobachten. Er hatte Zeichnungen von ihnen angefertigt, die mit Reißzwecken an der Holzwand befestigt waren.

»Wasch dir die Hände, mein Schatz«, forderte seine Mutter ihn auf. Augenblicklich flitzte Finnley nach oben in die Dachstube, um dort noch schnell die Muschel abzulegen, die er zuvor am Strand gefunden hatte. Diese war zwar nicht besonders groß, schimmerte aber perlmuttfarben, wie er es noch nie gesehen hatte.

Mittlerweile konnte sich seine Muschelsammlung wirklich sehen lassen. Aber er sammelte nicht nur Muscheln, sondern auch Federn und ausgefallene Steine, wie etwa Jadesteine, die man am Strand finden konnte, wenn man die Geduld hatte, lang genug zu suchen.

Finnley war immer überglücklich, wenn er seinen Großvater in dessen Leuchtturm besuchte. Auch dieser Tag war wieder eine willkommene Ablenkung vom täglichen Trott der Kleinstadt, in der sie lebten.

Lange Zeit war er überzeugt gewesen, dass der Leuchtturm seinem Großvater gehörte. Meist begab er sich nur mit seiner Ma auf die zweistündige Fahrt an die Küste, da sein Vater entweder arbeitete oder sich ausruhen musste, wie seine Mutter ihm oft erklärte. Erst viele Jahre später wurde ihm klar, dass er schon damals tagsüber seinen Rausch ausschlafen musste und seine Ma wahrscheinlich froh war, ihrem aggressiven Mann entfliehen zu können. Einiges wurde ihm erst Jahre später klar. Leider zu spät, da er seiner Mutter dann nicht mehr helfen konnte …

KAPITEL 5

LISA

Nach dem Gespräch mit Professor Meinhard war Lisa einerseits ganz euphorisch über den unvorhergesehenen Ausgang, andererseits ein wenig verunsichert, wie sie Alex dessen Folgen erklären sollte.

Sie beschloss, einkaufen zu gehen, später etwas Leckeres zu kochen und ihm beim Abendessen die Neuigkeiten zu verkünden. Ein thailändisches Curry, das sie neulich zubereitet hatte, hatte ihm besonders gut geschmeckt. Dazu eine gute Flasche Wein und Alex würde bestimmt ganz geschmeidig auf ihre Nachricht reagieren. Immerhin könnte er sie dann in Kalifornien besuchen und allzu lang würde sie vermutlich sowieso nicht dortbleiben. Es war ja auch noch gar nicht klar, wie viel Budget sie für die Reise haben würde.

Im Nullkommanichts war Lisa nach Hause geradelt, wo sie die Lebensmittel in den Kühlschrank räumte und den Blumenstrauß in einer Porzellanvase hübsch arrangierte. In der ganzen Wohnung gab es nur diese eine Vase; ihre Mutter hatte sie ihnen zum Einzug geschenkt. Lisa hatte geschmunzelt, als Alex das Präsent entgegengenommen hatte, da sein Blick verriet, dass er kaum etwas damit anfangen konnte. Trotzdem hatte er sich herzlich bei ihrer Mutter dafür bedankt, was Lisa rührend fand. Bis zu Lisas Einzug war es eine richtige Männerwohnung gewesen, ohne jegliche Dekoration. Das sollte sich nun ändern.

Zugegebenermaßen fühlte sie sich noch etwas fremd hier, obwohl sie schon seit zwei Jahren mit Alex zusammen war. Natürlich kannte sie seine vier Wände in- und auswendig, doch nun selbst hier zu wohnen, war noch mal etwas anderes.

Alex' Wohnung lag traumhaft schön: direkt am Neckar mit einem tollen Blick auf die Alte Brücke und das Neckartal. Auch konnte man von hier aus alles schnell erreichen, da die Wohnung mitten in der Altstadt lag. Kein Vergleich zu ihrer vorherigen Wohngemeinschaft im Studentenviertel, das etwas außerhalb lag.

Obwohl sie froh gewesen war, dem ständigen Trubel in der WG zu entfliehen, kam es ihr nun doch manchmal etwas zu ruhig vor. Automatisch ging sie zu dem kleinen Radio, das in der Küche stand, und schaltete es ein.

Nachdem sie das Fleisch für das Curry in einer würzigen Sauce eingelegt hatte, ging sie ins Schlafzimmer, wo sie sich einen vorläufigen Arbeitsplatz eingerichtet hatte. Sie wollte an diesem Nachmittag noch ihren Abschlussbericht zu den Halsbandsittichen beginnen sowie ihr Online-Tagebuch zu der Aktion vervollständigen und abschließen. Ein Gedanke, der sie wieder ein wenig traurig stimmte.

Die zwei Jahre waren wirklich schnell vergangen. Zu gern hätte sie noch länger an dem Projekt gearbeitet, obwohl sie von Anfang an gewusst hatte, dass es zeitlich begrenzt war. Sie musste über jede Anstellung froh sein, denn die Ornithologie war ein ausgefallener Bereich der Biologie. Kaum einer ihrer Mitstudierenden hatte eine Anstellung in diesem Fachgebiet gefunden. Daher war es umso aufregender, was sie heute mit Professor Meinhard besprochen hatte. Die Vorstellung, ins ferne Kalifornien zu reisen, beflügelte sie! Genau richtig für eine Ornithologin, wie sie mit einem Grinsen feststellte.

Als Lisa sich an ihren Schreibtisch setzte, schaute sie sich unentschlossen um. Sollte sie die letzte Umzugskiste auspacken? Doch wohin mit all den Büchern, die sich darin befanden? Da sie keine große Lust aufs Auspacken hatte, beschloss sie, erst einmal im Internet die Gegend zu recherchieren, die sie eventuell bald besuchen würde.

Rasch holte sie die Zeitschrift aus ihrem Rucksack, die sie mit Erlaubnis ihres Professors mitgenommen hatte, und legte sie aufgeschlagen neben ihren Laptop. Dann tippte sie den Begriff »Big Sur« in die Suchmaschine ein. Schnell fand sie heraus, dass der Name Big Sur aus dem englischen Wort »big«, also »groß«, und dem spanischen Wort »sur«, was »Süden« bedeutete, zusammengesetzt war. Das Gebiet, das etwa hundertfünfzig Kilometer der kalifornischen Küste umfasste, hieß also »Großer Süden« und war zur Zeit der spanischen Konquistadoren bis 1848 ein Teil von Mexiko. Noch heute beeindruckte es durch seine Ursprünglichkeit und nahezu unerschlossene Natur.

Die Bilder, die anschließend auf ihrem Bildschirm erschienen, verschlugen ihr fast den Atem. Augenblicklich war sie gefesselt von der anmutigen Schönheit der rauen Natur, die sich ihr darbot. Lisa sah eine zerklüftete Küste mit wunderschönen Stränden, die teilweise schwer oder gar nicht zu erreichen waren, da sie am Fuße der imposanten Steilküste lagen. Die Strände zeigten türkisgrünes Wasser und waren menschenleer. Nur Seelöwen ruhten sich dort aus und sonnten sich.

Mit Begeisterung las sie, dass es in dem Gebiet eine Vielfalt von angepassten Pflanzen und unberührten Ökosystemen gab, darunter den Küstenbusch, der sich entlang der Küstenlinie erstreckte, Auwälder an den Flussufern und Graslandschaften an den steilen Felshängen. Auch die berühmten kalifornischen Redwood-Bäume wuchsen hier, genauso wie gemischte immergrüne Nadelbäume, die sich in die tiefen Schluchten schmiegten und dem Küstengebiet vielerorts eine satte grüne Farbe verliehen.

Ein wenig erinnerte sie die kalifornische Küste an Irlands wildromantische Westküste, sie war aber doch wieder ganz anders. Tatsächlich sah sie auf keinem Bild auch nur ein Gebäude. Als Lisa weiterrecherchierte, erfuhr sie, dass das Gebiet ein Naturschutzgebiet der strengsten Klasse von Schutzgebieten in den Vereinigten Staaten war. Der Ozean vor Big Sur war ein Meeresschutzgebiet und Zufluchtsort für wilde Tiere. Besonders Seeotter machten es sich hier gern auf Seetangbetten gemütlich, wie sie auf einigen Fotos erkennen konnte. Lisa las von tiefen Unterwasserschluchten, die nahezu unerforscht waren und vielfältige Lebensräume für Meerestiere boten. Alles, was sie über diese Gegend las, ließ sie einer möglichen Reise entgegenfiebern.

Die schroffe Felsküste mit den hohen Bergen und der unberührten Natur schien sie magisch anzuziehen, der häufig auf den Fotos zu sehende Küstennebel gab dem Ganzen etwas Geheimnisvolles. Lisa war sich sicher, dass es ein einmaliges Erlebnis werden würde, könnte sie wirklich dorthin reisen.

»Lisa? Ich bin zu Hause!«, vernahm sie in dem Moment Alex' Stimme, was sie erschrocken auf die Uhr blicken ließ. Tatsächlich hatte sie fast zwei Stunden Bilder von der kalifornischen Küste angeschaut und Reiseberichte dazu gelesen. Sie hatte gar nicht gemerkt, wie die Zeit verflogen war.

»Ach, hier bist du!«, sagte Alex, als er das Schlafzimmer betrat.

»Ja, ich musste noch arbeiten …«

»Wow, das sieht aber eher danach aus, als würdest du unseren nächsten Urlaub planen«, fand er und kam einen Schritt näher, um auf den Bildschirm zu blicken.

»Das erzähle ich dir gleich beim Abendessen«, bemerkte Lisa, während sie schnell ihren Laptop zuklappte und aufstand, um ihn zu begrüßen. Sie wollte ihm alles in Ruhe erklären.

»Das hört sich ja geheimnisvoll an«, meinte Alex, während er sie in den Arm nahm und küsste.

»Ja, das ist es auch. Ich mache uns ein leckeres Abendessen und dann erzähle ich dir alles.«

»Prima. Ich habe einen Mordshunger!«

Während Alex sich auf den Hometrainer schwang, der mitten im Wohnzimmer stand, machte sich Lisa in der Küche zu schaffen, um das Curry zuzubereiten. Die Wohnung war geschickt aufgeteilt, wie sie fand, und frisch renoviert worden, bevor Alex vor zwei Jahren eingezogen war. Besonders gefiel ihr die offene Küche mit Blick auf den Neckar. Von hier aus konnte sie Alex beobachten, der auf seinem Indoor-Fahrrad Kalorien abstrampelte. Das Gerät hatte er seit ein paar Monaten und war geradezu besessen davon, morgens und abends darauf zu trainieren. Natürlich hätte Lisa ihm das nie ausgeredet, obwohl sie fand, dass das monströse Gerät im Wohnzimmer ein wenig störte. Auch behielt sie ihre Meinung für sich, dass man lieber draußen Rad fahren sollte, wenn es nicht gerade in Strömen regnete.

Lisa konnten selbst Regenwetter oder Schnee nicht vom Radfahren abhalten. Alex hingegen zog seinen Hometrainer vor und fuhr mit dem Auto zur Arbeit. Seitdem sie zusammenwohnten, fiel Lisa immer öfter auf, wie unterschiedlich sie waren. Zuvor, als sie nur die Wochenenden gemeinsam in dieser Wohnung verbracht hatten, war ihr das nur äußerst selten aufgefallen.

Aber wie war das noch mal? Gegensätze ziehen sich an. Sie würde sich mit der Zeit schon daran gewöhnen, wenn sie länger zusammenwohnten.

Sie gab Zwiebeln und eine ordentliche Portion Knoblauch zu dem angedünsteten Fleisch, und es duftete sofort herrlich. Lisa liebte es, in dieser Wohnung zu kochen. In ihrer WG war die Küche meist so unordentlich gewesen, dass sie immer erst aufräumen musste, bevor sie kochen konnte. Deshalb hatte sie sich oft nur etwas in der Mikrowelle aufgewärmt oder eine Tütensuppe zubereitet. Erst seitdem sie mit Alex zusammen war, hatte sie festgestellt, wie gern sie den Kochlöffel schwang.

Überhaupt war sie für das Leben in einer Wohngemeinschaft mittlerweile zu alt. Wäre sie nicht bei Alex eingezogen, hätte sie sich vermutlich bald eine eigene Wohnung gesucht, obwohl sie die Zeit mit ihrer besten Freundin Maja in der WG durchaus genossen hatte und auch ein wenig vermisste.

»Das riecht aber köstlich«, meinte Alex, der zu ihr in die Küche kam und neugierig in den Topf spähte. »Ich wusste gar nicht, dass du so gut kochen kannst«, zog er sie auf, woraufhin sie ihm scherzhaft mit dem Kochlöffel drohte.

»Schon gut«, sagte Alex und hob beschwichtigend die Hände. Als er anschließend ins Schlafzimmer ging, um sich umzuziehen, beobachtete Lisa, wie er sich in dem großen Spiegel im Flur betrachtete. Tatsächlich beugte er sich ein wenig nach vorn und spannte die Arme wie ein Bodybuilder an, um seine Muskeln spielen zu lassen. Dabei machte er ein selbstgefälliges Gesicht.

»Und ich wusste gar nicht, dass du so eitel bist«, rief Lisa ihm als Retourkutsche zu. Sie war überrascht, dass Alex ein wenig ertappt reagierte. Augenblicklich stellte er sich wieder normal hin und sie hätte schwören können, dass er rot anlief. Vermutlich hatte er immer vor diesem Spiegel gepost, bevor sie eingezogen war, und gerade vergessen, dass sie ihn von der Küche aus beobachten konnte.

Ohne auf ihren Kommentar einzugehen, verschwand er im Schlafzimmer.

Lisa betrachtete ihr vages Spiegelbild in einer der Glastüren des Küchenschranks. Sie mochte ihr Aussehen ohne irgendwelche Verschönerungsmaßnahmen oder Make-up. Die dunklen Locken hatte sie von ihrer italienischen Mutter geerbt, ebenso ihre mandelförmigen grünen Augen. Der helle Teint und das Grübchen im Kinn stammten von ihrem Vater, einem gebürtigen Engländer. Im Gegensatz zu beiden Elternteilen hatte sie eher eine kleine Stupsnase, von der keiner wusste, woher sie kam. Oft machte ihr Vater den Scherz, dass sie vielleicht dem Postboten ähnlich sehe, was ihre Mutter gar nicht lustig fand. Lisa hatte es immer so empfunden, dass sie die perfekte Mischung von beiden war.

Bei Alex konnte sie nicht genau sagen, wem er ähnelte, da sie seine Eltern bisher nur auf Bildern gesehen, aber nie kennengelernt hatte. Den Fotos nach zu urteilen, kam Alex nach seinem Vater, der immer sehr streng wirkte. Auf einem Familienfoto vom letzten Weihnachtsfest sah er tatsächlich so aus, als hätte er noch keine Minute in seinem Leben Spaß gehabt. Auf Lisas diesbezügliche scherzhafte Bemerkung hin hatte Alex äußerst empfindlich reagiert, weshalb sie sich seitdem mit Aussagen über seine Eltern zurückhielt. Dies schien ein wunder Punkt bei ihm zu sein.

Alex' Eltern lebten in Berlin und Alex nutzte die Entfernung oft als Ausrede, um sie nicht besuchen zu müssen. Lisa empfand das als schlechte Entschuldigung, seine Eltern nicht zu sehen, wollte ihn aber nicht zu irgendetwas drängen. Alex hatte wohl seine Gründe, dass er den Kontakt möglichst gering hielt.

In den zwei Jahren ihrer Beziehung hatte er seine Eltern nur an Festtagen wie Weihnachten oder Geburtstagen besucht, hatte Lisa aber nie gefragt, ob sie mitkommen wolle. Sie wusste, dass seine Eltern sehr wohlhabend waren und sein Vater in der Politik eine Rolle spielte. Vermutlich waren sie sehr anspruchsvoll, was seine Freundin anging, und vielleicht hatte er diesbezüglich schon schlechte Erfahrungen gemacht. Lisa hatte das Gefühl, dass er ihr ein Zusammentreffen mit ihnen ersparen wollte. Doch wenn sie darüber nachdachte, musste sie zugeben, dass sie sich ein wenig übergangen fühlte. Fast so, als wäre es Alex peinlich, dass er mit ihr zusammen war.

Ein lautes Zischen vom Herd rief sie in die Gegenwart zurück. Erschrocken sah sie, wie das Wasser sprudelnd überkochte. Hastig hob sie den Deckel an und rührte den Basmatireis um. Sie hatte vergessen, den Reis nur köcheln zu lassen.

»Hast wohl doch nicht alles so gut im Griff?«, neckte sie in dem Moment Alex, der frisch gestylt zurückkam und zweifellos umwerfend gut aussah.

»Das nächste Mal kannst du ja kochen!«, gab sie leicht zickig zurück.

»Hoppla, ist da jemand beleidigt?«, meinte er, während er zum Kühlschrank ging und suchend hineinblickte. »Das nächste Mal gehen wir einfach essen, Schatz!«, bemerkte er und gab ihr einen versöhnlichen Kuss. »Dauert es noch lange?«, wollte er dann wissen, während er offensichtlich hungrig in den Topf blickte.

»Ein paar Minuten noch …«, antwortete Lisa. Der Abend verlief bisher ganz und gar nicht so, wie sie es sich vorgestellt hatte. Sie empfand Alex heute als etwas plump, wobei sie selbst gereizt und überempfindlich reagierte. Das konnte eigentlich nur schiefgehen.

Zu blöd aber auch, dass sie vorhin schon gesagt hatte, dass sie ihm etwas erzählen wollte. Vielleicht hätte sie besser die Klappe gehalten und erst selbst über die neue Situation nachgedacht und darüber geschlafen. Den Tipp hatte sie von ihrer äußerst temperamentvollen Mutter: Immer erst über Dinge schlafen, bevor man eine Entscheidung trifft!

Lisa beschloss, den Weißwein schon einmal zu probieren, und nahm ihn aus dem Kühlschrank. Selten hatte sie so viel für eine Flasche Wein ausgegeben. Es war ein Sauvignon Blanc aus dem kalifornischen Napa Valley. Das stilvolle Etikett hatte sie dazu bewogen, ihn zu kaufen. Außerdem hatte sie noch nie einen kalifornischen Wein probiert und fand das zum heutigen Anlass passend.

Lisa schenkte sich eine Kostprobe des Weins in eines der schönen Kristallgläser, die ihnen ebenfalls ihre Mutter geschenkt hatte, und probierte ihn. Selten hatte sie einen so köstlichen Wein getrunken, aber vielleicht war das auch nur Einbildung. Zumindest redete sie sich ein, nun ein wenig entspannter zu sein.

»Das Essen ist fertig«, sagte sie nach einigen Minuten, woraufhin sich Alex an den stilvoll gedeckten Tisch setzte.

»Das sieht ja klasse aus, Lisa!«, meinte Alex angetan, was Lisa zufrieden zur Kenntnis nahm. Schließlich hatte sie sich große Mühe mit der Vorbereitung gegeben.

»Es schmeckt ganz vorzüglich«, lobte er kurz darauf nach den ersten Bissen.

Das ließ Lisa ihren Unmut schon fast wieder vergessen. »Ja, dasselbe hatte ich neulich schon mal gekocht und es hat dir so gut geschmeckt.«

»Ach. Echt?«

Anscheinend wurde Alex vergesslich. Lisa beschloss, ihn auch nicht an die vorhin gesehenen Bilder auf ihrem Laptop zu erinnern.

»Also, wohin geht der nächste Urlaub?«, wollte er dann jedoch prompt wissen, nachdem er seinen Teller halb leer gegessen hatte.

»Eigentlich sollte das eine Überraschung werden.«

»Du weißt doch, dass ich keine Überraschungen mag.«

»Na gut, die Fotos waren auch gar nicht von unserem nächsten Urlaub«, ließ Lisa die Katze aus dem Sack.

»Ach, und wovon dann?«

34

»Von meiner nächsten Arbeitsstelle.«

Alex' Gabel fiel laut scheppernd auf den Teller. »Bitte was?«, hakte er nach.

»Du weißt doch, dass ich heute das Projekt mit den Halsbandsittichen beendet habe.«

»Ja, das weiß ich«, behauptete Alex, der sich nie sonderlich für diese Aktion interessiert hatte.

»Daher brauche ich eine neue Aufgabe«, erklärte sie das Offensichtliche. »Hast du dir darüber nie Gedanken gemacht?«

»Doch, natürlich. Ich dachte, darüber würden wir heute reden«, versuchte Alex, seinen Kopf aus der Schlinge zu ziehen. Lisa spürte, dass er log, und schüttelte nur traurig den Kopf. Ein bisschen mehr Anteilnahme an ihrem Leben hätte sie sich schon gewünscht.

»Weißt du denn, was bei mir im Büro gerade los ist?«, versuchte er, den Spieß umzudrehen, da er ihre Enttäuschung zu spüren schien.

»Ja, ich weiß, dass dein Chef krank ist und du deshalb einiges mehr arbeiten musst.«

Alex hatte nach seinem Jurastudium angefangen, in einer Anwaltskanzlei zu arbeiten, wo er nicht gerade zufrieden war, da man ihn nach wie vor behandelte wie einen Azubi. Trotzdem verdiente er gutes Geld, was ihn daran hinderte, den Job zu kündigen.

»Einiges mehr?«, echauffierte er sich. »Mir steht in meinem Job das Wasser bis zum Hals!« Damit schmiss er seine Serviette auf den Tisch und stand wütend auf.

Während er kurz im Bad verschwand, starrte Lisa auf den Blumenstrauß, den ihr die Abiturienten geschenkt hatten, und fragte sich, warum dieser Abend gerade so verdammt schieflief.

»Also, was ist dein nächster Job?«, wollte Alex wissen, nachdem er sich etwas abgeregt hatte und wieder zu ihr kam. Er setzte sich allerdings nicht, sondern blieb hinter seinem Stuhl stehen und blickte sie fragend an.

»Ich könnte nach Kalifornien gehen!«

»Nach was? Kalifornien? Und das sagst du mir einfach so, als wolltest du dir ein paar neue Schuhe kaufen?«

»Ich wollte es ja gerade mit dir besprechen. Außerdem weiß ich doch noch gar nicht, ob es klappt«, fügte Lisa beschwichtigend hinzu. Alex war offensichtlich alles andere als begeistert von ihrem Vorhaben.

»Warum bist du dann überhaupt hier eingezogen, wenn du lieber die Welt erkunden willst?«, entfuhr es Alex erbost.

»Die Möglichkeit hat sich doch erst heute beim Gespräch mit Professor Meinhard ergeben«, verteidigte sie sich.

»Machst du eigentlich alles, was dieser Meinhard dir sagt?«

Lisa spürte, dass es keinen Sinn hatte, weiter über dieses Thema zu diskutieren. Ihre Gemüter waren zu erhitzt. Sie brauchte dringend frische Luft! Wütend stand auch sie auf. »Mit dir kann man einfach nicht reden!« Kurz hielt sie noch inne und wartete, ob Alex etwas Versöhnliches sagen würde. Als dem nicht so war, schnappte sie sich ihren Rucksack und verließ die Wohnung. So laut, wie sie die Tür hinter sich zuknallte, wusste nun das gesamte Mietshaus, dass sie Streit hatten.

Als Lisa auf der Straße stand, fing es auch noch an zu regnen. Es war ein kühler April in Heidelberg und bei ihrem überstürzten Aufbruch hatte sie keine Jacke mitgenommen. Den Tränen nahe ging sie zu ihrem Fahrrad, um dorthin zu fahren, wo sie immer willkommen war: in ihre alte WG.

Das ist ja mächtig in die Hose gegangen, dachte sie und trat ordentlich in die Pedale.

Kapitel 6

Finnley

Oft fragte sich Finnley, warum sein Großvater und sein Vater so wenig gemeinsam hatten. Stanley war für ihn der Größte. Stets war sein Grandpa gut gelaunt und hatte interessante Geschichten zu erzählen. Kaum zu glauben, dass er seinen konstant griesgrämigen Vater Jack großgezogen hatte! Von Schilderungen wusste Finn, dass seine Oma, die er nie kennengelernt hatte, früh gestorben und sein Grandpa von da an mit Jack allein gewesen war. Auch die Eltern seiner Mutter waren bereits verstorben und Stanley war somit sein einzig verbliebener Großelternteil.

Auch an diesem Abend gab er wieder spannende Anekdoten zum Besten. Finnley hing geradezu an seinen Lippen, als er von der Bergung eines großen Blauwals in der Nähe des Leuchtturms berichtete. Finnley konnte gar nicht verstehen, warum sein Vater so ungern auf die Insel kam. Stanley hatte ihm einmal verraten, dass sich sein Vater hier nie wohlgefühlt hatte und es kaum abwarten konnte, die Gegend zu verlassen. Ein paar Tage nach seinem achtzehnten Geburtstag verließ er Carmel und hatte längere Zeit keinen Kontakt zu seinem Vater. Finn konnte sich gut daran erinnern, wie traurig sein Opa gewirkt hatte, als er davon erzählte.

»Ich glaube, ihr solltet bald aufbrechen«, bemerkte Stanley in dem Moment mit einem Blick auf die Uhr. »Die Flut kommt.«

»Du hast recht, daran habe ich bei deiner spannenden Geschichte gar nicht mehr gedacht«, gestand Margret und begann, eilig die Teller zusammenzuräumen.

»Lass nur, das mache ich später in Ruhe«, entschied Stanley, der mit einem Mal etwas unruhig wirkte. Man konnte ihm anmerken, dass er wollte, dass sie sich beeilten.

»Ich wasche nur schnell die Lasagneform, den Rest überlasse ich gern dir«, behauptete Margret, während sie ihrem Sohn zuzwinkerte. Finn verstand den Wink sofort und half seiner Mutter, die Sachen in die Küche zu tragen. Ohne ein Wort zu verlieren, spülten die beiden in Windeseile das ganze Geschirr ab, während Opa Stan seine Jacke anzog, um sie ein Stück zu begleiten. Als er die Küche betrat, war er überrascht, dass alles schon gespült und wieder in den Schränken verstaut war.

»Ihr seid wirklich ein gutes Team«, bemerkte er lächelnd, wurde dann jedoch sogleich wieder ernst. »Jetzt wird es aber höchste Zeit«, sagte er eindringlich und lief voran, um den beiden die Haustür zu öffnen.

Während er dort stand, blickte er kritisch zum Festland hinüber, das bereits im Halbdunkel lag. Ein wenig schien er sich zu ärgern, dass es so spät geworden war. »Soll ich euch noch ein Stück begleiten?«

»Auf gar keinen Fall, Pa. Du ruhst dich jetzt erst mal aus«, entschied seine Schwiegertochter und umarmte ihn herzlich.

Opas Insel, wie Finnley sie nannte, war nur bei Ebbe zu Fuß zu erreichen, denn dann legte das zurückgehende Wasser eine Sandbank frei, die die Halbinsel mit dem Festland verband. Kehrte jedoch die Flut zurück, wurde der Übergang innerhalb kürzester Zeit wieder vom Meer eingenommen. Je nach Jahreszeit und Mondphase konnte sich die Stelle in eine äußerst gefährliche Passage verwandeln, da Wellen von beiden Seiten aufeinandertrafen, was eine Überquerung selbst mit einem Boot nahezu unmöglich machte.

Auch hierzu hatte Opa Stan einige haarsträubende Geschichten zu berichten. Vermutlich wollte er seinen Enkel davon abhalten, jemals zu probieren, bei steigender Flut die Insel zu erreichen. Er erzählte, dass einmal ein Besuch von ihm zu spät aufgebrochen und auf Nimmerwiedersehen verschwunden war. »Das Ehepaar war wie vom Erdboden verschluckt. Gott habe sie selig«, hatte er seine Gruselgeschichte beendet, mit der er bei Finn genau das erreichte, was er sich vorgenommen hatte. Niemals würde der Junge zur Insel hinüberlaufen, ohne vorher die Gezeiten studiert zu haben.

»Schön, dass ihr mich besucht habt«, sagte Stanley zum Abschied, wobei er sie fast vor sich herschob, damit sie sich beeilten. »Richte Jack einen Gruß aus. Er soll auch mal wieder seinen Hintern herbewegen.«

»Das mach ich, Stan«, verabschiedete sich seine Mutter, die Finn bereits bei der Hand genommen hatte.

»Bye, Grandpa!«, nahm nun auch Finn schnell Abschied. Hätte er gewusst, dass er seinen Großvater in dem Moment zum letzten Mal sah, wäre seine Umarmung sicherlich länger ausgefallen.

So rannten die beiden die etwa dreihundert Meter zum Festland, ohne sich noch einmal umzublicken. Bei ihrem Wagen angekommen, drehte sich Finnley noch einmal zur Insel um und bildete sich ein, seinen Opa noch immer vor dem Haus stehen zu sehen. Da es bereits dämmerte, war er sich aber nicht ganz sicher.

Dann schaute er zum Leuchtturm, der mit seinem Leuchtfeuer den Schiffen einen sicheren Weg zeigte. Der Leuchtturm, den er so sehr liebte und der nur Unheil über seine Familie bringen sollte …

Kapitel 7

Lisa

Lisa konnte sich nicht daran erinnern, jemals so gefroren zu haben. In dieser Nacht waren es schätzungsweise zehn Grad, was sich durch den Wind und Regen um einiges kälter anfühlte. Normalerweise hätte Lisa ihren dicken Mantel, Handschuhe und eine Mütze getragen, doch all das hatte sie wegen ihres übereilten Aufbruchs in Alex' Appartement liegen gelassen.

Was hatte sie nur falsch gemacht?

Obwohl sie Alex an diesem Abend als so eingebildet, fast schon arrogant empfunden hatte, wandelte sich ihre Wut allmählich in Schwermut. Während sie am Neckar entlangradelte, wobei ihr die Regentropfen wie kleine Nadelstiche in die Haut piksten, kamen ihr einige schöne Bilder in Erinnerung: ihr Wochenende in Paris etwa, wo sie sich bestens verstanden hatten, oder der Campingurlaub in der Bretagne, der auch wunderschön gewesen war. Denn Alex mochte es nicht nur luxuriös, sondern hatte sich auch beim Zelten als überaus geschickt erwiesen. Gerade bei diesem Urlaub hatten sie sich prächtig verstanden und viel gemeinsam gelacht. Sie erinnerte sich gut an das Gefühl, wie verliebt sie damals gewesen war. Davon hatte sie heute leider kaum noch etwas gespürt. Konnte dieses Gefühl von Schmetterlingen im Bauch einfach so wieder verschwinden? Es kam ihr so vor, als schwebte Alex auch nicht mehr auf Wolke sieben. Vielleicht hatten sie aber auch nur einen schlechten Tag gehabt und alles würde sich wieder einrenken.

Als Lisa bei dem Hochhaus ankam, in dem sich ihre ehemalige Wohngemeinschaft befand, waren ihre Hände so kalt, dass sie sie kaum noch bewegen konnte. Ein Blick in das dritte Stockwerk verhieß nichts Gutes, da sie kein Licht in der Wohnung sah. Gerade in der Küche, deren Fenster man von dieser Seite des Hauses sehen konnte, war eigentlich immer jemand zugange.

Das lange Warten nach dem Klingeln bestätigte ihren Verdacht, dass alle Mitbewohner ausgeflogen waren. Eine Wohngelegenheit im Studentenviertel war so beliebt, dass ihr Zimmer augenblicklich weitervermietet worden war, weshalb sie keinen Schlüssel mehr zu ihrer alten Wohnung besaß.

Zum Glück hatte sie ihr Mobiltelefon nicht bei Alex vergessen, sondern in ihre Hosentasche gesteckt. Es war gar nicht so einfach, es mit den eiskalten Fingern zu bedienen, um ihre beste Freundin Maja anzurufen, die ebenfalls hier wohnte.

Stirnrunzelnd blickte sie auf ihr Handy. Dass Maja einen Anruf nicht entgegennahm, kam selten vor. Eine Textnachricht, die sie kurz darauf erhielt, klärte zwar, was los war, half Lisa aber nicht sonderlich weiter.

Sind im Kino. Melde mich später, hatte Maja nur knapp geschrieben, was erklärte, warum niemand zu Hause war. Ein wenig vermisste Lisa das WG-Leben, für das sie sich vor ein paar Wochen noch zu alt gefühlt hatte. In der Wohngemeinschaft war immer etwas los, irgendjemand hatte immer einen Vorschlag, was man unternehmen könnte, und es wurde einem nie langweilig.

Der Nachteil war natürlich, dass man nie wirklich Ruhe hatte. Wenn Lisa konzentriert arbeiten wollte, hatte sie sich oft in ein Café oder die Unibibliothek zurückgezogen. Doch das half ihr nun alles nicht weiter.

Unschlüssig blickte sie sich um, wobei ihr Blick auf die Neonreklame der »Bierschänke« fiel, eine urige Kneipe, die schon bessere Zeiten gesehen hatte. Seufzend schrieb sie an Maja zurück: Bin in der Bierschänke! Dann machte sie sich auf den Weg.

Das Lokal wirkte an diesem Abend noch trostloser als sonst, vermutlich, weil sie ohne Begleitung hier war. In einer Gruppe konnte man über das heruntergekommene Mobiliar und den muffigen Geruch hinwegsehen, allein jedoch nicht. Es kam ihr vor, als würde die Musik aufhören zu spielen und jeder sie anblicken, als sie die quietschende Eingangstür öffnete.

Viel los war an diesem Dienstagabend nicht, trotzdem fühlte sich Lisa unwohl, als sie sich an einen Tisch in der hintersten Ecke setzte. Kurz blickte sie auf ihr Telefon, ob Maja ihr vielleicht schon geantwortet hatte, aber sie hatte ihr Handy im Kino bestimmt auf lautlos gestellt und würde die Nachricht erst später sehen.

»Heute ganz allein hier?«, sprach sie der bierbäuchige Barkeeper an, der vermutlich schon Jahrzehnte hier arbeitete.

»Die anderen kommen nach«, behauptete Lisa.

»Was darf's denn sein, Süße?«, wollte der Mittsechziger von ihr wissen, während er lässig auf einem Zahnstocher kaute.

»Ich hätte gern eine Weinschorle«, orderte Lisa und konnte nicht sagen, warum sie in dem Moment eine solche Traurigkeit überkam. Vielleicht war es der Gedanke, dass sie hier nun einen billigen Wein aus dem Tetra-Pak trinken würde, während bei Alex der vorzügliche Wein stand, den sie für ihren gemütlichen Abend gekauft hatte.

43

Nachdenklich schlürfte sie an dem sauren Getränk, das nicht sonderlich gut schmeckte. Ihr war klar, dass sie die Sache völlig falsch angepackt hatte. Sie war ohne jede Vorwarnung mit der Tür ins Haus gefallen, obwohl sie selbst noch gar nicht wusste, ob sie wirklich nach Kalifornien gehen würde. Das war wieder mal typisch! Da kam das italienische Temperament ihrer Mutter durch. Sie hätte Alex besser auf die Neuigkeiten vorbereiten sollen, dann hätte er vielleicht nicht so eingeschnappt reagiert.

Andererseits war sie selbst wütend gewesen und hatte keine Lust gehabt, ihn nach seiner erbosten Reaktion mit Samthandschuhen anzufassen. Wie sie es auch drehte – der Abend war ordentlich schiefgelaufen und die beiden waren nach einem heftigen Streit auseinandergegangen. Dass Alex sie nicht anrief, um das Ganze wieder geradezurücken, wunderte sie allerdings doch. Er musste sich doch Sorgen machen, wo sie in dieser kalten Nacht blieb?!

Zu blöd aber auch, dass sie ihren Laptop bei ihm gelassen hatte, sonst hätte sie nun wenigstens ein bisschen arbeiten können. Mit ihrem Mobiltelefon konnte sie nicht mehr viel anstellen, da ihr Akku nur noch zehn Prozent anzeigte. Ein Ladekabel hatte sie natürlich auch nicht dabei. Wie schnell man von einer angenehmen, sicheren Situation in so eine Misere kommen konnte.

»Alles Mist!«, sagte sie ein wenig zu laut, was ihr verwunderte Blicke von einem Pärchen am Nachbartisch einbrachte.

Als Lisa sich einen Tee bestellte, was sie gleich hätte tun sollen, da ihr immer noch kalt war, erreichte sie eine Textnachricht von Maja.

Bin gleich bei dir!

Na immerhin, dachte Lisa, der auf einmal bewusst wurde, für welche Kleinigkeiten man im Leben dankbar sein musste.

Als Maja keine zehn Minuten später die Spelunke betrat, fiel sie ihr erleichtert um den Hals.

»Was ist denn um Himmels willen los? Du siehst ja furchtbar aus.«

Nun konnte Lisa die Tränen nicht mehr zurückhalten.

»Du hättest bei Wein bleiben sollen. Bei Tee kommen mir auch immer die Tränen«, kommentierte der Barkeeper trocken, als er wieder an den Tisch kam und die heulende Lisa sah.

»Du hast recht«, brachte Lisa schluchzend hervor. »Bring uns bitte noch zwei Gläser, aber nicht so eine Plörre.«

»Das wird schwierig«, entgegnete der Barkeeper lachend und kam kurz darauf mit zwei gut gefüllten Weingläsern zurück.

* * *

»Ich konnte Alex noch nie leiden, aber das weißt du ja«, konstatierte Maja knallhart, nachdem Lisa ihr von ihrem überstürzten Aufbruch bei Alex berichtet hatte.

»Im Ernst? Das hast du mir nie gesagt!«

»Doch, schon mehrfach, aber vermutlich wolltest du es nicht hören. So ist das halt, wenn man verliebt ist.«

»Bei unserem Abendessen heute war ich mir gar nicht mehr so sicher, ob ich das überhaupt noch bin«, gestand Lisa.

»Das denkt man doch immer, wenn man sauer ist. Das wird sich schon wieder einrenken. Aber jetzt erzähl mal, warum ihr euch gestritten habt und wie das Gespräch bei deinem Prof war.«

»Deswegen haben wir uns ja so gestritten.« Lisa nahm einen großen Schluck von dem billigen Wein, der mittlerweile gar nicht mehr so schlecht schmeckte. »Ich habe im Wartezimmer vom Meinhard einen Artikel über Pelikane in Kalifornien gelesen, die sich auf einer Insel auf unerklärliche Weise vermehren, was den Biologen vor Ort Rätsel aufgibt. Ich habe gar nicht

45

darüber nachgedacht und ihm vorgeschlagen, nach Kalifornien zu reisen, um der Sache auf den Grund zu gehen.«

»Das hast du wirklich gemacht?«, fragte Maja begeistert. »Du bist mir ja eine. Kalifornien, wie cool!«

»Ich weiß. Das habe ich mir auch gedacht, allerdings nicht wirklich über meinen Vorschlag nachgedacht. Und ob du es glaubst oder nicht, Professor Meinhard war von der Idee sogar recht angetan.«

»Das gibt es doch nicht!«

»Ich dachte auch, ich höre nicht recht. Er war selbst als Student in der Gegend und möchte mich wahrscheinlich deswegen bei meiner Idee unterstützen. Etwas Konkretes konnte er mir aber nicht sagen. Ich soll am Freitag noch mal zu ihm kommen. Es ist allerdings fraglich, ob er dafür Geld aufbringen kann. Vermutlich müsste ich einiges selbst zahlen, wenn ich dorthin will.«

»Okay, da bin ich gespannt, was er dir am Freitag vorschlägt. Für dich wäre das ja perfekt mit deinen guten Englischkenntnissen. Und wie ich dich kenne, hast du das Alex ganz unverblümt mitgeteilt.«

»Genauso war es. Ich habe mir Bilder von der Gegend auf meinem Laptop angeschaut und er dachte, das wäre unser nächstes Urlaubsziel. Dann habe ich die Katze aus dem Sack gelassen und gesagt, dass es vielleicht mein zukünftiger Arbeitsplatz ist.«

»Bei so was warst du noch nie sonderlich geschickt«, kommentierte ihre Freundin ehrlich.

»Ich weiß …«

»Das kriegt ihr bestimmt wieder hin. Ihr müsst euch nur in Ruhe zusammensetzen und alles besprechen. Alex hat doch genug Kohle und könnte dich dort öfter besuchen.«

»Ich glaube, so einfach ist es wahrscheinlich nicht. Im Moment ist er total beleidigt, dass ich dorthin gehen könnte.«

»Da hast du vermutlich recht. Vielleicht ist er auch neidisch, dass bei dir im Job alles so gut läuft, ganz im Gegensatz zu ihm«, gab Maja zu bedenken, was Lisa unkommentiert ließ.

Hierauf schwiegen die beiden Freundinnen eine Weile und hingen ihren Gedanken nach.

»In welchem Film wart ihr eigentlich?«, lenkte Lisa auf ein anderes Thema ab.

»Das erzähle ich dir in der Wohnung. Du übernachtest doch bei uns, oder?«

»Ja, es bleibt mir wohl nichts anderes übrig«, antwortete Lisa, worauf beide Freundinnen lachen mussten.

»Sehr begeistert hörst du dich ja nicht gerade an.«

»Ich hatte mir den Abend etwas anders vorgestellt«, gestand Lisa traurig, war allerdings dankbar, bei ihrer Freundin unterkommen zu können.

»Das kriegt ihr schon wieder hin«, versicherte Maja auf dem Heimweg noch mal und hakte sich bei Lisa ein.

»Da bin ich mir nicht so sicher …«

Kapitel 8

Finnley

Nach dem letzten Besuch bei Grandpa Stan wurde alles anders.

Ein paar Tage später, als Finn mit seiner Mutter vom Milchholen zurückkam, waren sie überrascht, Jack zu Hause anzutreffen. Kreidebleich saß er auf dem Schaukelstuhl vor dem Haus und trank den Whiskey direkt aus der Flasche. So offensichtlich hatte Finn seinen Vater noch nie trinken sehen.

»Was ist passiert, Jack?«, fragte seine Mutter, die sogleich auf seinen Dad zulief. Offensichtlich machte sie sich Sorgen.

»Hau ab!«, schimpfte sein Vater nur und stieß sie von sich.

»Was ist los, Papa?«, getraute sich Finn ebenfalls zu fragen.

»Grandpa ist tot«, war seine knappe Antwort, während er die Flasche wieder zum Mund führte.

»Um Gottes willen, ist das wahr?«, stieß seine Mutter mit Tränen in den Augen aus.

»Meinst du, ich mache Witze, du blöde Nuss?« Sein Vater spuckte die Worte geradezu aus.

»Lass uns reingehen, Schatz«, flüsterte seine Mutter Finn zu, während sie ihn an der Hand nahm und ins Haus zog.

Alles um Finnley herum begann zu schwanken. Erst langsam ergaben die Worte seines Vaters einen Sinn. Lange saß er mit seiner Mutter in seinem Zimmer und die beiden weinten bitterlich.

Später machten sie gemeinsam einen Brotpudding zur Erinnerung an Opa Stan, da er den so gern gegessen hatte. Zwischenzeitlich hielt ihn seine Mutter lange in ihren Armen. Was sein Vater anstellte, wusste er nicht. Vermutlich saß er den ganzen Tag im Schaukelstuhl vor dem Haus und betrank sich.

In der Nacht hörte er seine Eltern streiten, was nicht unüblich war. Doch dieses Mal stritten sie besonders laut. Es ging darum, dass sein Vater nun den Leuchtturm übernehmen sollte, wozu er absolut keine Lust hatte.

Immer wieder hörte er seine Mutter sagen: »Du wirst sehen, das wird dir guttun.« Von seinem Vater vernahm er nur Schimpfwörter und Verwünschungen. Er schien völlig außer sich zu sein.

Als Finn am nächsten Tag die Küche betrat, registrierte er nicht zum ersten Mal Verletzungen bei seiner Mutter. Sie hatte einen handflächengroßen blauen Fleck am Oberarm und Schrammen im Gesicht. Dazu konnte man ihr ansehen, dass sie lange geweint hatte. Es brach Finnley das Herz, sie so zu sehen, und er wünschte sich, groß und stark zu sein, um seinem Vater heimzahlen zu können, was er seiner Mutter angetan hatte. An diesem Tag schwor er sich, dafür eines Tages Rache an Jack zu nehmen.

Tatsächlich veränderte der Tod von Grandpa Stanley einiges, um nicht zu sagen alles. Am nächsten Tag fuhr sein Vater allein zum Leuchtturm, um »Verschiedenes zu regeln«, wie er sagte.

Von diesem Tag an wirkte seine Mutter verändert. Zwar hatte Finnley auch davor schon oft bemerkt, dass seine Ma betrübt war, aber wenn sie mit ihm zusammen war, war sie meist fröhlich. Zumindest gab sie sich so. Doch an diesem Tag war sie besonders ernst und nachdenklich.

Da seine Mutter Lehrerin ohne Anstellung war, hatte sie beschlossen, Finnley die ersten Jahre zu Hause zu unterrichten. Auch hierüber diskutierten seine Eltern immer wieder, doch Margret bestand darauf, da es in der Kleinstadt nicht viele Kinder in Finnleys Alter gab und sie von der dortigen Grundschule nichts hielt.

»Du denkst wohl, du bist was Besseres, und willst unseren Jungen nicht auf die Schule hier schicken«, hatte sein Vater gewettert. Hierauf hatte er den achtjährigen Finnley vor die Wahl gestellt: »Möchtest du lieber in die Schule gehen und Freunde finden oder mit deiner Mutter hier zu Hause versauern?«, fragte er ihn, wobei Finn spürte, dass er nur die falsche Antwort geben konnte.

»Bei Mama zu Hause«, flüsterte er eingeschüchtert.

»Na prima, du Muttersöhnchen!«, fuhr ihn sein Vater an und verließ das Haus.

Der Unterricht bei seiner Ma machte ihm großen Spaß. Da seine Mutter davon überzeugt war, dass man spielerisch besser lernte, brachte sie ihm vorerst nicht das Schreiben und Lesen bei, sondern viele andere Dinge. Finn lernte beispielsweise die typischen Laute von Tieren, konnte allerhand Pflanzen benennen und jedes Blatt dem richtigen Baum zuordnen.

Sein Vater sagte immer, dass sie ihm nur Quatsch beibringe, doch Finnley bereitete das Lernen Freude. Gerade hatten sie mit Rechenaufgaben begonnen, was er äußerst spannend fand. Eifrig lernte er das Einmaleins, Buchstaben hingegen interessierten ihn weniger.

Am Tag, an dem sein Vater zum Leuchtturm fuhr, schaute ihn seine Mutter ernst an und irritierte ihn mit der Aussage: »Finnley, du musst mir jetzt gut zuhören. Sollte ich einmal nicht mehr hier sein, musst du dich selbst versorgen, da ich nicht weiß, ob Papa das kann. Hierfür bringe ich dir von nun an verschiedene Sachen bei. Hast du verstanden, mein Liebling? Das ist wichtig!«

Finnley spürte, wie ihre Hände zitterten, während sie ihn an den Schultern festhielt und versuchte, sich ein Lächeln abzuringen. Auch ihre Stimme hörte sich an, als würde sie gleich weinen.

»Ja, Ma, ich habe verstanden. Was willst du mir denn beibringen?«, fragte er tapfer.

»Heute kochen wir Reis mit Bohnen, ein leckeres Gericht, das sich ganz einfach zubereiten lässt.«

»Prima«, fand Finnley, der sich nicht anmerken ließ, wie sehr ihn die Worte seiner Mutter verunsichert hatten.

Kurze Zeit später gingen sie in den kleinen Tante-Emma-Laden, der nur ein paar Straßen weiter war. In ihrer Kleinstadt gab es keine großen Geschäfte wie in den meisten amerikanischen Städten. Dafür mussten sie sich ins Auto setzen und zum nächstgrößeren Ort fahren.

In dem Laden erklärte seine Mutter ihm genau, wo er all die Sachen finden würde, mit denen er leichte Gerichte zubereiten konnte, wie heute den Reis mit Bohnen. Als Nächstes wollte sie ihm beibringen, wie man Macaroni and Cheese zubereitete, Nudeln mit einer Käsesauce, die es vorgefertigt in einer Packung gab.

An der Kasse ließ sie Finnley bei dem stets grimmig dreinschauenden Ladenbesitzer bezahlen. Finn spürte die Blicke des Mannes auf den Münzen, die er auf dem Kassentisch ausgebreitet hatte, und merkte, dass es ihm viel zu lange dauerte. Obwohl niemand hinter ihnen wartete, knurrte er: »Wird's bald oder brauchst du eine Extraeinladung?«

Seine Mutter ermutigte ihn, in Ruhe das Geld zu zählen. Finn konnte förmlich spüren, wie sie dem Ladenbesitzer böse Blicke zuwarf. Nachdem Finn alles richtig ausgerechnet und bezahlt hatte, schickte ihn seine Mutter nach draußen, wo er auf sie warten sollte.

Durch die Scheibe konnte er sehen, wie sie den Mann hinter der Kasse zurechtwies. Richtig wütend war sie, das sah ein Blinder mit Krückstock. Bei anderen Leuten konnte sich seine Ma immer gut durchsetzen, nur bei ihrem Ehemann nicht. Der Ladenbesitzer wurde jedenfalls immer kleiner hinter seiner Kasse und schien sich zu entschuldigen.

Als seine Mutter zu ihm nach draußen kam, schenkte sie ihm einen Kaugummi von dem Mann und behauptete, dass er von nun an nett zu ihm sein würde.

Und das sollte sich bewahrheiten. Wenn seine Mutter ihn künftig allein in den Laden schickte, um ein paar Dinge zu holen, war der Besitzer immer überaus freundlich zu ihm und schenkte ihm eine Süßigkeit. Seine Ma konnte einfach alles regeln oder zumindest fast alles.

Zu Hause erklärte sie ihm erst mal einige Geräte in der Küche und wies ihn darauf hin, dass er diese nicht benutzen dürfe, wenn sein Vater in der Nähe war, da ihm dies sicher nicht recht wäre.

Finnley lernte an diesem Tag, wie man die Mikrowelle benutzte, den Gasherd anfeuerte, wie der Backofen funktionierte und wo die Töpfe und Kochutensilien waren.

Er schaffte es, nach Anweisung seiner Mutter den Reis mit Bohnen zu kochen, was gar nicht schlecht schmeckte. Stolz servierte er das Mittagessen für sich und seine Mutter.

Nach dem Essen beobachtete er, wie seine Mutter mehrere Medikamente nahm und danach meinte, sie sei müde und müsse sich hinlegen. Eigentlich hatten sie für diesen Nachmittag noch etwas Unterricht geplant, doch Ma war zu erschöpft. Immer öfter sah er seine Mutter die Arzneimittel nehmen, die sie so kraftlos machten.

Als Finnley sich einmal getraute, seinen Vater zu fragen, warum sie all die Medikamente nahm, antwortete dieser nur abwertend: »Deiner Ma fehlt eigentlich gar nichts. Die hat es nur am Kopf.« Dabei schlug er sich mit der flachen Hand auf die Stirn.

Einige Tage später ging es seiner Mutter so schlecht, dass der Krankenwagen kommen musste, um sie abzuholen. Zum ersten Mal merkte Finn, dass nun auch sein Vater besorgt wirkte, was er am Abend mit einer Flasche Whiskey betäubte.

In diesen Tagen war Finnley sehr einsam. Ein Zustand, an den er sich gewöhnen musste. Sein Vater war tagsüber arbeiten, seine Mutter im Krankenhaus und er allein zu Hause.

Tatsächlich nahm er sich in dieser Zeit Geld aus dem Versteck, das seine Ma ihm gezeigt hatte, um in dem kleinen Laden Essen für sich zu kaufen. Stets kaufte er nur das Günstigste, wie etwa altes Brot vom Vortag oder Reis und Bohnen.

Der grimmige Ladenbesitzer war nett zu ihm und schien sogar Mitleid mit ihm zu haben. »Hier hast du mal etwas Gesundes«, sagte er etwa und drückte ihm einen Apfel oder eine Orange in die Hand. Eine Süßigkeit bekam er auch immer dazu.

Mittlerweile ging Finnley richtig gern zu dem Laden, was seine einzige Beschäftigung war.

Im Grunde hätte sein Vater nun dafür sorgen müssen, dass er in die öffentliche Schule ging, aber der war mit anderem beschäftigt. Für ihn musste es schwierig genug sein, nach einem Vollrausch seiner Arbeit nachzugehen. Für ein Kind war da kein Platz.

Nach ein paar Tagen besuchten sie Ma im Krankenhaus. Doch sie wirkte sehr verändert, reagierte kaum und lächelte ihm nicht einmal zu. Erst viel später sollte Finn herausfinden, dass seine Mutter unter starken Depressionen litt, die mal kamen und gingen, in diesem Jahr aber mit voller Wucht zuschlugen.

Finnley erinnerte sich noch genau an den Abend, als sein Vater mit einem sonderbaren schwarzen Gefäß wiederkam, das goldene Verzierungen hatte. Er fand den Behälter sehr schön und stellte sich davor, um ihn genauer zu betrachten, als sein Vater ihn über dem Kamin abstellte.

»Das sieht hübsch aus. Was ist das?«, wollte er wissen.

»Da ist Grandpa Stan drin!«, antwortete sein Vater knapp, was ihn erschrocken zurückweichen ließ. Das hämische Gelächter seines Vaters blieb ihm noch lange Zeit im Gedächtnis.

Von da an fand er das Gefäß äußerst unheimlich und getraute sich fast nicht mehr, das Wohnzimmer zu betreten. Wie konnte in dem kleinen Behältnis sein Großvater stecken? Als er seinen Vater danach fragte, antwortete ihm dieser wie so oft, dass er keine dummen Fragen stellen solle. Allerdings erklärte er, sein Opa habe gewünscht, dass seine Asche über dem Meer verstreut würde. »Das machen wir irgendwann mal, wenn es deiner Ma wieder besser geht.«

Langsam wurde Finnley klar, dass sich die Asche seines Großvaters in dem Gefäß befinden musste, was er nicht mehr ganz so unheimlich fand.

Ein paar Tage später fing sein Vater vor sich hin schimpfend an, Kisten zu packen. Viele Dinge schmiss er einfach weg, auch die Bücher über die Tiere und Bäume, die sich Finnley so gern anschaute. Heimlich nahm er sie daher wieder aus der Mülltonne und versteckte sie unter seiner Matratze. Er getraute sich nicht zu fragen, warum sein Vater all die Regale ausräumte.

»Wir ziehen in den Leuchtturm«, kommentierte sein Vater irgendwann von selbst.

Im Grunde hätte Finnley jubeln müssen. Er war so lange nicht mehr bei seinem Leuchtturm gewesen, und die Vorstellung, nun immer dort sein zu können, hätte ihn eigentlich glücklich stimmen müssen. Doch dem war nicht so.

Ihm fehlte seine Ma und er wollte dort nicht mit seinem Vater hingehen. Obwohl er nichts hatte, das ihn an diesem Ort hielt, wollte er mit einem Mal nicht mehr weggehen. Er hatte keine Freunde in der Stadt, nur einen Jungen, der ein paar Häuser weiter wohnte, aber um einiges älter war. Mit ihm spielte er manchmal Fußball auf der Straße.

Lediglich von dem Ladenbesitzer, dessen Namen er nicht einmal kannte, hätte er sich verabschieden können. Das tat er auch. Als sein Vater verkündete, dass sie am nächsten Tag endgültig ihre Sachen einladen und das Haus verlassen würden, schlich er sich heimlich weg, um dem Mann Lebewohl zu sagen, der ihn in den letzten Wochen mit Obst und Gemüse versorgt hatte.

Der Ladenbesitzer reagierte besorgt und fragte, wie es seiner Ma gehe.

»Wenn ich das nur wüsste, Sir«, antwortete Finnley traurig.

Hierauf nahm der Mann eine Kiste, die er komplett mit Essen füllte. Finn konnte kaum glauben, was er alles hineintat: Popcorn, Chips und Kaugummi, aber auch Reis und Bohnen und ganz viele von den grünen Äpfeln, die er besonders mochte.

»Leb wohl, mein Junge«, sagte er zum Abschied, wobei Finn klar wurde, dass auch er seinen Namen nicht kannte. Vielleicht war es besser so.

KAPITEL 9

LISA

Die Zeit bis zum Gespräch mit Professor Meinhard zog sich wie Kaugummi. Lisa war froh, dass sie den Abschlussbericht über ihre Halsbandsittiche schreiben musste, da ihr sonst die Decke auf den Kopf gefallen wäre.

Immerhin wurde sie in ihrer alten WG herzlich aufgenommen und es war, als wäre sie nie weg gewesen. Dazu hatte sie wohl einfach nicht lange genug bei Alex gewohnt. Zum Glück hatte Maja das größte Zimmer in der Wohnung, wo sie es sich auf dem Sofa bequem machen konnte. Zumindest einigermaßen bequem.

Am nächsten Tag radelte sie am späten Vormittag in die Altstadt, um ihren Laptop aus Alex' Wohnung zu holen. Ein bisschen kam sie sich vor wie eine Einbrecherin, was völlig übertrieben war. Schließlich wohnte sie hier und wollte nur ihre Arbeitsmaterialien holen. Trotzdem schlich sie durch das Appartement, da sie keine Spuren hinterlassen wollte. Erstaunt stellte sie fest, dass Wohnzimmer und Küche noch genauso aussahen wie am Abend zuvor. Sogar die Teller standen noch auf dem Tisch und die Töpfe auf dem Herd. Nur die Flasche Wein hatte Alex ausgetrunken. Ein wenig tat er ihr leid, da er sich offensichtlich den Frust hatte wegtrinken wollen.

Nachdem Lisa ihren Laptop, einige Unterlagen und die Zeitschrift mit dem Artikel über die Pelikane eingepackt hatte, ging sie noch schnell ins Bad und Schlafzimmer, um ein paar wichtige Utensilien und warme Kleidung mitzunehmen. Zum Glück hatte sie den Rucksack und ihre Fahrradtasche mitgenommen, die nun beide gut gefüllt waren.

Noch einmal blickte sie sich in der Wohnung um, bevor sie sich schnell wieder aus dem Staub machte.

Im Treppenhaus traf sie den Nachbarn, der über ihnen wohnte, dessen Namen sie sich aber einfach nicht merken konnte. »Hallo, Lisa«, begrüßte er sie freundlich. »Vielen Dank für den leckeren Wein.«

»Wie bitte?«

»Ich saß gestern Abend noch mit Alex zusammen und wir haben einen Weißwein getrunken, von dem er meinte, du hättest ihn gekauft. Einen guten Geschmack hast du.«

»Danke«, stammelte Lisa und ging weiter. So viel zum Leidtun! Alex hatte den Wein gar nicht allein, schluchzend vor Kummer, in sich hineingeschüttet, sondern nichts Besseres zu tun gehabt, als seinen Kumpel einzuladen, um ihm ihren teuren Wein anzubieten. Im Grunde war Lisa dankbar für dieses kurze Gespräch, denn nun hatte sie wieder eine ordentliche Wut im Bauch.

Als sie Maja abends davon erzählte, fand die das überraschenderweise gar nicht so schlimm.

»Was soll er denn sonst machen? Du bist doch auch gleich zu mir gekommen«, verteidigte sie Alex, obwohl sie ihn nicht mochte, wie sie immer wieder betonte.

Auf Majas Anraten verfasste Lisa am Mittwochabend eine längere Textnachricht an Alex, in der sie vorschlug, sich zu treffen, um alles noch einmal in Ruhe zu besprechen. Sie schlug den Freitagabend für das Gespräch vor, da sie bis dahin wissen würde, ob Professor Meinhard tatsächlich etwas erreicht hatte und sie nach Kalifornien gehen würde. Momentan kam ihr das Ganze noch vor wie ein Traum und sie fragte sich manchmal, ob das Gespräch wahrhaftig stattgefunden hatte.

Als sie sich einige Stunden später aufs Sofa legte, hatte sie noch keine Antwort von Alex erhalten, was sie wieder stutzig machte.

»Hat er die Nachricht gelesen?«, wollte Maja wissen.

»Das weiß ich nicht. Er hat die Funktion ausgeschaltet, bei der man das sehen kann.«

»Das ist wieder typisch Mann!«

»Wieso das denn?«

»Na ja, finde ich halt. Immer ein Türchen offen lassen, dass man die Nachricht nicht gelesen hat. So etwas würde mir auf den Geist gehen«, sagte sie resolut.

Ihre Worte und alles, was in den letzten Tagen passiert war, ließen Lisa schlecht einschlafen. Noch dazu saßen einige Leute in der Küche, die sich unterhielten und immer wieder lauthals lachten, was Lisa ständig hochschrecken ließ, wenn sie gerade am Einnicken war.

Das WG-Leben ist Fluch und Segen zugleich, war Lisas letzter Gedanke, bevor ihr endlich die Augen zufielen.

Am nächsten Tag waren zum Glück alle Mitbewohner ausgeflogen und Lisa konnte sich in der Küche mit all ihren Unterlagen ausbreiten. Zwar musste sie hierfür erst eine halbe Stunde aufräumen, aber das machte ihr an diesem Tag komischerweise wenig aus. Vermutlich, weil sie es nicht mehr jeden Tag tun musste.

Tatsächlich konnte Lisa einige Stunden konzentriert durcharbeiten und ihren Abschlussbericht fertigstellen, was ihre Stimmung ein wenig hob. Da an diesem Apriltag recht gutes Wetter herrschte, beschloss sie, einen Spaziergang zu machen, um über einiges nachzudenken: Wollte sie tatsächlich ins ferne Kalifornien reisen, wenn Professor Meinhard sein Okay gab? Wie sollte es mit Alex weitergehen? Wollte sie bei ihm in der Wohnung bleiben, um bei jedem Streit woanders unterkommen zu müssen?

Lisa war so in Gedanken versunken, dass sie gar nicht merkte, wie weit sie lief. Die Strecke führte am Neckar entlang und war bei der heute leicht wärmenden Aprilsonne wunderschön. Als sie anhielt, um eine Pause zu machen, stellte sie überrascht fest, dass sie fast bis zur nächsten Ortschaft gelaufen war. Augenblicklich drehte sie um, damit sie noch vor Einbruch der Dunkelheit wieder in der WG sein würde.

Wäre Lisa abergläubisch gewesen, hätte sie das Gespräch mit Professor Meinhard vermutlich kurzfristig abgesagt. Es war Freitag, der dreizehnte, es regnete wie aus Gießkannen und als sie das Haus verließ, lief ihr eine schwarze Katze über den Weg.

Lisa beschloss, dass dies einer der seltenen Tage war, an denen sie den Bus nehmen würde. Mit dem Fahrrad wäre sie klitschnass, bis sie dort ankam, vor allem, da sie nur das Nötigste mit zu Maja genommen hatte. Ihre Regenkleidung und die festen Schuhe waren noch bei Alex. Die sollte sie bei ihrem nächsten heimlichen Besuch in der Wohnung unbedingt mitnehmen.

Immerhin hatte er ihr am Vorabend geantwortet – zwar nur recht knapp, aber mit einem konkreten Vorschlag: Lass uns im Café Grano treffen. Wie wäre Freitag um 19 Uhr?, schrieb er völlig emotionslos.

»Oh, das hört sich ernst an«, kommentierte Maja.

»Wieso das denn? Also ich merke auch, dass er nicht gerade vor Gefühlen überschäumt, aber was meinst du genau?«

»Na, er möchte sich auf neutralem Boden treffen.«

»Meinst du, um die ganze Sache zu beenden?«

»Könnte sein …«

Obwohl ihr Majas Worte ein mulmiges Gefühl in der Magengegend verursachten, war sie froh über ihre Ehrlichkeit. Das hatte sie schon immer an ihr geschätzt. Komisch, dass sie die Vorstellung, nicht mehr mit Alex zusammen zu sein, gar nicht mehr so schlimm fand, je länger sie darüber nachdachte. Aber vielleicht redete sie sich das auch nur ein.

Auch an diesem Tag saß sie überpünktlich vor Professor Meinhards Büro, hatte sich aber auf eine längere Wartezeit eingestellt. Um sich die sinnvoll zu vertreiben, hatte sie ihren Laptop zur Beantwortung einiger E-Mails mitgebracht.

Doch dieses Mal ließ sie ihr Chef nicht lange warten. Exakt zum vereinbarten Zeitpunkt öffnete er seine Bürotür und begrüßte sie gut gelaunt. Nach seiner Mimik zu urteilen, hatte er gute Nachrichten für sie.

Mittlerweile wusste Lisa allerdings gar nicht mehr, was sie hoffen sollte. Natürlich würde sie sich wahnsinnig freuen, nach Kalifornien gehen zu können. Andererseits brachte es so viele Probleme mit sich, allein wenn sie an Alex dachte. Wie ihre Mutter reagieren würde, darüber wollte sie gar nicht nachdenken. Diese betonte ständig, wie froh sie sei, ihre einzige Tochter in der Nähe zu haben. Zwar wohnten ihre Eltern nicht in Heidelberg, aber nur ein paar Fahrminuten entfernt in Neckargemünd, einem beschaulichen Städtchen im Neckartal.

»Treten Sie ein«, bat sie Professor Meinhard überschwänglich in sein Büro, das an diesem Tag etwas aufgeräumter wirkte. Zumindest konnte sie ihn hinter seinem Schreibtisch erkennen, wo er gerade Platz nahm. Auch roch es diesmal nicht nach angebranntem Kaffee, sondern frisch gelüftet. All das deutete Lisa als gutes Zeichen.

Zuerst reichte sie ihm den ausgedruckten Abschlussbericht, für den er sich mit einem Kopfnicken bedankte, ihn vor sich auf den Schreibtisch legte und kurz die ersten Seiten überflog. Hierauf schaute er sie ernst an, als wollte er ihren Gemütszustand von ihrem Gesicht ablesen.

»Ich nehme an, Sie haben noch mal über Ihr Vorhaben nachgedacht, Frau Willis?«, fragte er schließlich.

»Ja, das habe ich in der Tat.«

»Und? Möchten Sie immer noch nach Kalifornien?«

Beinahe hätte Lisa geantwortet: Ja, ich will!, was sich etwas komisch angehört hätte, daher zögerte sie einen Moment und sagte ehrlich: »Ich glaube schon, obwohl es einiges zu organisieren gibt.«

Dass sie in dem Moment in Gedanken vor sich sah, wieder all ihre Sachen bei Alex packen zu müssen, um auszuziehen, verschwieg sie natürlich.

»Das hört sich noch ein wenig unsicher an«, bohrte ihr Chef nach.

»Nein, die Kurzfassung lautet: Ja!«

»Das hört sich schon besser an«, sagte er und lächelte ihr zu. Offensichtlich hatte er eine etwas euphorischere Antwort erwartet.

»Ich habe mich mal schlaugemacht und an höherer Stelle erkundigt«, sagte er hierauf, was sich für Lisa vielversprechend anhörte. Gespannt lauschte sie weiter, wobei sie eine etwas verkrampfte Haltung auf dem Stuhl einnahm und sogar die Luft anhielt.

»Die Fakultät würde dem Projekt zustimmen, kann Sie aber nicht großartig finanziell unterstützen. Das tut mir sehr leid, da ich mir sicher bin, dass Sie genau die Richtige für diese Recherche sind.«

61

Lisa freute sich über das indirekte Kompliment und war gespannt, was er ihr vorzuschlagen hatte.

»Bei dem geringen Etat unserer Fakultät kann ich Ihnen einen Zuschuss von tausend Euro im Monat anbieten und zusätzlich die Möglichkeit, beim Institut für Meeresbiologie in der Nähe von Carmel die Bibliothek zu nutzen, um zu recherchieren.«

Einen Augenblick musste Lisa über seine Worte nachdenken und fand seinen Vorschlag eigentlich gar nicht schlecht. Sie war davon ausgegangen, keinerlei Förderung für ihr Vorhaben zu bekommen. Daher waren tausend Euro doch besser als nichts.

»Was meinen Sie?«, hakte er nach, als Lisa nichts sagte.

»Erst einmal möchte ich mich ganz herzlich bei Ihnen bedanken, dass Sie sich so für mich einsetzen. Ich finde, das hört sich ganz gut an. Sogar sehr gut, wenn ich ehrlich bin.«

Dabei verspürte sie eine Achterbahn der Gefühle. Mit einem Mal war sie sich gar nicht mehr so sicher, ob sie wirklich nach Kalifornien wollte. So weit weg. Mit wenig Geld. Wo sollte sie dort überhaupt wohnen? »Haben Sie einen Tipp, wo ich unterkommen könnte?«

»Leider nicht, das Institut für Meeresbiologie bietet keine Gästezimmer an, da habe ich nachgefragt. Das ist ein wenig der Nachteil, Frau Willis. Sie sind komplett auf sich allein gestellt.«

»Verstehe«, gab Lisa nachdenklich zur Antwort.

»Sie müssen es ja nicht heute entscheiden«, kam ihr Professor Meinhard entgegen. »Überlegen Sie es sich über das Wochenende und lassen Sie mich am Montag wissen, wie Sie sich entschieden haben.«

»Gut, das mache ich«, antwortete Lisa, die sich selbst etwas wortkarg fand, aber nichts Falsches sagen und vor allem keine voreilige Zusage geben wollte. »Würden denn die Flugkosten übernommen werden?«

»Das können wir noch mal besprechen. Eigentlich müsste das drin sein.«

Irgendetwas an Professor Meinhards Blick sagte ihr, dass er sich wünschte, dass sie nach Kalifornien aufbrach. Da sie ihn schon eine Weile kannte, hatte sie die Vermutung, dass er womöglich selbst für ihren Flug aufkommen würde. Allein, wie sehr er sich für sie eingesetzt hatte, war rührend.

»Ich danke Ihnen«, sagte sie noch einmal und beugte sich über den Tisch, um ihm die Hand zu reichen.

»Allerdings muss Ihnen klar sein, dass die eine oder andere spannende Veröffentlichung dabei herausspringen sollte.«

»Ja, das ist mir klar«, behauptete Lisa, die sich zum ersten Mal fragte, was wäre, wenn sie vor Ort nichts herausfände. Dann säße sie ganz schön in der Patsche.

KAPITEL 10

FINNLEY

Finnley wusste, dass es ein Samstag war, als sie sich auf den Weg an die Küste machten, denn an dem Tag wurden immer die Werbezeitungen gebracht, die er so gern durchblätterte. Er fragte sich, was seinen Vater dazu bewogen hatte, doch in den Leuchtturm zu ziehen. Da sein Dad kaum mit ihm sprach, gab ihm einen Tag vor ihrem Umzug ein Telefongespräch Aufschluss darüber. Finn musste seinen Dad bei dem Gespräch gar nicht belauschen, da er wieder mal viel getrunken hatte und so laut ins Telefon brüllte, dass es vermutlich alle Nachbarn mitbekamen. Jack hatte seinen Job als Automechaniker verloren und trat nun notgedrungen die Nachfolge seines Vaters an.

Oft war es so, dass das Amt des Leuchtturmwärters an die nächste Generation weitergegeben wurde. Zumindest war es früher so gewesen, das hatte ihm einmal sein Grandpa erzählt. Auch hatte er mitbekommen, dass Stanley seinen Sohn darum gebeten hatte, den Leuchtturm weiterzuführen, da er sonst befürchtete, dass der Betrieb eingestellt würde. »Wir sind vermutlich die letzte Generation an Leuchtturmwärtern. Ich wäre dir sehr dankbar, wenn du das Amt übernehmen würdest, wenn ich mal zu alt oder nicht mehr da bin«, hatte Finn ihn sagen hören.

»Ich denke drüber nach, Dad«, hatte Jack geantwortet. Seinem Vater gegenüber erhob er nie die Stimme wie zu Hause bei ihm und Ma. In Stanleys Gegenwart riss er sich meist zusammen. Einmal hatte Finn ihn sagen hören, dass er seinem Vater sehr dankbar sein müsse. Vermutlich war das die Erklärung dafür, dass er sich nun auf den Weg zum Leuchtturm machte.

Einmal hatte Finn seinen Grandpa gefragt, warum Lobos Island für Touristen nicht zugänglich war, denn die Insel hatte so viel zu bieten.

»Das würde mir gerade noch fehlen«, hatte Stanley geantwortet, »dass Hunderte von Touristen über meine Insel latschen, alles kaputt trampeln und ihren Müll hinterlassen. Nein, das brauche ich wirklich nicht.«

Touristen konnten ihre Fotos vom Land aus machen, wo es schon seit Ewigkeiten eine kleine Pension mit einem netten Café gab. Davor war eine Plattform, von der aus man eine hervorragende Aussicht auf den Leuchtturm hatte. Nach langem Hin und Her hatte Stanley sein Okay gegeben, dass hier einige Ferngläser angebracht werden konnten.

Auch das kleine Motel war seit Jahrzehnten ein Familienbetrieb. Mit den Besitzern verstand sich sein Großvater gut. Die Mitglieder der Familie Brown waren vermutlich die einzigen Personen, die schon mal auf der Insel gewesen waren.

Am Tag des Umzugs war sein Vater wie ausgewechselt. Er redete viel mit Finn und war geradezu nett. Vielleicht war er insgeheim doch ein bisschen stolz, bald einen der letzten Leuchttürme in Kalifornien leiten zu können.

Als wäre es gestern gewesen, sah Finnley vor Augen, wie er mit seiner gepackten Tasche vor dem viktorianischen

Haus stand, das er so sehr liebte. »Darf ich mein Zimmer im Dachboden behalten?«, wollte er aufgeregt wissen.

»Aber natürlich«, sagte sein Vater und legte ihm den Arm um die Schultern. Finnley deutete das Verhalten seines Vaters als gutes Zeichen für einen Neubeginn.

Nachdem Jack aufgeschlossen hatte, betrachteten sie bedächtig das Wohnzimmer. Intuitiv schwiegen beide eine Weile und schauten sich erst einmal um. Finnley überkam in dem Moment eine unglaubliche Traurigkeit, da das Innere des Hauses so aussah, als wäre Grandpa Stan gerade noch hier gewesen. Auf dem Tisch in der gemütlichen Essecke stand noch seine Kaffeetasse, daneben lag die Muschel, die Finn ihm bei seinem letzten Besuch geschenkt hatte. An der Garderobe hing seine Jacke, die er immer getragen hatte, wenn er zum Leuchtturm hinüberging, um das Leuchtfeuer zu überprüfen. Es fehlte nur noch, dass im Kamin ein Feuer flackerte und aus der Küche der leckere Geruch nach dem Essen seiner Mutter strömte. Dass sie heute nicht bei ihnen war, drückte seine Stimmung umso mehr.

»Wann wird Mama wohl herkommen?«, fragte er und war seinem Vater dankbar, dass er ihn für diese Frage nicht gleich zusammenstauchte.

»In der Klinik haben sie gesagt, dass es ihr schon besser geht. Ich denke, dass es nicht mehr lange dauern wird, bis sie herkommen kann.«

Natürlich konnte sich sein Vater nicht festlegen. Finnley hatte seine Mutter das letzte Mal vor fünf Tagen gesehen und tatsächlich fand auch er, dass es ihr besser ging. Immerhin hatte sie ihn angeblickt und sogar gelächelt.

»Es dauert eine Weile, bis wir ihre Medikamente richtig eingestellt haben, aber wir sind auf einem guten Weg«, hatte der behandelnde Arzt ihnen mitgeteilt. Zwar verstand Finnley nicht alles, was er sagte, hörte aber heraus, dass sich der Zustand seiner Ma besserte.

»Dann lauf in dein Zimmer«, forderte sein Vater ihn auf, nachdem sie eine Weile tatenlos im Wohnzimmer gestanden hatten.

Das ließ sich Finnley nicht zweimal sagen. Obwohl seine Tasche recht schwer war, nahm er auf dem Weg nach oben zwei Stufen auf einmal.

In seinem Zimmer angekommen, setzte er sich sofort vor das runde Dachfenster und blickte hinaus.

In dem Moment verspürte Finnley ein wohliges Glücksgefühl. Endlich konnte er diesen Dachboden, den er so sehr mochte, als sein eigenes Zimmer ansehen. Die Vorstellung, für immer bleiben zu können und nicht nach ein paar Stunden wieder aufbrechen zu müssen, war herrlich. Am liebsten hätte er dieses Glück festgehalten. Vielleicht ahnte er, dass es nicht lange anhalten würde.

Während er die wenigen Sachen, die er mitgebracht hatte, auspackte und fein säuberlich in das Regal räumte, hörte er seinen Vater unten die Umzugskisten ins Wohnzimmer tragen. Manchmal fluchte er leise vor sich hin, was aber harmlos war im Vergleich zu sonst. Zum Glück hatte sein Vater einen Geländewagen, denn es war gar nicht einfach gewesen, die Sandbank zu überqueren und den schmalen Fußweg zum Leuchtturm hinaufzufahren. Zumindest sah es so aus, als wäre seit Jahrzehnten kein Auto mehr diese Strecke gefahren. Opa Stanley hatte sein Fahrzeug immer gegenüber auf dem Festland geparkt.

Nachdem Finnley sich eingerichtet und seine Muschelsammlung sortiert hatte, ging er nach unten und fragte seinen Vater, ob er ihm helfen könne.

»Du bist schon ein richtig großer Junge. Hilf mir mal, die nächsten Kisten reinzutragen«, entschied sein Vater, was ihn ein wenig stolz machte. Zum ersten Mal fühlte er sich von ihm akzeptiert oder überhaupt wahrgenommen.

»Sollen wir mit der Urne zu den Klippen gehen und die Asche von Grandpa ins Meer streuen?«, schlug sein Dad vor, nachdem sie einige Umzugskisten im Wohnzimmer abgestellt hatten. Dafür, dass sie ein ganzes Haus ausgeräumt hatten, waren es nicht viele Umzugskartons. Sein Vater musste einiges entsorgt haben.

»Ja, Dad, lass uns das machen«, antwortete Finn, obwohl er ein etwas mulmiges Gefühl bekam, wenn er daran dachte, die Asche seines Großvaters zu verstreuen.

»Oder meinst du, Mama möchte dabei sein?«, sprach Finn seine Gedanken laut aus.

»Das würde sie bestimmt gern. Aber einmal wissen wir noch nicht, wann sie wiederkommt, und dann stimmt sie das sicherlich gleich wieder traurig, was wir vermeiden wollen«, gab sein Vater zu bedenken.

Überrascht blickte Finn ihn an, da es vermutlich das erste Mal war, dass sein Vater Gefühle für seine Frau zeigte.

»Bist du einverstanden?«, hakte er nach, da Finn nicht geantwortet hatte.

»Ja, Dad. Ich kenne eine Stelle, die Grandpa besonders gemocht hat.«

»Dann zeig sie mir, mein Junge.«

Nachdem die beiden einen schmalen Pfad zwischen den Klippen entlanggelaufen waren, blieb Finn an einem kleinen Aussichtspunkt stehen.

»Hier ist Grandpa immer gern hingegangen, um die Aussicht zu genießen«, erklärte er und wartete auf die Reaktion seines Vaters.

»Das hast du gut ausgesucht. Dein Großvater wäre mit dieser Wahl zufrieden.«

Hierauf stellte er sich nah an den Abhang und forderte Finn auf, sich neben ihn zu stellen. Kurz darauf streckte er ihm die Urne entgegen, damit er den Deckel öffnen konnte. Einen Augenblick hielten sie inne, bevor sein Vater den Inhalt ausleerte, der mit der nächsten Windböe davongetragen wurde.

»Goodbye, Grandpa«, flüsterte Finnley mit Tränen in den Augen, als er der Asche hinterherblickte, die wie eine kleine Wolke Richtung Meer schwebte.

Eine Weile standen die beiden noch dort, wobei sein Vater den Arm um seine Schulter legte. Der Moment war so traurig und schön zugleich, dass Finn ihn am liebsten für immer festgehalten hätte.

Nach einer Weile begaben sie sich wieder gemeinsam auf den Rückweg zum Haus, wo sie sich gleich daranmachten, die Kisten auszupacken. Die Ablenkung tat gut.

Nach getaner Arbeit ging sein Vater in die Küche und blickte in den Kühlschrank, der vermutlich noch aus den Sechzigerjahren stammte. Enttäuscht verzog er das Gesicht. »Zu essen haben wir leider nichts, mein Junge«, kommentierte er.

»Warte, Paps«, rief Finn und rannte zum Wagen, wo er die Kiste, die ihm der nette Ladenbesitzer zum Abschied geschenkt hatte, hinter seinem Sitz versteckt hatte. Er war sich nicht sicher, ob er deswegen Ärger bekommen würde, ließ es aber darauf ankommen. Mit leuchtenden Augen stellte er die Kiste auf den Küchentisch und wartete, ob Tadel oder Lob folgte.

»Wo hast du das denn her?«, fragte sein Vater, wobei er ihm anhörte, dass er sich über das freute, was er sah.

»Das hat mir der Mann aus dem Laden bei uns im Ort geschenkt«, erklärte Finn, wobei er vermied zu sagen, dass er täglich dorthin gegangen war. Das hätte sein Vater bestimmt nicht gutgeheißen.

»Kannst du damit auch was anfangen?«, wollte sein Vater wissen.

»Natürlich, Pa. Ich koche uns etwas zu essen!«, entschied Finn mit heroischer Stimme, worauf ihm sein Vater auf die Schulter klopfte. Selten hatte sich Finn so gut gefühlt.

Während Jack wieder zum Wagen ging, schaute sich Finnley nach Töpfen, Kochlöffeln und Gewürzen um. Auch in dieser Küche hatte er seiner Mutter schon öfter beim Kochen zugeschaut, aber nicht darauf geachtet, wo sich die Kochutensilien befanden. Zum Glück hatte sie ihm vor einigen Wochen beigebracht, wie man dieses Gericht zubereitete, was hier so gut klappte wie im alten Haus.

Eine halbe Stunde später hatte er das Essen gekocht, auf Tellern angerichtet und in der gemütlichen Essecke auf den Tisch gestellt. Dazu schenkte er jedem ein Glas von der Zitronenlimonade ein, die sich ebenfalls im Karton befunden hatte.

»Das sieht ja fantastisch aus, Junge!«, lobte ihn sein Vater, als er sich an den Tisch setzte.

Finn konnte sich nicht daran erinnern, jemals so stolz gewesen zu sein. »Das habe ich von Mama gelernt.«

»Ach? Wirklich?«, hakte sein Vater nach, wobei Finn überlegte, ob er etwas Falsches gesagt hatte. Als sein Vater kurz darauf anfügte »Dann hat sie dir doch etwas Sinnvolles beigebracht« und lachte, fiel ihm ein Stein vom Herzen.

»Möchtest du mich nach dem Essen zum Leuchtturm begleiten?«, fragte sein Vater kauend.

»Da fragst du noch? Na klar!«, rief Finn aus und begann automatisch, schneller zu essen.

Als sie anschließend die hundertfünfzig Stufen emporstiegen, die Finnley schon oft gezählt hatte, musste er daran denken, wie schlecht es seinem Grandpa gegangen war, als sie die Treppe das letzte Mal hinabgestiegen waren. Das war vermutlich ein Anzeichen für sein schwaches Herz gewesen.

Auch Jack musste ganz schön schnaufen, als er oben ankam. Bei seinem Opa hätte Finn hierzu einen Scherz gemacht, den er sich bei seinem Vater aber tunlichst verkniff. Er war immer in Habachtstellung, wann sein nächster Wutausbruch kommen würde.

Als sie in dem Raum oben ankamen, dämmerte es bereits. Trotzdem konnte Finnley sofort erkennen, dass sie Besuch hatten. Der Pelikan saß wieder auf dem Geländer und blickte über den Ozean. Finnley war sich sicher, dass es derselbe Pelikan war, den er gemeinsam mit seinem Opa beobachtet hatte.

»Paps, sei leise, draußen ist ein Pelikan.«

»So weit kommt's noch!«, rief sein Vater erbost und öffnete die Tür, die nach außen führte. Mit hastigen Schritten lief er auf das Tier zu und schimpfte etwas. Augenblicklich ließ sich der Pelikan nach unten fallen, was so aussah, als würde er abstürzen.

Erschrocken war Finnley seinem Vater gefolgt. Zum Glück sah er den Vogel kurz darauf Richtung Meer gleiten. »Warum hast du ihn verscheucht?«, wollte er entsetzt wissen.

»Der macht hier doch nur Dreck! So etwas kann ich nicht gebrauchen«, sagte sein Pa wütend und war wieder ganz der Alte. Er war eben nicht Opa Stan, mit dem er in Ruhe den Pelikan hätte beobachten können.

»Nun hör auf zu jammern, Junge!«, fuhr sein Vater ihn an, obwohl er gar nichts gesagt hatte.

Noch immer blickte Finnley dem Pelikan hinterher, der so graziös durch den Himmel schwebte, obwohl er so groß war. Er fand das Tier einfach faszinierend.

»Geh wieder rein, Junge. Es ist kalt hier draußen.«

Tatsächlich war es an diesem Abend nicht nur kalt, sondern auch äußerst windig, vor allem hier oben in sechzig Metern Höhe. Niedergeschlagen folgte Finn der Anweisung seines Vaters und begab sich wieder ins Innere.

»Nun mach nicht so ein Gesicht, sonst nehme ich dich das nächste Mal nicht mehr mit«, bestimmte sein Vater, wobei Finnley zum ersten Mal klar wurde, dass er Jack von nun an rund um die Uhr um sich haben würde. In ihrem alten Haus war er immer froh gewesen, wenn er zur Arbeit ging. Hier war seine Arbeitsstelle nur wenige Meter von ihrem Haus entfernt. Finn hoffte inständig, dass sein Vater weiterhin so gut gelaunt bleiben würde, wie er es heute gewesen war.

Auch der nächste Tag verlief relativ harmonisch, wenn man das in Anbetracht der ständigen unterschwelligen Angst, die Finnley vor seinem Vater hatte, sagen konnte. Finn war die meiste Zeit damit beschäftigt, sein Zimmer weiter einzurichten, half aber auch, die Regale im Wohnzimmer einzuräumen. Einige Sachen von Stanley packten sie in Kisten und brachten sie in den Schuppen, der nicht weit vom Haus entfernt lag. Hier hatte sein Grandpa eine kleine Werkstatt eingerichtet, die überraschend gut ausgestattet war.

»Da hat sich mein alter Herr ja richtig was geleistet«, kommentierte Jack, dem der Schuppen zu gefallen schien. Auch wählte er den Platz davor für seinen Schaukelstuhl, den er immer vor dem Haus stehen hatte. Finn hätte nicht gedacht, dass er das alte Möbelstück überhaupt mitnehmen würde. Die Sitzfläche war schon mehrfach repariert und die Farbe splitterte an vielen Stellen ab. Trotzdem schien sich sein Vater nicht davon trennen zu wollen.

Finn wunderte sich, dass er den Stuhl Richtung Festland aufstellte und nicht auf die andere Seite des Schuppens mit dem schönen Blick aufs Meer. Als er sich getraute, danach zu fragen, antwortete sein Vater: »So kann ich sehen, ob Gefahr droht.« Hierauf lachte er. »Aber im Ernst. So kann ich erkennen, ob sich jemand unerwünscht auf den Weg zu uns macht.«

Offenbar schien auch sein Vater nicht scharf auf ungebetene Gäste zu sein.

Da es Sonntag war und sie nicht einkaufen konnten, kochte Finnley wieder etwas aus der Kiste, die er mitgebracht hatte. Auch hatte Opa Stanley noch einige Konserven in der kleinen Speisekammer hinter der Küche. Heute kochte er Nudeln mit Tomatensauce, die zwar etwas fad schmeckten, aber trotzdem von seinem Vater gelobt wurden.

Dieser besuchte ihn sogar oben in seinem Zimmer und war überrascht, wie schön Finnley es sich eingerichtet hatte. Natürlich wusste er nicht, dass das meiste davon bereits vorher hier gewesen war.

»Deinen Kleiderschrank kriegen wir hier aber nicht unter«, gab Jack zu bedenken, als er sich umschaute. Im Grunde gab es in dem Raum kaum Stellwände, da nach etwa einem Meter bereits die Dachschrägen begannen. Obwohl der Dachboden sehr groß war, bot er nicht viel Stauraum.

»Was ist das denn?«, wollte sein Vater wissen, als er die Muschelsammlung entdeckte.

»Das sind Muscheln, die ich am Strand gefunden habe, und das daneben ist meine Sammlung von Federn und besonderen Steinen«, erklärte Finnley.

»Nicht schlecht. Weißt du auch, wie die alle heißen?«

»Nein, nur manche«, gab Finn zur Antwort. Dann hakte er gleich nach: »Können wir auch mal zum Strand gehen?«

»Na klar«, behauptete sein Vater. Lobos Island verfügte über einen weitläufigen Sandstrand, den man vom Festland aus nicht sehen konnte. Hier hatte Finnley schon viele Stunden mit Opa Stan und seiner Mutter verbracht, um Strandgut zu sammeln. Einmal hatten sie dort sogar gegrillt, was Finn sehr aufregend fand.

»Ich arbeite mal weiter, Junge«, meinte Jack kurz darauf und ging wieder nach unten.

Finnley fragte sich, warum ihn sein Vater nie bei seinem Namen nannte. Hatte er vielleicht vergessen, wie er hieß?

Obwohl Finnley geahnt hatte, dass die Harmonie zwischen ihm und seinem Dad nicht lange anhalten würde, war er doch überrascht, dass es sich bereits an diesem Abend ändern sollte.

Er schaute sich gerade das Buch über Tiere an, das er im alten Haus wieder aus dem Mülleimer gefischt hatte, als sein Vater ihn rief.

»Sohn! Komm mal her. Ich brauche deine Hilfe!«

Als Finnley die Treppen hinunterrannte, fand er seinen Vater in einem erbärmlichen Zustand im Schlafzimmer vor. Er saß auf dem Bett und es ging ihm offensichtlich miserabel. Sein Hemd hatte er ausgezogen und saß nur im T-Shirt da, obwohl es in dem Raum eher kühl war. Sofort sah Finnley, dass er stark schwitzte und zitterte. Sein Vater schien mit einem Mal furchtbar krank zu sein.

»Junge, kannst du zum Café rübergehen und etwas für mich kaufen?«, fragte er mit verzerrter Stimme.

»Ja, Dad, was soll ich denn holen?«

»Eine Flasche Whiskey und wenn sie die nicht haben, Bier.«

»Gut, Dad, ich gehe gleich los.«

»Nimm dir unten aus meiner Jacke Geld.«

»Mache ich«, sagte Finn, der bereits die Treppe hinunterrannte, um den Auftrag zu erfüllen. Hektisch wühlte er in den Jackentaschen seines Vaters, bis er die Dollarscheine gefunden hatte. Da er nicht wusste, was eine Flasche Whiskey kostete, stopfte er sich das ganze Geld in die Hosentasche. Dann machte er sich auf den Weg.

Besorgt registrierte er, dass die Sonne bereits tief stand, was bedeutete, dass die Flut bald kommen würde. Noch war der Weg zum Festland frei und man konnte die Sandbank überqueren, doch Finn konnte bereits erkennen, dass sich auf beiden

Seiten der Ozean näherte. Zum Glück hatte seine Mutter ihm schwimmen beigebracht, wobei er sich eher über Wasser halten als wirklich schwimmen konnte.

Wie von der Tarantel gestochen, raste er über die Landzunge, die zum Festland führte. Heute kam sie ihm viel länger vor als sonst. Auch war ihm zuvor nie aufgefallen, wie langsam man in dem Sand vorankam. Bei jedem Schritt sanken seine Schuhe einige Zentimeter ein.

Als er auf der anderen Seite ankam, war er völlig außer Puste. Nun musste Finn nur noch einige Treppenstufen emporsteigen, bis er auf einer Grasfläche stand, von der aus er das Café sehen konnte. Erleichtert atmete er auf, als er sah, dass Licht darin brannte und es offensichtlich noch geöffnet war.

Neben dem Café war ein kleiner Laden, in dem Touristen verschiedene Dinge wie Getränke, Postkarten oder Snacks kaufen konnten. Sein Herz schlug ihm bis zum Hals, als er auf den Laden zulief. Er machte sich große Sorgen um seinen Vater, der nun allein zu Hause war. Hoffentlich konnte er ihm schnell genug den Whiskey bringen, denn das war offenbar die Medizin, die ihn wieder gesund machen würde.

Eigentlich hatte Finnley vorgehabt, sich lautlos in den Laden zu schleichen und sich erst mal umzuschauen, was es dort gab. Eine Klingel an der Eingangstür kündigte allerdings sein Eintreten an, was ihm einige neugierige Blicke bescherte. Er wusste, dass Opa Stan sich gut mit dem Cafébesitzer verstanden hatte, er selbst hatte ihn aber nie kennengelernt.

»Hallo, bist du der Junge, der in den Leuchtturm gezogen ist?«, begrüßte ihn eine Frau, die hinter dem Tresen stand. Sie wirkte freundlich und lächelte ihm zu. Die Theke des Cafés war gleichzeitig die Kasse für den Verkaufsladen.

»Ja, ich bin Finn«, stellte er sich vor und blickte sich verstohlen um. Im Café am Fenster saßen zwei ältere Damen, vermutlich Hotelgäste, die Kaffee tranken und sich angeregt unterhielten.

Im Laden stand ein Mann vor dem Postkartenständer, den er unschlüssig drehte.

Niemand schien sich um ihn zu kümmern, außer einem Mädchen, das er zuerst gar nicht wahrgenommen hatte. Sie saß an der hinteren Ecke der Theke und war verdeckt von einer vor ihr stehenden Auslage mit Muffins. Nun reckte sie den Kopf, um ihn besser sehen zu können. Sie hatte blonde Haare, die zu zwei Zöpfen zusammengebunden waren, was nett aussah.

»Wie kann ich dir denn helfen, Finn?«, wollte die Dame wissen, die ihm gleich sympathisch war.

In wenigen Augenblicken hatte Finn erkannt, was es in dem Laden zu kaufen gab. Erleichtert atmete er auf, als er hinter der Kasse einige Flaschen stehen sah, die aussahen wie das Zeug, das sein Vater immer trank. »Ich würde gern eine Flasche Whiskey für meinen Vater kaufen«, versuchte Finn möglichst selbstverständlich zu sagen, als würde er das jeden Tag machen.

»Whiskey?«, rief die Frau aus, worauf sogar die beiden älteren Damen kurz aufhörten zu reden und zu ihm hinüberblickten. Finn spürte, dass er rot anlief.

»Das kann ich dir leider nicht verkaufen, Junge. Da muss dein Vater schon selbst kommen.«

»Ihm geht es aber sehr schlecht. Er kann nicht herkommen. Ich habe Geld dabei«, sagte Finn verzweifelt und zog die Dollarscheine aus der Tasche, um sie auf den Tresen zu legen.

»Es geht nicht ums Geld. Ich kann einem Kind keinen Alkohol verkaufen. Da mache ich mich strafbar. Verstehst du das?«

Zwar nickte Finn, doch er verstand nicht ganz. Es konnte doch nicht sein, dass er seinem Vater nicht helfen konnte. »Und Bier?«, fragte er flüsternd.

»Da ist es leider dasselbe. Dein Vater soll rüberkommen, wenn es ihm besser geht«, sagte die Frau. Er sah ihr an, dass es ihr leidtat, ihm nicht helfen zu können.

Niedergeschlagen verließ Finn den Laden wieder, um sich auf den Rückweg zu machen. Es war höchste Zeit, denn die Sonne war bereits direkt über dem Horizont. Nun würde es nicht nur schnell dunkel werden, sondern auch die Flut zurückkehren.

Als er an der Treppe angekommen war, hörte er eine Stimme seinen Namen rufen. Er drehte sich um und sah das Mädchen, das zuvor an der Theke gesessen hatte. Sie schien etwas älter als er zu sein und Finnley fragte sich, was sie wohl von ihm wollte.

»Warte!«, rief sie noch einmal und war richtig außer Atem, als sie bei ihm ankam. »Ich habe etwas für dich«, sagte sie und zog unter ihrer Regenjacke eine Flasche Whiskey hervor. »Für deinen Vater!« Nun drückte sie ihm die Flasche in die Hände.

»Wie hast du das denn gemacht?«

»Meinen Eltern gehört der Laden. Ich habe sie aus dem Lager geholt und bin durch den Hintereingang rausgegangen.«

Finnley gefiel das Mädchen und vor allem, was sie für ihn getan hatte. »Kann ich das bezahlen?«

»Beim nächsten Mal!«, entschied sie mit einem Funkeln in den Augen. »Jetzt musst du schnell rüberlaufen. Die Flut ist schon fast zurück.« Hierauf drehte sie sich ohne ein weiteres Wort um und lief davon.

»Wie heißt du denn?«, rief Finnley ihr noch hinterher.

»Tiara«, antwortete sie, ohne stehen zu bleiben.

Das ist ein schöner Name, dachte Finn, während er die Treppe hinabstieg und dabei die Whiskeyflasche fest an seinen Oberkörper drückte. Sofort sah er, dass es in der Tat höchste Zeit war, die Landzunge zu überqueren. Es war nur noch ein schmaler Streifen übrig, auf dem man laufen konnte, auch wenn er immer wieder von den Wellen überspült wurde. In wenigen Minuten würde hier nur noch Wasser sein und sie auf ihrer Insel von der Außenwelt abgeschlossen. Zum ersten Mal fand Finnley diesen Gedanken ein wenig beängstigend.

Tapfer bewältigte er den Rückweg und stürmte sofort in den ersten Stock zu seinem Vater, als er beim Haus ankam. Der saß nach wie vor auf dem Bett und wiegte sich vor und zurück, wobei er die Arme verkrampft vor den Bauch hielt. Er schien starke Schmerzen zu haben.

Finn reichte ihm die Flasche, die sein Vater wortlos ansetzte und zur Hälfte austrank, als wäre es Wasser.

»Danke, Junge!«, sagte er dann und ließ sich auf das Bett zurückfallen.

Der Whiskey war offensichtlich eine gute Medizin, denn augenblicklich ging es ihm besser. Zumindest schien er keine Schmerzen mehr zu haben.

Diesen Abend verbrachte Finnley allein. Er kochte sich wieder Reis mit Bohnen, entzündete ein Feuer im Kamin und setzte sich auf einen Stuhl davor, um zu essen. Schmerzlich vermisste er seinen Grandpa und seine Ma.

Als er wieder nach oben in sein Zimmer ging, schaute er noch einmal nach seinem Dad, der im Bett lag und schlief. Neben ihm auf dem Boden lag die leere Flasche Whiskey.

Da er aus Erfahrung wusste, dass sein Vater am nächsten Tag lange schlafen würde, beschloss er, am Morgen allein zum Strand zu gehen. Schließlich kannte er den Weg. Er wollte nach Muscheln und Steinen suchen. Der Gedanke daran ließ ihn alles andere verdrängen und in Ruhe einschlafen.

Obwohl Finn sich sein Leben lang nichts sehnlicher gewünscht hatte, als in dem Haus beim Leuchtturm zu wohnen, ahnte er bereits, dass dies nichts Gutes mit sich bringen würde.

KAPITEL 11

LISA

Als Lisa abends auf das Café zuging, in dem sie sich mit Alex verabredet hatte, wurden ihre Schritte immer langsamer. Das Herz schlug ihr bis zum Hals und ihre Beine fühlten sich an wie Wackelpudding. Niemals hätte sie gedacht, dass sie so aufgeregt sein würde vor dem Gespräch mit ihm. Überhaupt hätte sie niemals geahnt, dass sie so schnell in eine solch verfahrene Situation gelangen könnten.

Noch war sie einige Meter vom Eingang entfernt, konnte aber aus der Dunkelheit in das beleuchtete Café blicken. Alex hatte einen Platz direkt am Fenster gewählt und sah zu ihrem Leidwesen umwerfend aus. Er hatte sich die letzten Tage offenbar nicht rasiert und der Dreitagebart stand ihm verdammt gut. Dazu hatte er die Haare nicht mit Gel gebändigt. Leicht strubbelig standen sie vom Kopf ab, was irgendwie niedlich aussah. Außerdem hatte er seine Brille aufgesetzt, um die Karte zu studieren, und wirkte dadurch unwiderstehlich intelligent, wie Lisa fand.

Ganz im Gegensatz zu ihr, die ihre Brille, wegen der sie als Kind immer gehänselt worden war, gehasst hatte. Schon seit geraumer Zeit trug sie Kontaktlinsen, ohne die sie äußerst kurzsichtig war, worüber sich Alex oft amüsierte.

Eine Weile beobachtete sie Alex noch, dann trat sie ein. Es konnte doch nicht so schwer sein, diese verworrene Situation wieder zu kitten.

»Hallo, Lisa«, begrüßte er sie und stand gentlemanlike auf, um ihr den Mantel abzunehmen.

»Hallo, Alex«, grüßte sie ihn etwas steif und fragte sich, warum sie sich nicht einfach umarmen und alle Streitereien vergessen konnten.

»Wie geht es dir? Wo warst du die letzten Tage?«, wollte er wissen. Vielleicht hatte er sich ja doch ein wenig Sorgen gemacht.

»Bei Maja.«

»Das habe ich mir gedacht. Sorry, dass dein schönes Abendessen so in die Hose ging.«

»Ja, das finde ich auch.«

Kurz wurde ihr Gespräch, das Lisa eher vorkam wie ein Small Talk, von der Bedienung unterbrochen. Alex bestellte sich ein Bier, Lisa einen Aperol Spritz.

»Und, wie sieht es aus? Bekommst du den neuen Job in Kalifornien?«, wollte Alex dann unvermittelt wissen, nachdem sie eine Weile geschwiegen hatten.

»Das Ganze ist nicht so einfach«, begann Lisa zu erklären, wobei sie krampfhaft nach den Worten suchte, die sie sich auf dem Weg hierher zurechtgelegt hatte. »Aber Professor Meinhard würde mich bei der Sache unterstützen.«

»Das ist doch toll!«, rief Alex übertrieben laut aus, wobei man ihm die Ironie anhören konnte. Hierauf schlug er seine Beine übereinander, verschränkte die Arme vor der Brust und grinste sie an. »Wie unterstützt dich denn dein toller Professor?«, wollte er dann mit einem süffisanten Unterton wissen.

Mit einem Mal wurde Lisa klar, dass das eben bestellte Bier nicht das erste für Alex war. Er wirkte ein wenig angetrunken und hatte sich wohl anfangs bemüht, höflich zu sein. Sie beschloss, bei seinem Spielchen nicht mitzumachen und zu versuchen, ein Gespräch zwischen zwei Erwachsenen zustande zu bringen. »Er hat organisiert, dass ich einen monatlichen Zuschuss bekomme, obwohl es dafür eigentlich kein Budget mehr an unserer Fakultät gibt. Darüber hinaus wird er es ermöglichen, dass ich dort bei einem Institut für Meeresbiologie recherchieren kann, und wahrscheinlich zahlt er mir den Flug. Das ist mehr, als ich erwartet hatte.«

»Das heißt, du wirst einiges drauflegen bei dem Spaß.«

»Spaß? Das ist doch kein Spaß, das ist mein Job! Meine Berufung! Meine Passion!«, erklärte Lisa inbrünstig.

»Verstehe«, antwortete er mit einem Gesichtsausdruck, den sie nicht ganz deuten konnte.

»Möchtest du überhaupt ein ernsthaftes Gespräch darüber führen?«

»Auf jeden Fall!«, behauptete Alex, der sein Bier in wenigen Zügen ausgetrunken hatte und sich ein neues bestellte.

»Willst du dich auch wieder versöhnen?«

»Ja, das würde ich gern«, sagte er und wurde ernst. Lisa kannte ihn und wusste, dass er dies auch meinte. Vermutlich konnte er nicht über seinen Macho-Schatten springen und seine wahren Gefühle zeigen. Sie musste ihn mehr gekränkt haben, als ihr bewusst gewesen war.

»Was ist denn eigentlich für dich das Problem? Kalifornien ist traumhaft schön. Du könntest mich dort besuchen kommen«, hakte sie nach.

»Das ist ja gnädig von dir.«

»Alex, jetzt mal ehrlich. Möchtest du dich ernsthaft unterhalten oder nicht?«

»Ja, das möchte ich. Wann geht es denn los?«

»Das weiß ich noch nicht.«

»Wirst du denn wieder in die Wohnung zurückkommen?«, wollte er dann etwas aus dem Zusammenhang gerissen wissen.

»Je nachdem, ob du das möchtest und ob wir uns wieder vertragen.«

»Morgen kommen meine Eltern zu Besuch.« Da lag also der Haken.

»Und da ist es dir lieber, wenn ich wegbleibe?«, folgerte Lisa.

»Nein, nicht unbedingt. Es könnte nur etwas eng werden zu viert.«

»Willst du denn, dass ich deine Eltern mal kennenlerne?«

»Das ist eine schwierige Sache. Meine Eltern, vor allem mein Vater, können sehr anstrengend sein. Er würde dich mit Fragen löchern und völlig auseinandernehmen.«

»Wie meinst du das?«

»Wenn du meinem Vater erzählst, dass du deinen Lebensunterhalt damit verdienst, irgendwelche Sittiche zu beobachten, denkt er wahrscheinlich, du bist geistesgestört.«

»Geistesgestört?«, wiederholte Lisa so laut, dass sich einige Gäste zu ihnen umdrehten. »Na, ich möchte auf gar keinen Fall, dass sich dein Vater von meinem Beruf als Biologin auf den Schlips getreten fühlt.«

»Na ja, so ist er halt, mein alter Herr.«

So klar hatte Alex noch nie über seine Eltern gesprochen. Zwar hatte sie immer vermutet, dass er ein Zusammentreffen verhindern wollte, aber nie hatte Alex so eindeutig gesagt, dass sie nicht gut genug für seinen Vater war. Das musste sie erst einmal verdauen.

»Das heißt ja dann im Klartext, dass du mich deinen Eltern niemals vorstellen kannst«, schlussfolgerte Lisa, wobei sie den Satz in Gedanken weiterspann. »... und dass wir niemals heiraten können.«

»Irgendwann vielleicht schon, aber momentan noch nicht.«

»Wir sind seit zwei Jahren zusammen«, gab Lisa zu bedenken, wobei es ihr so vorkam, als würde sie einer völlig fremden Person gegenübersitzen.

»Ich weiß. Das ist auch nicht einfach für mich.«

Wollte er jetzt Mitleid von ihr?

Mit einem Mal hatte Lisa genug. Von dem Gespräch. Von diesem Café. Von Alex. Von allem. »Dann wünsche ich dir ein schönes Wochenende mit deinen Eltern«, sagte sie, knallte zehn Euro auf den Tisch, stand auf und ging.

Nachdem Lisa das Café verlassen hatte, musste sie erst kurz verschnaufen, bevor sie schleunigst zu Alex' Wohnung radelte, um noch ein paar wichtige Dinge von sich zu holen. Es kam für sie nicht infrage, dass sie hier übernachten würde. Ein wenig fühlte sie sich heimatlos, da auch das Sofa bei Maja als Notlösung nicht gerade zufriedenstellend war.

Sie vermutete, dass Alex noch ein Bier bestellen würde, um sich dann, vermutlich nach einem weiteren Abstecher in eine Bar, auf den Nachhauseweg zu machen. Das gab ihr etwas Zeit, ein paar Sachen zu packen. Lange wollte sie sich allerdings nicht in der Wohnung aufhalten.

Überrascht stellte sie fest, dass Alex schon einige Dinge von ihr weggeräumt hatte, wie ihre rosafarbenen Plüschhausschuhe, die immer am Eingang standen. Diese hatte er mit ihren Jacken und Handtaschen fein säuberlich in den Schrank bei der Garderobe geräumt.

Er will meine Spuren verwischen, kam es ihr in den Sinn, was ihre Wut erneut auflodern ließ.

Ein Blick ins Bad bestätigte ihren Verdacht. All ihre Parfümfläschchen, Haarspangen und Cremes hatte er in einer Schublade verschwinden lassen. Das war ja ungeheuerlich!

Er will tatsächlich vor seinen Eltern verheimlichen, dass er eine Freundin hat, damit er mich nicht vorstellen muss, dachte Lisa, während sie ihre Regenkleidung aus dem Schrank heraussuchte.

Obwohl Lisa geschäftig weiter ihre Sachen packte, verspürte sie einen tiefen Schmerz in ihrem Herzen. Es waren nicht Alex' Worte, sondern die Tatsache, dass sie nicht gut genug für seine Eltern war, was sie so kränkte. Wie es aussah, musste ihm der Streit zwischen ihnen gerade recht gekommen sein. Ein wenig hatte sie die Vermutung, dass er deshalb nicht hatte einlenken wollen.

Lisa versuchte, nicht weiter darüber nachzudenken, sondern sich darauf zu konzentrieren, nichts in der Wohnung zu vergessen, sodass sie erst mal nicht zurückkommen musste.

Als sie alles gepackt hatte, lief sie noch einmal durch alle Zimmer und spürte, dass dies ein Abschied war. Es müsste schon ein Wunder passieren, damit sie hier wieder einzog. Sie müsste sich mit Alex vertragen, wobei sie ihn seit ein paar Tagen mit ganz anderen Augen sah und sich gar nicht sicher war, ob sie das überhaupt wollte. Sollten sie wieder zusammenkommen, würde sie darauf bestehen, seine Eltern kennenzulernen, was sicherlich kein Spaß werden würde. Im Moment sah es eher so aus, dass sie diese Wohnung längere Zeit nicht, vielleicht auch nie wieder betreten würde.

Wieder hatte sie ihren Rucksack und die Fahrradtasche bis zum Rand vollgepackt, wobei sie zu guter Letzt noch das edle Currygewürz einsteckte, das sie vor ein paar Tagen gekauft hatte. Sie beschloss, das Gericht in der Wohngemeinschaft zu kochen, wo es sicherlich dankbar angenommen werden würde.

Zum Glück hatte es aufgehört zu regnen, als Lisa den Rückweg zu ihrer neuen, alten WG antrat. Mittlerweile hatte sie wieder einen Schlüssel zu der Wohnung, die sie an diesem Abend erneut leer vorfand. Natürlich waren alle Studenten und auch Maja an einem Freitagabend ausgeflogen. An den Spuren in der Küche konnte sie erkennen, dass sie sich noch Pizza bestellt hatten.

Wieder nutzte Lisa die verlassene Wohnung, um ein wenig an ihrem Laptop zu arbeiten. Sie wollte noch einmal recherchieren, wohin es sie verschlagen würde. Außerdem interessierte sie, was Flüge nach Kalifornien kosteten.

Diesmal wollte sie besagte Insel aus dem Artikel suchen und was es mit dem Leuchtturmwärter auf sich hatte. Lobos Island, die in der Nähe des schmucken Örtchens Carmel lag, sah wirklich interessant aus, wie die ganze Natur dort.

Überrascht war Lisa allerdings, dass sie kaum etwas zu dem Leuchtturmwärter fand. Zwar entnahm sie einigen Artikeln, dass der Leuchtturm fast zweihundert Jahre alt war, aber über die Familie des Wärters fand sie relativ wenig, um nicht zu sagen gar nichts. Die Informationen im Internet schienen veraltet zu sein, denn sie fand nur einen Artikel, in dem stand, dass vor dreißig Jahren ein gewisser Stanley Castor den Leuchtturm betrieben hatte.

Das kann doch unmöglich die neueste Information sein, dachte Lisa, während sie weiter recherchierte. Vergebens. Zwar fand sie einige Artikel zu Lobos Island, von Einheimischen auch Pelican Island genannt, aber nichts zu den Menschen, die darauf lebten.

»Das ist ja mysteriös«, sagte sie halblaut zu sich selbst, während sie mit der Nase fast am Bildschirm klebte.

»Was ist mysteriös?«, hörte sie in dem Moment Majas Stimme, was sie erschrocken herumfahren ließ.

»Du bist ja da!«

»Ja, ich war nur im Bad. Ich treffe mich jetzt mit ein paar Kollegen in der Stadt. Willst du mitkommen?«

»Nein danke. Mir reicht's für heute.«

»War das Gespräch mit Alex ein Reinfall?«

»So kann man es auch nennen.«

»Das wird schon, vielleicht musst du nur ein bisschen abwarten«, tröstete sie Maja, die zu spüren schien, dass ihre Freundin nicht weiter über das Thema reden wollte.

»Er will mich nicht mal seinen Eltern vorstellen«, musste Lisa nun doch ihre Wut loswerden.

»Wie meinst du das?«

»Na, seine Eltern kommen dieses Wochenende und er meinte zu mir, dass es dann ja etwas voll in der Wohnung wäre. Einen klareren Wink mit dem Zaunpfahl gibt es ja wohl nicht. Ich habe seine Eltern in den zwei Jahren, die wir zusammen sind, nicht kennengelernt, weil er meint, sein Vater sei etwas anstrengend. Ich bin dann in die Wohnung, wo er sämtliche Spuren von mir beseitigt hat.«

»Das gibt es doch nicht!«, stieß Maja erbost aus.

»Ich konnte es auch kaum glauben.«

»Vielleicht ist es doch besser, wenn ihr euch eine Weile nicht seht und du erst mal nach Kalifornien gehst«, gab Maja zu bedenken. »Und was ist so mysteriös?«, fragte sie dann.

»Ich habe dir doch von der Insel erzählt, wo es die vielen Pelikane gibt, was sich keiner erklären kann. Auf der Insel gibt es einen Leuchtturm, der auch sehr bekannt in der Gegend ist. Von der Insel und dem Leuchtturm gibt es unzählige Bilder im Internet. Worüber es allerdings keinerlei Informationen gibt, sind der Leuchtturmwärter und seine Familie, die dort leben.«

»Vielleicht ist er gar nicht mehr in Betrieb?«, schlussfolgerte Maja.

»Doch, das ist es ja. Er ist einer der letzten in Kalifornien, die noch in Betrieb sind. Außer diesem gibt es nur noch zwei weiter nördlich, die noch genutzt werden.«

»Das musst du dann wohl vor Ort rausfinden, meine Liebe.« Maja schnappte sich noch ein Stück kalte Pizza.

»So wird es sein.«

»Ich finde, du solltest unseren Geschenkgutschein noch einlösen, bevor du fährst.«

»Ja, das sollte ich, aber vielleicht wird es ein bisschen knapp, denn momentan hält mich wirklich nichts mehr hier.«

»Versuch es wenigstens«, bettelte Maja, die ihr zu ihrem letzten Geburtstag vor ein paar Wochen einen Schwimmkurs geschenkt hatte. Denn wenn Lisa vor etwas panische Angst hatte, dann war es Wasser.

Sie mochte gar nicht an das dramatische Ereignis aus ihrer Kindheit zurückdenken, das diese Phobie ausgelöst hatte. Ihre Fähre war auf dem Weg nach England gekentert und sie musste mit ihren Eltern stundenlang in einem Rettungsboot ausharren, das bei stürmischer See im Ärmelkanal trieb. Die ganze Zeit hatten sie Todesangst gehabt. Danach konnte sich Lisa nicht mal mehr in der Nähe von Wasser aufhalten, ohne eine Panikattacke zu bekommen. Aus diesem Grund war sie in der Schule immer vom Schwimmunterricht befreit gewesen.

Lange hatten die beiden Freundinnen darüber gesprochen und Lisa hatte beschlossen, diese Angst zu überwinden und schwimmen zu lernen. Hierauf hatte Maja Nägel mit Köpfen gemacht und ihr einen Schwimmkurs geschenkt.

»Ich werde in Kalifornien bestimmt nicht schwimmen gehen. Der Pazifik hat dort nur dreizehn Grad«, lenkte Lisa ein.

»Wenn man an einem Ozean lebt, sollte man schwimmen können, Lisa!«, ermahnte sie ihre Freundin in mütterlichem Ton.

Lisa konnte nicht ahnen, wie recht Maja haben sollte …

KAPITEL 12

FINNLEY

Geduckt lief Finnley den kleinen Trampelpfad oberhalb der Bucht entlang. Mittlerweile hatte er sich angewöhnt, sich möglichst leise fortzubewegen, wobei er nicht wusste, ob es aus Angst vor seinem Vater war oder weil er die Tiere nicht aufscheuchen wollte, die er so gern beobachtete.

Finn lebte bereits seit zwei Wochen auf Lobos Island und erkundete jeden Morgen, wenn sein Vater noch schlief, die Insel. Er wusste, dass sein Dad dies niemals erlauben würde, daher fragte er ihn erst gar nicht, sondern machte sich auf die Socken, wenn er es nicht mitbekam.

Auch heute zog es ihn als Erstes zu dem schönen Strand, an dem es so viel zu erkunden gab. Neulich hatte er hier einige Seeotter beobachtet, die sich in der Bucht wohlzufühlen schienen. Immer wieder tauchten die Tiere ab, um aus dem Seetangwald Nahrung zu holen, die sie dann rücklings auf dem Wasser schwimmend fraßen. Interessiert beobachtete Finn, wie sie große Königskrabben mit ihren scharfen Zähnen aufbrachen und verspeisten oder Muscheln an den Felsen am Rand der Bucht aufklopften, um an das Innere zu gelangen. Finn war begeistert, wie schlau die Tiere waren, und wünschte, er hätte ein Fernglas.

Irgendwo muss Opa Stan doch ein Fernglas haben, überlegte er und beschloss, sich im Haus umzuschauen. Vielleicht hatte er aber auch eines im Leuchtturm, den er leider seit seiner Ankunft erst einmal betreten hatte. Sein Vater hatte ihm verboten, den Turm zu besteigen, und trug den Schlüssel immer bei sich. So weit würde Finnley dann doch nicht gehen, ihn zu stibitzen und heimlich in den Leuchtturm zu schleichen.

Als er beim Strand ankam, machte er sich gleich auf die Suche nach Muscheln. Da um diese Zeit gerade Ebbe war, hatte er meist Glück und schon einige schöne Exemplare gefunden. Neulich hatte er eine riesige Abalonemuschel entdeckt, die er seiner Ma schenken wollte, wenn sie zurückkam.

Sein Vater hatte gestern mit dem Arzt telefoniert und vereinbart, dass er sie heute abholen würde. Deswegen ärgerte sich Finn über ihn, dass er wieder so lange schlief. Mittlerweile wusste er, dass es an dem Whiskey lag, den sein Vater allabendlich trank, warum er meistens erst mittags oder nachmittags aufstand.

Sonst war Finn froh darüber, da ihm mehr Zeit blieb, die Insel zu erkunden, doch heute hätte er ihn am liebsten wach gerüttelt, damit er endlich Ma zu ihnen holte.

Auf dem Rückweg wollte Finn ihr einen Strauß wilden Fenchel pflücken, der gerade blühte. Seine Mutter hatte ihm diesen einmal gezeigt, als sie gemeinsam am Strand gewesen waren, und gesagt, dass man ihn sogar kochen und essen könne. Zumindest sahen die kleinen gelben Blüten sehr hübsch aus und am Wegesrand wuchsen ganze Büsche davon.

An diesem Morgen war die Ebbe besonders ausgeprägt und das Wasser weit zurückgegangen. Daher beschloss Finn, ein wenig über die Felsen zu klettern, die noch in den morgendlichen Nebel gehüllt waren. Oft entdeckte er hier Seesterne in den verschiedensten Farben, Einsiedlerkrebse, die sich eine leere Muschel als neues Zuhause gewählt hatten, oder Seeanemonen, die sich sofort zusammenzogen, wenn man sie berührte.

Gerade war Finn über die erste Klippe geklettert, als er ein Geräusch aus Richtung des Wassers vernahm. Es hörte sich an wie ein Klatschen, das Finn überhaupt nicht zuordnen konnte.

Neugierig kletterte er über die nächsten Steine, um zu der Stelle hinabblicken zu können. Er war überrascht, dort einen Pelikan zu sehen, dem es alles andere als gut ging. Schnell erkannte Finn, dass sich der Vogel in einem Fischernetz verfangen hatte und sich in einer hoffnungslosen Situation befand. Finn war augenblicklich klar, dass er dem Tier helfen musste, da es sich selbst nicht aus der Not befreien konnte.

Vorsichtig näherte er sich dem Tier, was auf den glitschigen Felsen gar nicht einfach war. Er musste aufpassen, nicht auszurutschen und womöglich auf dem Pelikan und dann im Wasser zu landen. Obwohl es nur eine kurze Strecke war, brauchte er eine Ewigkeit dafür.

Während er sich dem Tier näherte, sprach er beruhigend auf es ein, wobei er nicht wusste, ob das etwas brachte. Er fragte sich, ob es sein Freund war, den er zwei Mal auf dem Geländer des Leuchtturms gesehen hatte. Das Tier schien nicht in Panik zu geraten, während er sich näherte. Inständig hoffte er, dass seine Rettungsaktion gelingen würde. Doch wie sollte er das angehen? Wie sollte er den Vogel greifen?

Je näher er kam, umso besser konnte er erkennen, wo sich das Fischernetz befand. Es hatte sich um einen Fuß und einen Flügel gewickelt. Mit dem anderen Flügel schlug der Pelikan immer wieder aufgeregt aufs Wasser, was das Geräusch erzeugte, das er zuvor gehört hatte. Zu blöd aber auch, dass er kein Messer dabeihatte, dann wäre das Problem innerhalb kürzester Zeit gelöst gewesen!

Der Pelikan schien zu spüren, dass er ihm helfen wollte, denn er blieb ganz ruhig, als Finn bei ihm war und ihn vorsichtig anfasste. Den Flügel von dem Netz zu befreien, ging relativ einfach, um den Fuß hatte es sich allerdings richtig festgezogen. Hierzu musste er den großen Vogel packen, was ihn einige Kraft kostete. Er nahm ihn auf seinen Schoß und begann, das verwickelte Fischernetz vorsichtig zu lösen. Während er dies tat, fiel ihm auf, dass der Pelikan doch anders aussah als der, den er mit Grandpa Stan gesehen hatte. Dieser hier war etwas kleiner und hatte flauschige Federn am Kopf, was aussah wie eine lustige Frisur. Finnley vermutete, dass es ein Jungtier war. Auch hatte er eine Verletzung unter dem Auge, die zwar schon verheilt war, allerdings wuchsen an dieser Stelle keine Federn mehr.

»Ich nenne dich Calico, wie den Piraten«, beschloss Finnley, nachdem er es geschafft hatte, ihn komplett von dem Netz zu befreien. Dies war der Name eines berühmten britischen Piratenkapitäns aus dem 18. Jahrhundert gewesen, dessen Lebensgeschichte ihm seine Mutter vorgelesen hatte.

Einen Augenblick blieb der Vogel noch auf seinem Schoß sitzen, als wollte er sich bedanken, bevor er mit einem etwas tollpatschig wirkenden Sprung im Wasser landete.

Finnley betrachtete das Fangnetz genauer. Es war grünlich gefärbt und recht groß. Ein Wunder, dass sich der Vogel damit überhaupt hatte bewegen können. Kurzerhand wickelte er das Netz zu einem Knäuel zusammen und steckte es in seine Jackentasche.

Wer zum Teufel hat dieses Netz hier ausgelegt?, fragte er sich und blickte aufs Meer. Mittlerweile war die Sonne stark genug, um den Morgennebel zu verdrängen, sodass er gut in die Ferne schauen konnte. Tatsächlich entdeckte er dort zwei Boote, bei denen es sich nur um Fischer handeln konnte. Wieder wünschte er sich, ein Fernglas zu haben.

Finn fragte sich, ob es nicht verboten war, hier Netze auszuwerfen, da sich bestimmt nicht nur Pelikane darin verfingen.

Das gerettete Tier schwamm in unmittelbarer Nähe im Wasser und wirkte schwach. Vermutlich hatte es mit dem Fischernetz kaum noch Nahrung fangen können. Finnley wünschte, er könnte ihm etwas zu essen geben. Als er in dem Moment eine Krabbe neben sich über die Felsen laufen sah, schnappte er diese und warf sie dem Pelikan direkt vor die Nase. Innerhalb einer Millisekunde hatte das Tier sie verschluckt.

Zwar tat es Finn um den Krebs leid, aber er musste seinem neuen Freund helfen. Als Finn länger auf die Felsen blickte, erkannte er, dass dort einige Krustentiere unterwegs waren. Die nächste halbe Stunde beschäftigte er sich damit, Krebse zu fangen und sie dem Pelikan zu fressen zu geben. Nach einer Weile konnte er sie ihm direkt in den Schnabel schmeißen. Nach etwa zehn Krabben schien der Pelikan erst einmal gesättigt zu sein und schwamm gemächlich davon. Selten war Finnley so glücklich gewesen wie in diesem Moment, als er dem Tier hinterherblickte. Er hatte ihm das Leben gerettet und ihm genug Kraft gegeben, die nächsten Tage zu überstehen.

Da die Sonne schon höher am Himmel stand, ahnte er, dass sein Vater bald aufstehen würde. Schleunigst machte er sich auf den Rückweg. Durch das Rettungsmanöver war er spät dran.

Wieder lief er geduckt den schmalen Weg zwischen den Küstenbüschen entlang, die ihm gute Deckung gaben. Der Weg führte direkt zum Leuchtturm, wo er erst mal verschnaufen musste. Langsam lief er um den Turm herum und blickte zum Haus, um erschrocken festzustellen, dass die Haustür offen stand. Er war sich sicher, diese geschlossen zu haben. Das konnte nichts anderes bedeuten, als dass sein Vater schon wach war. Kurz blickte er hinüber zum Festland, wo der Wagen parkte, um zu sehen, ob er vielleicht bereits aufgebrochen war. Fehlanzeige. Sein Vater musste noch hier sein.

Mit klopfendem Herzen lief Finnley zum Haus hinüber. Sicherlich würde er von seinem Vater eine gehörige Standpauke bekommen. Aber was sollte er anderes machen, wenn Jack den halben Tag verschlief?

Als er das Haus betrat, nahm er den Geruch von frisch gebrühtem Kaffee und klappernde Geräusche aus der Küche wahr. Sonst frühstückte sein Vater meist gar nicht.

»Da bist du ja!«, sagte sein Pa, während er mit einer Kaffeetasse und einem Teller mit Rührei aus der Küche kam. »Wo warst du denn, Junge?«, wollte er nur wissen, anstatt ihn zu fragen, ob er auch Hunger hatte.

»Nur mal kurz draußen«, behauptete Finnley und hoffte, dass sein Vater ihm glauben würde. Jack schien an diesem Morgen gut gelaunt zu sein. Vermutlich freute auch er sich, dass Ma endlich wieder zurückkam.

»Eigentlich wollte ich wilden Fenchel für Ma pflücken«, sagte er dann.

»Mach das, mein Junge. Ich mache mich gleich auf die Socken.«

»Kann ich mitkommen?«, wollte Finnley aufgeregt wissen.

»Mir wäre es lieber, wenn du hier aufräumst. Das mit den Blumen ist auch eine gute Idee«, sagte sein Dad, während er auf einen Haufen leerer Bierdosen neben dem Kamin deutete.

»Das mache ich, Dad.«

»Bring bitte das ganze Haus in Ordnung, sodass Ma sich hier wohlfühlt. Ich werde frühestens in fünf Stunden zurück sein, hoffentlich mit deiner Mutter«, sagte er zum Abschied. Finn begleitete ihn noch ein Stück und schaute ihm nach, wie er über die Sandbank zu seinem Wagen lief. Finn fragte sich, was wäre, wenn sie zurückkämen und die Flut bereits eingesetzt hätte. Sicherlich studierte sein Vater nicht wie er jeden Tag den Gezeitenplan.

Nachdem Finnley das Haus aufgeräumt, den Müll entsorgt und frische Blumen auf den Esstisch gestellt hatte, waren noch nicht einmal zwei Stunden vergangen. Voller Tatendrang blickte er sich um, wobei sein Blick auf das Schlüsselbrett neben der Garderobe fiel. Dort hing unverkennbar der große Schlüssel, der die Tür zum Leuchtturm öffnete.

Langsam ging Finnley darauf zu, wobei ihm viele Gedanken durch den Kopf schossen. Sein Vater wollte, dass er weder auf den Leuchtturm noch zum Strand ging, weil ihm etwas passieren könnte. Beim Leuchtturm könnte er die Treppe hinabstürzen oder Schlimmeres und auf dem Weg zum Strand könnte er sich auch verletzen. Angeblich wimmelte es auf dem Weg zur Bucht von Poison Oak, einem Strauch mit giftigen Blättern, der starken Ausschlag bis hin zu Atemnot auslösen konnte. Allerdings wusste Finnley genau, wie dieses Gewächs aussah, und hatte es bisher nur vereinzelt entdeckt. Die Sorgen seines Vaters waren also völlig unbegründet.

Immer noch starrte er auf den Schlüssel. »Jetzt oder nie!«, sagte er schließlich zu sich selbst und schnappte ihn sich. Schnell zog er sich eine Jacke über und schlüpfte in seine Schuhe, um zum Leuchtturm hinüberzugehen. Immer wieder blickte er sich um, ob ihn jemand beobachtete, doch wer sollte das schon sein? Der Eingang zum Leuchtturm war auf der Meerseite und somit vom Festland aus nicht zu sehen.

Dort stand Finnley kurz darauf unschlüssig, ob er es wirklich tun sollte. Kann Dad irgendwie herausfinden, dass ich hier war?, überlegte er angestrengt. Als er beschlossen hatte, dass das so gut wie unmöglich war, nahm er den Schlüssel, um die massive Holztür aufzuschließen. Der Leuchtturm war farblich passend zum Haus oder eher andersherum: das Haus passend zum Leuchtturm gestrichen worden. Somit hatte dieser ebenfalls eine rote Tür, rot umrandete Fenster und auch das Geländer auf der Kuppel war rot.

Mit einem leisen Quietschen ließ sich die Tür öffnen und Finnley trat ein. Wie sehr er dieses Bauwerk liebte! Er blickte die Wendeltreppe mit den unendlich wirkenden Stufen empor und seufzte vor Glück.

Mit schnellen Schritten lief er in den obersten Raum, wo sich das Leuchtfeuer befand. Wie oft hatte er hier mit Grandpa Stan gestanden! Etwas wehmütig blickte er sich um und überlegte, ob er es wagen konnte, nach draußen zu gehen.

Warum eigentlich nicht? Schließlich war er hier schon als Kleinkind gewesen. Auch war es heute weder windig noch kalt. Die Tür, die nach außen führte, war mit einem Riegel verschlossen, der sich leicht öffnen ließ. Vorsichtig trat Finnley hinaus und hätte vor Freude jauchzen können, als er den fantastischen Blick vor sich hatte. Eine Weile stand er da und genoss die Aussicht, bis etwas auf ihn zugeflogen kam, das verdammt aussah wie ein Pelikan.

Als sich der Vogel kurz darauf auf dem Geländer niederließ, gab es keinen Zweifel mehr. Finnley war sich ziemlich sicher, dass es derselbe Pelikan war, den er schon ein paarmal hier gesehen hatte. Fast kam es ihm vor, als wollte er ihn begrüßen.

Finn traute sich nicht, näher zu treten, da er ihn nicht verscheuchen wollte. Überhaupt war er froh, dass der Pelikan wiederkam, nachdem sein Vater ihn so harsch fortgejagt hatte.

Eine Weile verharrte Finnley in dieser Position und beobachtete den Pelikan, der immer wieder den Kopf in seine Richtung wandte und ihn ebenfalls im Auge zu behalten schien. Zwischendurch dachte Finnley amüsiert, dass es wie ein Spiel war, wer länger durchhielt. Schließlich musste er aufgeben, da es doch recht windig und kalt wurde und er ein wenig das Zeitgefühl verloren hatte. Auf keinen Fall wollte er einen großen Streit mit seinem Dad riskieren, wenn Ma zurückkam.

Finn machte sich wieder an den Abstieg. Als er unten angekommen war, fiel ihm eine Luke im Boden auf, die er zuvor noch nie gesehen hatte. Neugierig ging er darauf zu. Tatsächlich war sie in dem Holzboden gut getarnt und kaum zu erkennen. Als Verschluss diente ein Messingring, an dem er nun zog. Finn glaubte, seinen Augen nicht zu trauen, als unter der Holzklappe eine Treppe zum Vorschein kam. Natürlich musste er hinabsteigen. Wenigstens einmal kurz schauen, was sich dort unten befand …

Wenn man die Holztreppe ein paar Stufen hinabgegangen war, konnte man an einer Schnur ziehen, die als Lichtschalter fungierte. Allerdings war das Licht so schummrig, dass Finnley zuerst gar nicht merkte, dass es an war. Am Ende der Treppe angekommen, sah er einen runden Raum vor sich, der genauso groß war wie der Leuchtturm selbst. Darin befand sich nicht viel, nur ein paar Holzkisten, die aufeinandergestapelt an der Wand standen. Als er darauf zuging, erkannte er die Schrift von Opa Stan.

Neugierig öffnete er eine Kiste, in der sich hauptsächlich Werkzeug befand. Warum hatte Grandpa sie dann nicht in den Schuppen gestellt? In einem Behälter waren die besonderen Glühbirnen für das Leuchtfeuer, in einer anderen die rote Farbe, in der das Geländer gestrichen war. Es schienen alles Dinge für den Leuchtturm zu sein, sollte etwas repariert werden müssen. Wie gut, dass er das nun wusste, sein Vater hätte es vermutlich nie gefunden. Andererseits konnte er ihm schlecht sagen, dass er im Leuchtturm herumgegeistert war und diesen versteckten Raum entdeckt hatte.

Als er den Deckel einer weiteren Kiste öffnete, hätte er jubeln können vor Glück: Darin erblickte er neben einigen alten Büchern und Fotoalben ein Fernglas! Mit flinken Fingern hängte er sich den massiven Feldstecher um den Hals und zog seine Jacke darüber. Jetzt musste er sich aber wirklich beeilen!

Als er den Leuchtturm verließ, stellte er sicher, dass niemand merken würde, dass er hier gewesen war. Mehrmals überprüfte er, ob er richtig abgeschlossen hatte.

Während er zurück zum Haus lief, blieb er erschrocken stehen, als er bemerkte, dass jemand an der Treppe auf der anderen Seite stand und ihn beobachtete. Als er genau hinblickte, erkannte er das Mädchen aus dem Laden. Sogar von hier aus konnte er Tiaras blonde Zöpfe und das rosafarbene Kleid erkennen. Nun hob sie ihre Hand und winkte ihm zu. Finn tat so, als hätte er sie nicht bemerkt, und rannte umso schneller zum Haus. Wenn sie noch dort stünde, wenn sein Vater zurückkam, und ihm erzählen würde, dass sie ihn gesehen hatte, würde es Ärger geben.

Finnley knallte die Haustür hinter sich zu und schloss sie zwei Mal ab. Er konnte nicht erklären, was es war, aber mit einem Mal hatte er Angst. Schnell flitzte er in seinen Dachboden, wo er das Fernglas noch einmal genauer betrachtete und gleich benutzte. Als er durch den Feldstecher blickte und die herrliche Tier- und Pflanzenwelt ganz nah vor sich sah, beruhigte er sich augenblicklich.

Eine ganze Weile saß er dort und beobachtete die Natur. Es gab viel zu sehen: Er erspähte Möwen und einige Vögel, die er aus seinen Büchern kannte, wie etwa einen Blue Jay in der typisch blauen Farbe, den eher unauffälligen Mockingbird und sogar einen Kolibri, der um ein paar Blüten herumschwirrte.

Das Fernglas von Opa Stan gab ihm völlig neue Einblicke von hier oben. Sogar einige Seeotter im Wasser konnte er erkennen. Als er zu den Schiffen blickte, die er bereits vom Strand aus gesehen hatte, bestätigte sich sein Verdacht, dass es Fischerboote waren. Es war sogar ein weiteres hinzugekommen. Es musste doch eine Möglichkeit geben, dies zu unterbinden, um die Tiere zu schützen.

Immer wieder dachte Finn daran, dass heute seine Ma zurückkommen würde, was ihn glücklich stimmte. Er beschloss, noch etwas für sie zu basteln, und betrachtete seine Muschelsammlung. Dann kam ihm die Idee, ihr eine Kette daraus anzufertigen. In der Schachtel mit seinen Bastelsachen fand er ein grünes Lederband, das hervorragend dazu passte. Nun stand er vor der Aufgabe, ein Loch in die Muscheln zu bohren. Schnell hatte er die Idee, dies mit einer Reißzwecke zu probieren, was allerdings nur bei den dünnen Muscheln klappte, nicht bei dickeren oder denen mit einer besonders glatten Oberfläche. Daher entschied er sich, nur die feinen Muscheln zu nehmen, die er sowieso hübscher für die Kette fand. Als Anhänger befestigte er noch die blaue Feder eines Blue Jays daran, die er vor längerer Zeit gefunden hatte.

Als Finn das Resultat betrachtete, war er durchaus zufrieden. Die Kette für seine Ma war hübsch geworden. Anschließend ging er nach unten und platzierte die Kette in der Abalonemuschel neben dem Blumenstrauß auf dem Esstisch. Dann setzte er sich auf die Bank und wartete. Besorgt blickte er auf die Uhr und auf die Sandbank, die man vermutlich nur noch zwei Stunden überqueren konnte. Nach einer Weile fielen ihm die Augen zu.

Ein Poltern an der Tür schreckte Finn auf. Als kurz darauf sein Vater eintrat, blickte er ihn mit großen Augen an und fragte: »Hast du Ma dabei?«

Jack musste gar nicht antworten, da im nächsten Moment seine Mutter hinter ihm auftauchte. Augenblicklich sprang Finn auf und rannte auf sie zu, um sie zu umarmen.

»Mein Schatz«, sagte sie und schloss ihn weinend in die Arme.

Auch Finn konnte die Tränen nicht mehr zurückhalten. Er hatte seine Mutter so schmerzlich vermisst. Und was das Beste war: Sie war wieder so, wie er sie kannte, und wirkte wie früher. Zwar erschien sie durch die längeren Haare etwas verändert, aber sie sah gut aus, nicht so blass und abwesend wie im Krankenhaus, sondern einfach wie immer.

»Ma, es ist so schön, dass du wieder da bist!«, rief Finn. »Das hier habe ich für dich gemacht«, verkündete er kurz darauf und ging zum Esstisch, um ihr seine Geschenke zu zeigen.

»Du weißt, wie sehr ich wilden Fenchel liebe, und die Muschel und die Kette sind wunderschön«, sagte sie mit ihrer warmen Stimme, die ihm so gefehlt hatte. Sogleich legte sie sich die Kette um den Hals und Finn fand, dass sie ihr wunderbar stand.

»Ich würde ja sagen, dass wir zur Feier des Tages essen gehen, aber dann kommen wir vermutlich nicht mehr zurück«, meldete sich sein Dad zu Wort. Ein Blick aus dem Fenster zeigte, dass er recht hatte, die Flut hatte sich bereits einen Großteil der Sandbank zurückgeholt.

»Dann kochen wir hier etwas«, entschied seine Mutter. »Ich habe schon so lange nicht mehr gekocht. Vermutlich weiß ich gar nicht mehr, wie das geht«, scherzte sie.

Ihr Lachen erwärmte Finnleys Herz.

»Dafür kann dein Sohn ganz großartige Gerichte zubereiten«, behauptete sein Vater etwas übertrieben. Er wirkte glücklich, dass seine Frau wieder da war. Inständig hoffte Finn, dass dies länger anhalten würde als nur zwei Tage wie damals, als sie hierhergezogen waren.

»Lasst uns doch gemeinsam kochen«, schlug Margret vor, was Finn eine hervorragende Idee fand. »Haben wir die Zutaten für Lasagne?«, wollte sie wissen, während sie einen Blick in den Kühlschrank warf.

»Wir hätten alles außer Fleisch«, bemerkte sein Vater.

»Dann gibt es eine vegetarische Lasagne«, beschloss sie und band sich die Schürze um, die Finn bereits für sie an einem Haken in der Küche platziert hatte.

Der Abend war so herrlich normal und harmonisch, wie Finn es noch nie erlebt hatte. Sie kochten gemeinsam, deckten den Tisch, aßen die Lasagne, lachten viel und spielten anschließend noch Karten.

»Morgen können wir mit unserem Unterricht weitermachen«, schlug seine Mutter vor, nachdem sie Finn ins Bett gebracht und ihm eine Geschichte vorgelesen hatte.

»Au ja, Mama, ich will so viel wissen.«

»Schlaf gut, mein Engel.«

Finn war so aufgeregt, dass seine Mutter wieder da war, dass er noch längere Zeit wach lag. Von seinem Bett aus konnte er durch das runde Dachbodenfenster wunderbar in den Sternenhimmel blicken. Er bildete sich ein, eine Sternschnuppe zu sehen, und wünschte sich, dass sein Leben immer so bliebe wie heute, mit einer glücklichen Familie.

Er hörte seine Eltern noch lange reden und lachen – etwas, das er seit Jahren nicht gehört hatte. Sein Vater schien an diesem Abend keinen Whiskey zu trinken. Auch hatte er keinen neuen gekauft, was ein gutes Zeichen war.

An diesem Abend schlief Finnley mit einem Lächeln auf dem Gesicht ein und träumte von seinem Wunsch, den er gen Himmel gesandt hatte.

Oft dachte er an diesen Moment zurück, in dem er so glücklich gewesen war. Bald wurde ihm allerdings klar, dass er an diesem Abend gar keine Sternschnuppe gesehen hatte. Sein Wunsch würde nie in Erfüllung gehen.

Kapitel 13

Lisa

An dem Wochenende war Lisa mehr als beschäftigt und vergaß all ihre Sorgen, die Alex betrafen. Zumindest fast. Die Vorstellung, sie könnte ihm und seinen Eltern auf der Hauptstraße in die Arme laufen, ließ sie einerseits erschaudern und brachte sie andererseits zum Lachen. Das wäre bestimmt eine schräge Situation.

Als Lisa am Samstag eine E-Mail von Professor Meinhard erhielt, öffnete sie diese augenblicklich. Darin lobte er sie für ihren gelungenen Abschlussbericht und schrieb weiter, dass es mit dem Kalifornienaufenthalt gut aussehe und sie schon ihre Koffer packen könne. Auch wies er sie darauf hin, dass sie bereits das Einreiseformular ausfüllen solle, das er ihr in der E-Mail verlinkt hatte. Lisa war gerührt, wie sehr er ihr zur Seite stand.

Aufgeregt zeigte sie die E-Mail ihrer Freundin Maja, die sofort beschloss: »Das müssen wir feiern! Wir gehen heute Abend schön essen!«

»Ausgezeichnete Idee. Da können wir besprechen, wie ich das meinen Eltern beibringe«, antwortete Lisa, die schon jetzt wusste, dass es nicht einfach werden würde, ihnen die Neuigkeiten zu überbringen.

Trotz der vielen Dinge, die es zu bereden gab, wurde es ein lustiger und geselliger Abend, was Lisa am Sonntagmorgen spürte, als ihr Wecker klingelte. Zugegebenermaßen wäre sie lieber im Bett geblieben, als das Gespräch mit ihren Eltern zu führen.

»Wer weiß, vielleicht sind sie total begeistert«, hatte Maja am vorherigen Abend gemutmaßt.

»Da kennst du meine Mutter aber schlecht.«

Als Lisa überpünktlich zum Mittagessen in dem kleinen Häuschen ihrer Eltern in Neckargemünd ankam, sah sie sofort, dass ihre Mutter sich wie üblich große Mühe mit dem Essen gemacht hatte. Es roch köstlich nach italienischer Pasta, die niemand besser kochen konnte als ihre Mama. Wie es bei Italienern üblich war, dauerten Familienessen meist mehrere Stunden, auch wenn sie wie heute nur zu dritt waren.

Lisa beobachtete amüsiert, wie sich ihre Eltern neckten. Es war faszinierend, wie gut sie sich nach all den Jahren noch verstanden. Vermutlich stimmte es, dass sich Gegensätze anzogen. Ihr Vater war mit seiner abgeklärten Art und dem typisch britischen Humor das komplette Gegenteil zu ihrer oft vor Emotionen überschäumenden Mutter.

Immer wieder schob Lisa das Verkünden der Neuigkeiten vor sich her. Zuerst wollte sie es ihren Eltern direkt bei ihrer Ankunft noch vor dem Essen sagen, dann zur Vorspeise, die ihre Mutter kredenzte, schließlich zum Hauptgang, und plötzlich waren sie schon bei den Profiteroles angekommen, die es zum Nachtisch gab.

»Ich muss euch etwas sagen«, begann Lisa endlich, als ihre Mutter aus der Küche kam und wieder am Tisch saß.

»Bist du schwanger?«, wollte diese sogleich wissen.

Eher das Gegenteil, dachte Lisa, wobei sie nur den Kopf schüttelte. »Ihr wisst ja, dass mein Projekt mit den Halsbandsittichen beendet ist. Letzte Woche saß ich ein paarmal mit meinem Professor zusammen und habe mit ihm besprochen, wie es weitergehen könnte.«

»Und, was hat er gesagt?«, fiel ihr ihre Mutter ins Wort, die mal wieder zu ungeduldig war, die ganze Geschichte abzuwarten.

»Maria, lass unser Kind doch mal erzählen«, ermahnte ihr Vater sie.

»Ich habe die Möglichkeit, nach Kalifornien zu gehen«, ließ Lisa die Katze aus dem Sack und wartete gespannt auf die Reaktion.

»Mamma mia! Das ist auf der anderen Seite der Welt. Dann sehen wir dich ja nie wieder!«, rief ihre Mutter theatralisch aus und begann tatsächlich zu weinen. Zwischen dem Schluchzen glaubte Lisa zu verstehen: »Und ich dachte, ihr würdet bald heiraten.«

»Ich glaube, das hat sich erst mal erledigt. Ich bin gestern wieder bei Alex ausgezogen«, sagte Lisa, die fand, dass sie nun auch mit der ganzen Wahrheit herausrücken konnte. Dabei erwähnte sie nicht, dass noch einige Umzugskisten bei ihm standen, da ihre Mutter sonst unnötig die Hoffnung gehabt hätte, dass es wieder etwas werden könnte.

»Mamma mia«, wiederholte sich ihre Mutter und hob ihre gefalteten Hände gen Himmel, als würde sie Gott anflehen, etwas zu tun. Ein wenig wunderte Lisa sich über das Entsetzen ihrer Mutter, da sie nie den Eindruck gehabt hatte, dass Maria Alex besonders mochte. Im Gegensatz zu ihr hatte er ihre Eltern gleich am Anfang kennengelernt.

Der Kommentar ihrer Mutter damals war »Er ist ganz nett«, was sich nicht gerade begeistert anhörte. Nun tat sie allerdings so, als wäre es das Ende der Welt.

»Maria, nun mach doch nicht so ein Drama daraus und lass Lisa weitererzählen«, ermahnte sie ihr Mann Charles, den seine Eltern damals in der Tat nach dem künftigen König von England benannt hatten. Charles war als Student vor seiner sehr auf Tradition bedachten Familie nach Deutschland geflüchtet, wie er mittlerweile freimütig zugab.

Maria war ebenfalls noch nicht lange in Heidelberg gewesen, als sie sich bei einer Veranstaltung an der Universität kennenlernten und erst einmal befreundet waren. Aber als ihre Mutter einem anderen Mann in Italien versprochen werden sollte, war Charles gezwungen gewesen zu handeln. Seither waren die beiden unzertrennlich. Lisa hatte das schon immer eine rührende Liebesgeschichte gefunden.

»Wie lange bleibst du denn dort?«, wollte ihre Mutter wissen, die offensichtlich versuchte, sich zusammenzureißen.

»Das weiß ich noch nicht. Das Ganze ist nicht so einfach. Meine Fakultät hat nicht besonders viel Geld übrig und ich bekomme dort nur tausend Euro im Monat.«

»Das ist ja ein Hungerlohn!«, empörte sich ihr Vater.

»Ich weiß, aber es ist ein echt cooles Projekt, das mehr verspricht. Wenn ich interessante Veröffentlichungen dazu schreibe, bekomme ich bestimmt mehr Geld. So hat sich zumindest Professor Meinhard ausgedrückt. Immerhin zahlen sie den Flug.«

»Aber mit dem Geld kommst du doch vorn und hinten nicht zurecht. Ich habe gerade einen Artikel gelesen, dass San Francisco eine der teuersten Städte der Welt ist«, warf ihre Mutter ein. »Wohin verschlägt es dich denn?«

»Ich fliege nach San Francisco, aber meine Arbeitsstelle ist etwa zwei Stunden südlich davon.«

»Mamma mia!«

»Ich weiß. Ich habe ja ein wenig Erspartes.«

»Das kommt gar nicht infrage, dass du es dafür ausgibst. Wir unterstützen dich!«, beschloss ihr Vater, was ihm einen empörten Blick seiner Frau einbrachte, die am liebsten verhindert hätte, dass ihr einziges Kind so weit weg ging.

»Das müsst ihr nicht«, versicherte Lisa, obwohl ihr eine kleine finanzielle Unterstützung nicht schaden konnte. Ansonsten würde wahrscheinlich ihr ganzes Erspartes draufgehen.

»Wenn Papa das sagt, machen wir das«, entschied ihre Mutter kurz darauf, was sich schon besser anhörte.

»Möchtet ihr Bilder sehen, wie es dort aussieht? Ich habe meinen Laptop mitgebracht.«

»Gern!«, kam es wie aus einem Mund.

So saßen sie die nächste Stunde vor dem Laptop und Lisa zeigte Bilder der überwältigenden Natur, die dort auf sie wartete. Auch ihre Eltern fanden die Gegend und die außergewöhnliche Natur wunderschön.

»Ihr könnt mich gern besuchen«, schlug Lisa vor, als sie den Laptop zusammenklappte.

»Na klar. Ich mit meiner Flugangst!«, stieß ihre Mutter aus, wobei sie wieder die Arme gen Himmel reckte und noch einmal »Mamma mia« ausrief.

An diesem Nachmittag fiel Lisa besonders auf, wie oft ihre Mutter dies sagte. Lisa fand es bewundernswert, wie sehr ihre Eltern ihren Wurzeln treu geblieben waren. Maria war so italienisch, wie man es sich nur vorstellen konnte, wobei ihre Familie eine große Rolle spielte. Ihr Vater war mit seiner unverblümten Direktheit, dem trockenen Humor und der stets adretten Kleidung sofort als Engländer zu erkennen.

Auch hatten beide darauf bestanden, dass Lisa ihre Sprachen lernte. Als Kind hatte sie das oft genervt, aber nun wusste sie es zu schätzen. Dass sie dadurch perfekt Englisch sprach, erwies sich jetzt als Riesenvorteil für ihren Aufenthalt in Kalifornien – ihr British English würde man in den USA hoffentlich verstehen.

Lisa war froh, dass sie ihre Neuigkeiten losgeworden war.

»Wie ist denn das Wetter dort im Moment?«, wollte ihr Vater wissen.

»Ich glaube, ganz gut.«

»Denk aber daran, dass es dort sehr kalt werden kann, gerade an der Küste.«

»Ja, das habe ich schon gehört. Ich werde definitiv warme Sachen einpacken, macht euch keine Sorgen«, beruhigte Lisa sie.

Der Abschied fiel an diesem Abend etwas dramatischer aus als sonst, da ihre Mutter die Befürchtung hatte, ihre Tochter vor ihrer Reise nicht noch einmal zu sehen.

»Ich komme auf jeden Fall noch mal vorbei, um mich zu verabschieden«, versicherte Lisa und umarmte ihre Eltern. Vermutlich würde ihr Vater seine Maria den ganzen Abend beruhigen müssen. Doch da Lisa wusste, dass er das sehr gut konnte, machte sie sich keine Sorgen. Dass Mütter aber auch immer so überängstlich sein mussten!

Zu Hause angekommen, fing Lisa an, ihren Koffer zu packen, den sie sich von Maja geliehen hatte. Unmöglich konnte sie noch einmal in Alex' Wohnung, um ihren eigenen zu holen. Zwar befanden sich der Koffer sowie einige Umzugskisten in seinem Keller, aber die Gefahr, ihm und seinen Eltern zu begegnen, war einfach zu groß.

Immerhin lenkte sie die Planung der Reise gut von den Problemen mit Alex ab. Sollte er doch hier versauern, während sie sich in das sonnige Kalifornien aufmachte.

Überhaupt hätte es keinen besseren Zeitpunkt geben können, dorthin aufzubrechen, denn das Wetter in Heidelberg war gerade zum Davonlaufen. Es herrschte typisches Aprilwetter und für die nächsten Tage waren wieder Schneeregen und Glatteis angekündigt. Da konnte Lisa gut drauf verzichten. Daher hatte sie bereits beschlossen, mit dem Zug zum Flughafen zu fahren, obwohl ihr Vater ihr angeboten hatte, sie dorthin zu bringen.

»Du bist ja schon am Packen!«, sagte Maja überrascht, als sie in ihr Zimmer kam, in dem es mittlerweile aussah wie auf einem Schlachtfeld. Ihre Freundin würde froh sein, wenn sie endlich wieder Platz hatte.

»Ja, wenn Professor Meinhard das sagt, dann meint er es ernst. Ich schätze mal, er hat schon einen Flug im Auge.«

»Das wird ja spannend morgen.«

»In der Tat.«

»Willst du denn all deine Sachen mitnehmen?«

»Nein, das kann ich leider nicht. Ich würde dir eine gepackte Sporttasche und ein paar Schuhe hierlassen, wenn das in Ordnung ist. Ich kann die Sachen auch in den Keller stellen.«

»Dort wird kaum noch Platz sein. Pack erst mal in Ruhe deine Sachen, dann finden wir schon ein Plätzchen für den Rest«, entschied Maja, die mit einem Mal traurig wirkte, dass ihre beste Freundin so weit weg ging. Zwar sagte sie nichts in der Richtung, aber Lisa kannte sie zu gut.

In dieser Nacht machte Lisa kaum ein Auge zu. Einerseits, weil ihr Hunderte Gedanken durch den Kopf gingen, andererseits, weil sie das Sofa mittlerweile recht unbequem fand und ihr der Rücken Probleme machte. Zwar hatte Maja vorgeschlagen, dass sie sich abwechseln könnten, aber gerade in dieser Nacht wollte sie das nicht, da ihre Freundin einen anstrengenden Tag vor sich hatte. Maja hatte seit ein paar Wochen eine Anstellung in der Marketingabteilung eines Softwareunternehmens und musste immer früh aufstehen. Da sie mittlerweile recht gut verdiente, würde wohl auch ihre Zeit in der Wohngemeinschaft bald vorüber sein.

Nachdem Maja ausgeflogen war und die anderen Mitbewohner noch schliefen, machte Lisa es sich in der Küche bequem und überlegte, wann wohl die richtige Uhrzeit wäre, um Professor Meinhard anzurufen. An der Uni erschien er meist erst gegen 10 Uhr. Vermutlich musste sie sich so lange gedulden.

Als um kurz nach acht ihr Mobiltelefon klingelte und sie als Anrufer den Professor erkannte, wäre ihr vor Aufregung beinahe das Handy aus der Hand gefallen.

»Guten Morgen, Professor Meinhard«, meldete sie sich mit möglichst fester Stimme.

»Ich grüße Sie, Frau Willis«, rief er ihr so laut entgegen, dass sie das Handy ein wenig vom Ohr weghalten musste. Zumindest hörte er sich genauso euphorisch an, wie sie selbst es war.

»Sind Sie bereit für das Abenteuer Kalifornien?«, fragte er, wartete aber ihre Antwort nicht ab. »Dann habe ich hervorragende Nachrichten für Sie. Ich habe alles intern geklärt. Sie bekommen monatlich 1200 Euro und ich … äh … wir zahlen Ihnen den Flug.«

Das waren in der Tat gute Neuigkeiten. Lisa konnte jeden Dollar gebrauchen. Und wie sie bereits vermutet hatte, kam der Professor wahrscheinlich selbst für ihren Flug auf.

»Das hört sich prima an. Vielen Dank, dass Sie das alles für mich organisiert haben. Wann soll es denn losgehen?«

»Ich habe gerade mit der Sekretärin gesprochen, die den Flug für Sie bucht. Es gäbe die Möglichkeit, bereits am Mittwoch zu fliegen, wenn Ihnen das nicht zu schnell geht.«

»Nein, das passt. Wie Sie vorgeschlagen haben, habe ich den Koffer bereits gepackt und das Einreiseformular beantragt«, antwortete sie.

Er lachte. »Mir gefällt Ihr Enthusiasmus«, bemerkte er, was Lisa als Kompliment auffasste. »Dann nehmen Sie doch bitte

mit unserem Sekretariat Kontakt auf, um den Flug zu bestä-
tigen und die Reiseunterlagen mit allen nötigen Formularen
auszufüllen.«

»Das mache ich gern. Haben Sie einen Tipp, wo ich unterkommen könnte?«

»Da das Institut in Carmel leider keine Gästezimmer anbie-
tet, habe ich mich informiert und würde Ihnen eine Pension vor
Ort vorschlagen. Es ist ein kleines Motel, das direkt vor Lobos
Island liegt.«

Lisa war gerührt, wie sehr sich ihr Professor darum
bemühte, dass sie nach Kalifornien reisen konnte. Wie es aussah, fand auch er das Projekt spannend. Bei ihren Recherchen
hatte Lisa das kleine Hotel schon entdeckt und ins Auge gefasst.
»Die Pension habe ich im Internet gesehen. Dann werde ich
dort ein Zimmer buchen, wenn sie noch eins frei haben.«

»Das haben sie sicherlich. Momentan ist keine Reisesaison.
Es könnte dort eher etwas einsam werden, aber Sie haben ja
genug zu tun.«

»Wie lange soll ich eigentlich bleiben?«

»Bis Sie herausgefunden haben, was es mit den Pelikanen
auf sich hat«, antwortete der Professor gelassen, bevor er ihr viel
Erfolg und eine gute Reise wünschte und sich verabschiedete.

»Ich melde mich so bald wie möglich mit einem ersten
Entwurf für einen Artikel bei Ihnen.«

»Das hört sich gut an, Frau Willis. Viel Glück.«

Das konnte sie gebrauchen!

KAPITEL 14

FINNLEY

Finnley stand am Geländer seines Leuchtturms und blickte in die Ferne. Zufrieden beobachtete er die vielen Pelikane, die in den Zypressen nisteten.

Obwohl sich die Bäume in einiger Entfernung befanden, konnte er die Vögel mit bloßem Auge erkennen. Die Pelikanpärchen hatten eine perfekte Aufgabenteilung: Die Sammlung des Nistmaterials wurde ausschließlich von männlichen Braunpelikanen durchgeführt, während sich die weiblichen Tiere um den Bau des Nestes kümmerten. Für die Fertigstellung benötigten sie bis zu zehn Tage, wobei manche Paare richtige Baumeister waren und ihr Nest um einiges schneller fertigstellen konnten. All das hatte Finn über Jahre beobachtet und fein säuberlich notiert, wie viele andere Gewohnheiten dieser besonderen Tiere.

Ein prüfender Blick über das Meer sagte ihm, dass sich keine Fischerboote in der Nähe befanden. Etwas, wofür er viele Jahre hart gekämpft hatte. Mittlerweile hatte es sich bei den Fischern herumgesprochen, dass mit dem Leuchtturmwärter von Lobos Island nicht zu spaßen war und man tunlichst einen großen Bogen um die Insel machte.

Am liebsten wäre Finn ein generelles Fischverbot vor der Küste Kaliforniens gewesen, doch so weit war er noch nicht gekommen. Es war schwierig für ihn, an offizieller Stelle etwas zu erreichen, denn mit dem Eigenbrötler von der Insel wollte niemand etwas zu tun haben. Und umgekehrt wollte er nichts mit den Leuten auf dem Land zu tun haben.

Seit vielen Jahren war er sehr einsam auf seiner Insel, doch in gewisser Weise mochte er das. Er war sowieso am liebsten von Tieren umgeben. Menschen waren ihm nicht wichtig. Zumindest nicht mehr. Der einzige Mensch, den er jemals geliebt hatte, war seine Mutter gewesen. Und die hatte ihn verlassen.

In dem Moment sah er Calico auf sich zusteuern, den Pelikan, mit dem seine Leidenschaft, sich um die Tiere zu kümmern, begonnen hatte. Es gab immer nur einen Vogel, der den Platz auf dem Leuchtturmgeländer für sich beanspruchen durfte. Nachdem der braune Pelikan gestorben war, den er mit Grandpa Stan das erste Mal gesehen hatte, hatte Calico diesen Platz für sich vereinnahmt.

Ihn erkannte er sofort an der Narbe unter dem Auge, die ihm seinen Namen eingebracht hatte. Dass er Calico immer wiedererkennen konnte, hatte ihn damals auf die Idee gebracht, die Pelikane zu kennzeichnen.

Lange hatte er als Junge überlegt, wie er dies anstellen könnte, bis seine Mutter ihn auf die Idee brachte, die farbigen Ringe am Verschluss von Plastikflaschen zu benutzen. Sofort war er von dem Einfall angetan gewesen und hatte die Ringe in verschiedenen Farben gesammelt, wie etwa rote Ringe von Coca-Cola-Flaschen, orange und gelbe von Limonade, blaue, grüne und weiße von Wasserflaschen.

Damals hatte er auch Tiara um Hilfe gebeten, die ihm einige der farbigen Ringe aus dem Café besorgen konnte. Schnitt er solch einen Ring an einer Stelle auf und feilte die Kanten glatt, damit sich der Vogel nicht daran verletzte, konnte er sie wunderbar oberhalb des Fußes anbringen. Seit zwanzig Jahren kennzeichnete er seine Pelikane nun schon, wobei er mittlerweile ein etwas ausgeklügelteres System hatte – mit einem Plastikband, auf dem eine Nummer stand, die dem jeweiligen Pelikan zugeordnet war.

So konnte er genau verzeichnen, wie lange die Tiere auf der Insel blieben und ob und wann sie wiederkamen. Besonders schön war für ihn, wenn sie zum Brüten auf seine Insel zurückkehrten, was immer häufiger vorkam. Er liebte es, die kleinen, schneeweißen Küken aufwachsen zu sehen, und tat alles ihm Mögliche, um ihnen eine sichere Zukunft zu bieten. Tatsächlich fühlte es sich für ihn ein wenig so an, als würde sich seine Familie vergrößern, denn die Pelikane waren das Einzige, was er hatte.

Anfangs hatte er die farbigen Plastikringe genutzt, um Männlein und Weiblein unterscheiden und Jungtiere, die bei ihm geschlüpft waren, erkennen zu können. Schon damals wollte er wissen, wie sie sich fortpflanzten, wo sie sich aufhielten und ob sie wiederkamen, wenn sie die Insel einmal verlassen hatten. All das notierte er und hatte noch all seine Aufzeichnungen, die er als Kind gemacht hatte. Damals hatte er Zeichnungen angefertigt, die er heute noch nachvollziehen konnte, denn schreiben konnte er immer noch nicht richtig.

So hatte er schon früh erkannt, dass die Pelikane immer wieder zu seiner Insel zurückkamen. Hier schienen sie sich sicher zu fühlen und hatten Nistplätze in den Felsvorsprüngen oder in den Zypressen, von denen er noch einige für sie gepflanzt hatte. Überhaupt war die gesamte Flora auf seiner Insel so angelegt, dass sich die verschiedensten Tiere darauf wohlfühlten.

Als Calico auf dem Geländer gelandet war, fütterte er ihn mit einigen Trockenfischen, die er stets griffbereit im Leuchtturm aufbewahrte. Der braune Pelikan hatte inzwischen ein stattliches Alter erreicht. Da er damals ein Jungtier gewesen war, als er ihn aus dem Netz befreit hatte, musste er jetzt etwas über zwanzig Jahre alt sein. Mittlerweile konnte man ihm sein Alter auch ansehen. Die Federn am Kopf waren nicht mehr ganz so üppig und der Hautsack unter dem Schnabel hing faltig herunter. Er sah wirklich aus wie ein alter Herr mit angehendem kahlen Kopf und runzliger Haut.

Finn mochte gar nicht daran denken, dass das typische Lebensalter für solch einen großen Vogel in Freiheit bei fünfundzwanzig bis dreißig Jahren lag. In Gefangenschaft konnten sie allerdings um einiges älter werden.

All das hatte er damals aus dem Buch über Pelikane gelernt, das ihm seine Mutter geschenkt und zu Beginn vorgelesen hatte. Wehmütig dachte er an seine Ma. Sie war so eine fantastische Frau und Mutter gewesen und der einzige Mensch, dem er je vertraut hatte.

Er dachte an die Zeit, als sein Vater Margret aus der Klinik geholt hatte und sie endlich wieder bei ihnen gewesen war. In Gedanken hielt er oft an diesen ersten Tagen fest, da es wohl die einzig glücklichen mit seiner Familie gewesen waren.

In diesen wenigen Tagen hatten sie viel Zeit miteinander verbracht: Vormittags unterrichtete ihn seine Mutter, nachmittags unternahmen sie Ausflüge auf der Insel. Diese kam ihm damals unendlich groß vor, da er lange brauchte, bis er alle Wege, Strände und Höhlen erkundet hatte. Irgendwo hatte sein Vater ein altes Motorboot aufgetrieben, das neben dem etwas maroden Ruderboot von Grandpa Stan am Strand lag.

Damit fuhren sie ein paarmal aufs Meer, um zu angeln. Da sein Vater wenig begeistert war, dass sein Sohn alle Fische wieder ins Wasser zurückschmiss, weil sie ihm leidtaten, beendeten sie ihre Angelausflüge allerdings schnell. Immerhin nahm er ihn nun öfter mit, wenn er das Leuchtfeuer entzündete.

Auch Margret schien es zu missfallen, dass sein Vater ihm verboten hatte, den Leuchtturm allein zu betreten. An einem Abend belauschte er eine Unterhaltung, für die er seiner Mutter sehr dankbar war.

»Denk nur daran, wie oft dein Sohn schon mit deinem Vater in den Leuchtturm gegangen ist. Bereits als Kleinkind kannte er sich darin aus und war immer äußerst vorsichtig«, argumentierte sie, was Jack zu überzeugen schien. Von da an war der Leuchtturm nicht mehr abgeschlossen, was Finns Leben um einiges bereicherte.

In dieser kurzen Zeit unternahm er spannende Sachen mit seinem Vater, die ihm lange im Gedächtnis blieben. Gemeinsam gingen sie Treibholz sammeln, aus dem sein Dad verschiedene Sachen im Schuppen zimmerte. Die Werkstatt wurde seine große Leidenschaft und oft war Finnley beeindruckt, wie handwerklich begabt sein Vater war. Ein paarmal nahm Jack ihn auch mit in seine Werkstatt und erklärte ihm, wie alle Geräte und das Werkzeug funktionierten. Gemeinsam reparierten sie das alte Ruderboot und fertigten ein kleines Surfbrett für Finn, mit dem er die Wellen am Strand bezwingen konnte. Anfangs rauschten die Fluten nur über ihn hinweg und er wurde herumgewirbelt wie ein Stück Holz. Erst nach mehreren Anläufen lernte er, wie er sich zumindest kurz über Wasser halten konnte.

Leider behielt Jack auch dieses Mal die gesunde Lebensweise nur für etwa zwei Wochen bei, bevor er wieder in seine alten Gewohnheiten abrutschte. Am liebsten hätte Finnley ihn angeschrien, als er eines Nachmittags von dem Laden gegenüber zurückkam und eine braune Papiertüte bei sich hatte. Schon damals wusste er, dass sich darin eine Flasche Whiskey befand.

114

Instinktiv stellte er sich seinem Vater in den Weg, als er das Haus betreten wollte.

»Geh mir aus dem Weg, Junge!«, befahl Jack barsch und trat ein, um sich ein Glas zu holen. Danach machte er es sich auf dem Schaukelstuhl vor dem Schuppen bequem und trank seinen Whiskey, was mit dem üblichen Vollrausch und aggressivem Verhalten endete.

Finnley hätte zu gern gewusst, was der Auslöser dafür gewesen war. Vermutlich nichts.

Seine Mutter fand er hierauf heulend im Schlafzimmer vor. Auch sie wusste, dass dies das Ende der schönen Zeit bedeutete.

Sobald sein Vater wieder trank, ging es auch seiner Ma wieder zunehmend schlechter. Oft war sie zu müde, um ihn zu unterrichten, obwohl Finnley mittlerweile sehr wissbegierig war. Mit Entsetzen beobachtete er, wie viele der Tabletten sie schluckte, von denen sie sagte, dass sie sie so müde machten.

Auf die Idee, ihn in die Schule zu schicken, kam zu dieser Zeit niemand. Beide Eltern waren zu sehr mit sich selbst beschäftigt – Jack mit dem Trinken, Margret mit ihrer Krankheit.

Mittlerweile beneidete er Tiara, die jeden Tag von dem gelben Schulbus abgeholt wurde, wie er beobachtete. Manchmal überlegte er, ob er einfach mal mitfahren könnte. Doch es sollte noch eine Weile dauern, bis er dies tatsächlich tat.

In der Zwischenzeit kümmerte er sich hauptsächlich um seine Pelikane. Wenn er einen verletzten fand, pflegte er ihn voller Hingabe, bis er wieder gesund war. Oft musste er welche aus Fischernetzen befreien, ebenso wie Möwen und einmal auch einen Seeotter. Sah er ein Nest, stellte er sicher, dass es geschützt war.

Sein Großvater hatte mal etwas Schlaues gesagt, das ihm im Kopf geblieben war: »Unsere Insel hat den Vorteil, dass es hier keine Raubtiere gibt, die eine Gefahr für die Pelikane darstellen. Das ist ein großer Unterschied zum Festland.«

Sofort hatte Finnley erkannt, dass dies ein gewaltiger Vorteil für sein Vorhaben war, die Pelikane zu schützen. Als er einmal nachts einen Fuchs über die Landzunge Richtung Insel laufen sah, verscheuchte er ihn tapfer. Es verirrten sich nicht oft Wildtiere auf Lobos Island. Nur einmal musste er mit seinem Vater einen Waschbären einfangen. Hierzu bauten sie eine Lebendfalle, die ausgezeichnet funktionierte. Als sie den Bären gefangen hatten, der eine stattliche Größe hatte und bestimmt einige Pelikannester leer gefressen hätte, luden sie den Metallkorb ins Auto und fuhren ihn weitab in die Berge. Eigentlich war es verboten, Wildtiere an einen anderen Platz zu befördern, aber das war den beiden egal.

Eine weitere Gefahr konnten Stinktiere darstellen, die sie bisher zum Glück noch nie auf der Insel gesehen hatten. Auch Grandpa Stan hatte ihm öfter gesagt, dass er froh sei, dass die kleinen stinkenden Tiere bisher auf dem Festland geblieben waren. Einmal war Finnley mit seinen Eltern an einem überfahrenen Stinktier vorbeigefahren und hatte nicht glauben können, was für ein Gestank von dem winzigen Tier ausging. Kein Wunder, dass sie damit ihre Feinde in die Flucht schlagen konnten …

Finnley seufzte, während er Calico den letzten Trockenfisch gab. Diesen portionierte er gut, da der alte Herr lieber frischen Fisch fangen sollte. Noch einmal warf er einen prüfenden Blick aufs Meer, um nach Fischerbooten Ausschau zu halten. Zum Glück sah er kein einziges.

Gern dachte Finn an jene zwei Wochen nach der Rückkehr seiner Mutter zurück, jedoch nicht an die Zeit, die darauf folgte.

Während er die Treppe hinabstieg, dachte er an ein Manöver, zu dem er seine Mutter damals überredet hatte. Obwohl es ihr an dem Tag nicht besonders gut gegangen war, ließ sie sich darauf ein. Finnley wollte die frühen Morgenstunden nutzen,

116

in denen sein Vater noch schlief, also schlich er in aller Frühe ans Bett seiner Eltern, um seine Ma zu wecken.

Diese reagierte erst etwas erschrocken, da sie dachte, es wäre etwas passiert.

»Nein, Ma, ich habe einen Plan.«

Da sie selten Nein sagen konnte, wenn ihr Sohn etwas von ihr wollte, stand sie auf und folgte ihm ins Wohnzimmer. »Was gibt es denn, du Frühaufsteher?«, wollte sie von ihm wissen.

»Würdest du mit mir mit dem Boot rausfahren?«

»Warum denn um diese Uhrzeit?«

»Ich möchte mit den Fischern reden. Gestern habe ich wieder eine Möwe mit dem Teil eines Fischernetzes am Fuß gesehen. Leider ist sie weggeflogen und ich konnte ihr nicht helfen. Ich möchte, dass sie nicht mehr in unserer Nähe ihre Netze auswerfen.«

»Und du meinst, du erreichst damit etwas?«

»Wenn ich es nicht versuche, weiß ich das nie.«

»Da hast du recht, mein Schatz. Ich gehe nach oben und ziehe mich an.«

In der Tat war Finn überrascht, wie schnell er sie überredet hatte. Er hatte sich noch viele Argumente zurechtgelegt, die er gar nicht hatte vorbringen müssen.

Während seine Mutter oben war, um sich anzuziehen, setzte Finnley Kaffeewasser für seine Ma auf. Er selbst machte sich eine heiße Schokolade.

Da die Sonne noch nicht aufgegangen war, als sie sich auf den Weg machten, hatte Finnley eine Taschenlampe dabei, mit der er ihnen den Weg leuchtete.

»Es ist doch noch stockdunkel, Finn«, wunderte sich seine Mutter.

»Du wirst sehen, es wird ganz schnell hell. Bis wir mit dem Boot auf dem Wasser sind, werden wir die Sonne aufgehen sehen.«

Seine Mutter konnte nicht wissen, dass Finn schon lange darüber nachdachte und fast jeden Morgen bei Sonnenaufgang wach war, um die Tiere zu beobachten. Somit wusste er ganz genau, wie lange es dauerte, bis die Sonne wie von Geisterhand am Horizont aus dem Meer auftauchte. Er liebte diesen Augenblick, der die Natur in eine ganz besondere Farbe hüllte. Der Himmel leuchtete zunächst in einem blassen Rosa und Orange, bevor er sich in ein tiefes Blau färbte.

Gemeinsam schafften sie es, das Boot ins Wasser zu schieben und schnell hineinzuspringen. Erst ruderten sie ein paar Meter, bis sie in tieferem Gewässer waren, wo sie den Motor starteten. Finn hatte seinen Vater so oft dabei beobachtet, dass er es ganz allein schaffte, wofür er von seiner Mutter gelobt wurde.

An diesem Morgen waren die üblichen drei Fischerboote, die er schon häufig beobachtet hatte, längst an ihren Positionen, um die Netze auszuwerfen.

Seine Ma schien die Bootsfahrt zu genießen. Zumindest lehnte sie sich zurück und hielt ihr Gesicht in die aufgehende Sonne, als wollte sie die Energie aufsaugen. Ihr Lächeln strahlte Ruhe und Zufriedenheit aus.

Auch Finn war einmal mehr von dem Naturschauspiel begeistert. Das Meer wurde von den frühen Sonnenstrahlen in warmes Licht getaucht und begann zu schimmern und zu glitzern. Der Horizont erschien in leuchtenden Farben, was ein einzigartiges Schauspiel in den Himmel zauberte.

Zielstrebig steuerte Finn das größte der drei Fischerboote an, dessen Besatzung auf sie aufmerksam wurde, als sie näher kamen.

»Was gibt es denn?«, wollte ein Mann, vermutlich der Kapitän, von ihnen wissen.

»Wisst ihr eigentlich, dass ihr mit euren Fischernetzen wertvolle Lebewesen zerstört?«, rief ihm seine Mutter zu, die vermutlich davon ausging, dass sie Finn nicht ernst nehmen würden, und daher das Wort ergriff.

»Ja, das wollen wir auch. Schließlich sind wir Fischer«, sagte er, worauf einige seiner Kollegen, die sich zu ihm gestellt hatten, hämisch lachten.

»Ich meine nicht Fische, sondern Pelikane, Möwen, Seeotter und Seehunde. All diese Tiere haben wir bei uns am Strand schon mit Verletzungen durch Fischernetze gefunden.«

»Dann müssen die halt besser aufpassen!«, scherzte der Mann.

»Könntet ihr nicht mit Fischerkörben anstatt Netzen fangen?«, wollte Finn von ihnen wissen.

»Was willst du Dreikäsehoch denn?«, rief ihm hierauf einer der anderen Fischer zu.

Doch Finnley ließ sich nicht einschüchtern. »Mit Körben könnt ihr versehentlich gefangene Tiere leichter wieder aussortieren und zurück ins Meer werfen.«

»Klar, Kleiner, weil wir auch so viel Zeit haben.«

»Oder ihr fahrt weiter raus zum Fischen, dann könnt ihr wenigstens die Vögel nicht verletzen«, sagte Finnley etwas verzweifelt, was ihm nur Gelächter der Männer einbrachte. Niedergeschlagen blickte er zu seiner Mutter, deren Gesicht eine Zornesröte überzog.

»Gut, wenn man mit euch nicht reden kann, werde ich mich an den Stadtrat und an die Naturbehörde von Big Sur wenden. Dann werden wir ja sehen, ob ihr hier überhaupt mit Netzen fischen dürft.«

»Jetzt mal langsam, gnädige Dame, man kann doch über alles sprechen«, lenkte der Kapitän augenblicklich ein.

»Das versuchen wir doch gerade!«

»Na gut, wir fahren etwas weiter raus«, beschwichtigte er und machte seinen Männern ein Zeichen, den Motor zu starten.

Tatsächlich setzte sich kurz darauf das Schiff in Bewegung und entfernte sich Richtung offenes Meer.

Bei den anderen beiden Fischerbooten verlief es ähnlich. Erst als Margret ihnen mit der Aufsichtsbehörde für Naturschutz drohte, bewegten sie ihre Boote weiter weg.

Glücklich fielen sich Finnley und seine Mutter in die Arme. Für den heutigen Tag hatten sie es zumindest geschafft. Damals konnte Finn nicht ahnen, wie oft er dieses Manöver noch würde wiederholen müssen, bevor er endlich etwas erreichte …

Niemals hätte ich gedacht, dass ich *über zwanzig* Jahre später immer noch darum kämpfen muss, dachte Finnley, als er den Leuchtturm abschloss und zu seinem Haus ging. Gedankenverloren blickte er zu dem Café hinüber. Er erinnerte sich noch gut an das kleine Mädchen Tiara, das ihm damals den Whiskey für seinen Vater geschenkt hatte.

Als er einmal in dem Laden gewesen war, um eine Packung Reis zu kaufen, sprach sie ihn direkt an. »Warum gehst du eigentlich nicht zur Schule?«, wollte sie von ihm wissen, als sie plötzlich hinter ihm stand.

»Ehrlich gesagt, weiß ich das nicht.«

»Würdest du denn gern hingehen?«

»Ich glaube schon.«

»Was heißt da, ich glaube? So etwas weiß man doch?!«

»Ich weiß es eben nicht«, antwortete Finn und wandte sich ab, da er keine Lust hatte, weiter über das Thema zu reden.

Immerhin schien Tiara dies zu verstehen, da sie gleich auf das nächste Thema kam. »Ich würde so gern mal den Leuchtturm sehen«, sagte sie mit glänzenden Augen.

»Den siehst du doch von hier aus«, gab Finn etwas plump zurück, obwohl er genau verstanden hatte, was sie meinte.

»Nein, ich will in den Leuchtturm und ganz nach oben gehen«, erklärte Tiara.

»Kinder dürfen dort leider nicht hinein«, wiederholte Finn die Aussage, die er schon hundertmal von seinem Vater gehört hatte. Er konnte von Glück reden, dass er den Leuchtturm mittlerweile betreten durfte.

»Aber du gehst doch auch ständig hinein. Ich habe dich gesehen.«

Somit hatte Finnley recht mit der Vermutung, dass das Mädchen ihn oft beobachtete. Ein wenig unangenehm war ihm das schon und er wusste nicht, wie er reagieren sollte. »Da muss ich erst meinen Vater fragen«, behauptete er, obwohl er das sicherlich niemals tun würde, da er die Antwort bereits kannte.

»Wir können ja einen Deal machen«, schlug Tiara vor. »Ich nehme dich mit in die Schule und du zeigst mir den Leuchtturm.«

»Abgemacht«, entschied Finn, ohne lang zu überlegen, und schlug in ihre Hand ein, die sie ihm entgegenstreckte. Die Kinder konnten nicht ahnen, dass dieses Vorhaben ihr Leben für immer verändern sollte …

KAPITEL 15

LISA

Die zwei Tage bis zu ihrer Abreise vergingen wie im Flug. Lisa hatte noch so viel zu organisieren gehabt und dann verweigerte auch noch ihr Laptop in letzter Sekunde den Dienst. Hektisch rannte sie am Dienstagabend kurz vor Ladenschluss in einen Elektrofachmarkt, wo sie sich innerhalb kürzester Zeit einen neuen Laptop aussuchte. Der Verkäufer konnte sein Glück kaum fassen und hatte vermutlich selten so eine entscheidungsfreudige Kundin gehabt. Ein wenig ärgerte sich Lisa, dass diese Summe von ihrem sowieso nicht sehr üppigen Reisebudget abging.

Am letzten Abend vor ihrer Abreise hatte sie noch mit ihren Mitbewohnern zusammengesessen. Wie geplant, hatte sie das leckere Curry gekocht, das um einiges mehr Anklang fand als an dem Fiaskoabend bei Alex. In der Zwischenzeit war so viel passiert, dass es ihr vorkam, als wäre der Streit mit ihm schon eine Ewigkeit her.

Lisa freute sich, da ihr jeder einzelne ihrer ehemaligen Mitbewohner das Abenteuer gönnte. Natürlich saßen sie viel zu lange in der gemütlichen Küche beisammen, was Lisa ein wenig ärgerte, da sie am nächsten Morgen um kurz nach sechs Uhr den Bus zum Bahnhof nehmen wollte.

»Heute schläfst du aber in meinem Bett«, bestimmte Maja entschieden, worüber Lisa ehrlich gesagt froh war. Sie wusste, dass sie in den nächsten vierundzwanzig Stunden kaum Schlaf finden würde.

Als Lisa am nächsten Morgen bei kompletter Dunkelheit aufbrach, war es ein komisches Gefühl, Heidelberg hinter sich zu lassen, vor allem, weil sie keine Ahnung hatte, wie lange sie wegbleiben würde. Mittlerweile freute sie sich richtig auf das Abenteuer und konnte es kaum erwarten, das ferne Kalifornien kennenzulernen. Allein der Gedanke, diesem miesen Aprilwetter zu entfliehen, war herrlich.

Die Reisekosten würden allerdings höher ausgefallen, als sie zuerst gedacht hatte. Eine Woche in dem kleinen Motel vor Ort und ein Mietwagen kosteten einiges. Einen Leihwagen würde sie nehmen müssen, da Lobos Island so fernab der Zivilisation lag, dass es weder mit einem Shuttle noch einem Bus oder dem Zug zu erreichen war. Eine Zugverbindung schien es in der Gegend gar nicht zu geben. Lisa hoffte, dass sie den Mietwagen nur anfangs brauchen würde, bis sie sich auskannte. Vielleicht würde sie in der Pension einen besonderen Tarif bekommen, wenn sie länger blieb? Ansonsten wäre ihr Reisebudget im Nu aufgebraucht.

Lisa hatte keine Ahnung, wie lange ihr das Geld reichen würde. Ihre Eltern hatten ihr ein großzügiges Reisetaschengeld überwiesen, sie bekam monatlich das Geld der Fakultät und hatte noch etwas Erspartes. Im Grunde sollte das reichen, um sich ein paar Wochen in Kalifornien aufzuhalten.

Zu dieser frühen Uhrzeit war am Check-in-Schalter nicht viel los. Da Lisa längere Zeit nicht geflogen war, war sie doch ein wenig aufgeregt. Zum Glück hatte die Dame hinter dem Schalter nichts an ihren Reiseunterlagen zu beanstanden und auch ihr etwas zu schwerer Koffer wurde anstandslos angenommen.

Als sie in der Abflughalle Platz nahm, konnte sie sich endlich etwas entspannen. Als sie über dem Gate Nummer 99 in großen Buchstaben SAN FRANCISCO las, schlug ihr Herz schneller.

Neugierig blickte sie sich um, beobachtete die anderen Reisenden und fragte sich, wo es diese wohl hinzog. Lisa liebte es, Menschen zu betrachten und sich vorzustellen, was sie in ihrem Leben machten. Stundenlang konnte sie damit verbringen.

Gerade als sie ein Pärchen beobachtete, das so aussah, als würde es sich gleich streiten, erreichte sie eine Textnachricht ihrer Mutter. Es war nicht die erste an diesem Tag. Sie schien richtig mitzufiebern, ob alles gut klappen würde. Ein wenig zu viel vielleicht. In dieser Nachricht schrieb sie sogar, dass sie Lisa bereits vermisste.

Das kann ja was werden, dachte Lisa, während sie eine Antwort verfasste: Mir geht es bestens, Mama. Alles hat gut geklappt. Mach dir bitte keine Sorgen. Ich muss demnächst das Telefon ausschalten, behauptete sie und stellte ihr Handy erst einmal auf lautlos. Sie wollte sich nicht von der Aufregung ihrer Mutter anstecken lassen, gerade jetzt, wo sich ihr Puls ein wenig beruhigt hatte.

Lisa war davon ausgegangen, am Flughafen eine bunte Mischung beschwingter Menschen anzutreffen. Enttäuscht stellte sie fest, dass um sie herum nur Hektik, Eile und Lärm herrschten. Überarbeitete Manager mit mürrischen Gesichtern, Kinder, die heulten, da sie etwas von den leuchtenden Auslagen der Souvenirläden nicht bekamen, oder besagtes junges Paar, das angesichts der bevorstehenden Reise gar nicht glücklich aussah. Unterbrochen wurde das Stimmengewirr von

Lautsprecheransagen, die meist schlecht zu verstehen waren, sich aber anhörten, als würde eine Warnmeldung durchgesagt.

Endlich war es Zeit für das Boarding. Lisa verspürte ein wohliges Kribbeln im ganzen Körper und konnte es kaum erwarten, den Flieger zu besteigen. Da sie wusste, dass die Flugzeit annähernd zwölf Stunden betrug, hatte sie vorgesorgt und einen Platz am Gang gewählt. So konnte sie sich ausstrecken und aufstehen, wenn alle anderen schliefen.

Als das Flugzeug mit zunehmender Geschwindigkeit über die Startbahn raste, krallte sich Lisa in ihren Sitzlehnen fest. Sie hatte das Gefühl, der Blechvogel würde jeden Moment auseinanderfallen. Überhaupt fiel der Start etwas ruppiger aus, als sie es von ihren letzten Flügen in Erinnerung hatte, vermutlich weil der Flieger sich erst durch die dicke Wolkenschicht arbeiten musste. Als sie ihre Flughöhe erreicht hatten, wurden die Nebengeräusche deutlich leiser und Lisa versuchte, sich zu entspannen. Schließlich musste sie es noch einige Zeit hier drin aushalten.

Nachdem sie ein recht passables Mittagessen gegessen, in ihrem Buch gelesen und einen Film geschaut hatte, stellte sie entsetzt fest, dass die Flugzeit immer noch sechs Stunden betrug. Sie musste versuchen zu schlafen! Daher zückte Lisa ihre Ohrstöpsel und blies die Nackenstütze auf, die sie am Flughafen gekauft hatte. Hierauf trank sie zwei Gläser von dem kräftigen Rotwein, setzte die Schlafmaske auf und schloss die Augen.

Ein heftiges Ruckeln riss Lisa aus ihrem Schlaf. Erschrocken blickte sie sich um und stellte fest, dass alle anderen Passagiere noch friedlich schliefen. Alles um sie herum war ruhig, allerdings leuchtete das Anschnallzeichen über ihrem Sitz auf. Etwas nervös setzte sie sich aufrecht und zog ihren Sitzgurt wieder fest. Offenbar flogen sie gerade durch Turbulenzen.

Als Lisa den Bildschirm in der Rückenlehne des Vordersitzes anschaltete, hätte sie jubeln können, da sie bereits in fünfzig Minuten in San Francisco landen würden. Offenbar befanden sie sich schon im Landeanflug. Konnte das sein?

Ein Blick aus dem Fenster bestätigte ihr, dass die Nacht vorüber war. Da sie in der Zeit zurückflogen, war es auf dem Flug nur kurze Zeit dunkel gewesen. Somit musste Lisa fast fünf Stunden geschlafen haben, was sie kaum glauben konnte.

Richtig ausgeschlafen und gut erholt fühlte sie sich. Begeistert schaute sie während der restlichen Flugzeit aus dem Fenster und konnte sogar die Bucht von San Francisco erkennen. Es herrschte herrlicher Sonnenschein, und der Anblick des Meeres mit den vielen Brücken, die das zerklüftete Land verbanden, ließ ihr Herz vor Begeisterung schneller schlagen.

»Ich bin tatsächlich in Kalifornien«, sagte sie halblaut zu sich selbst und musste einige Freudentränen wegblinzeln.

Lisa landete am frühen Nachmittag in San Francisco, wobei sich die Stadt von ihrer besten Seite zeigte. Die Sonne wärmte sogleich ihre Haut, als sie das Flughafengebäude verließ, wo sie entzückt den für diese Gegend so typischen Nebel auf den Hügeln erblickte. Über ihr kreisten einige Möwen, die auf der Suche nach Futter ihre Runden drehten. Es herrschte eine angenehme Temperatur, die immer wieder durch eine kühle Brise vom Meer aufgefrischt wurde. Da der Flughafen direkt an der Bucht von San Francisco lag, konnte man das Meer sogar riechen.

Schon auf dem Weg vom Flughafen zur Autovermietung wurde Lisa vor Augen geführt, wie deutlich sich das hiesige Klima von dem in Deutschland unterschied. Sie sah verschiedenste Palmen und sogar Zitronenbäume mit quietschgelben Früchten.

Die Übergabe des Mietwagens verlief reibungslos und Lisa konnte es kaum fassen, als sie nur eine Stunde nach ihrer Landung in einem kleinen Ford saß, der sie an ihr Ziel bringen sollte.

Zum Glück hatte der Wagen ein Navigationsgerät, denn sonst wäre sie vermutlich aufgeschmissen gewesen. Ihr Handy konnte sie vorerst nicht benutzen, da sie sich erst eine entsprechende SIM-Karte zulegen musste. Das hatte sie in der kurzen Vorbereitungszeit nicht mehr geschafft.

Lisa hatte beschlossen, die schönere Strecke am Highway One entlangzufahren, obwohl sie das eine gute halbe Stunde mehr Zeit kosten würde. Sie war einfach zu neugierig, die berühmte Küstenstrecke zu sehen.

Vom Flughafen ging es direkt auf eine vierspurige Autobahn, was Lisas volle Konzentration erforderte. Gleich zu Beginn musste sie alle Spuren überqueren, um die nächste Ausfahrt gen Süden zu erwischen. Kein leichtes Unterfangen, wie sie fand. Als sie kurze Zeit später den Highway verlassen konnte, um eine bergige Landstraße Richtung Küste zu fahren, war sie heilfroh. Diese kurvige Straße war ihr um einiges lieber als der viel befahrene Highway.

Professor Meinhard hatte ihr prophezeit, dass der Monat April im nördlichen Kalifornien eine besonders schöne Zeit war. Offiziell war die Regenzeit im März beendet, wobei Regenzeit in Kalifornien meist bedeutete, dass es zumindest etwas regnete. Die Natur sog den spärlichen Regen auf wie ein Schwamm und innerhalb von wenigen Tagen leuchtete die hügelige Küstenlandschaft in einem satten Grün. Die Pflanzenwelt blühte geradezu auf.

Lisa war begeistert, als sie am Straßenrand ganze Büsche von wildem Fenchel entdeckte. Am liebsten hätte sie kurz angehalten, um welchen zu pflücken, da sie den Geruch so liebte.

Das letzte Mal hatte sie das Gewächs auf einer Italienreise gesehen und Unmengen davon gepflückt. Zu Hause hatte sie dann die Samen getrocknet und anschließend in einem Gewürzmörser fein gemahlen. Lisa fand, dass wilder Fenchelsamen zu vielen Gerichten passte. Sie würzte damit Suppen, Gemüsegerichte, aber auch Brotteig und Kekse, bis sie merkte, dass sie in der WG wohl die Einzige war, der Fenchel so gut schmeckte. Den Rest des Gewürzes schenkte sie ihrer Mutter, um ihren Mitbewohnern weitere Fenchelexperimente zu ersparen.

Während sie daran dachte, musste sie lächeln. Sie war glücklich und hätte die ganze Welt umarmen können. Ihre Reise klappte bisher reibungslos und sie hoffte, es würde so weitergehen.

Nachdem sie San Francisco hinter sich gelassen hatte, überlegte Lisa, ob sie vielleicht ein paar Tage in dieser atemberaubenden Stadt verbringen könnte. Sie konnte sich doch nicht längere Zeit in Kalifornien aufhalten, ohne San Francisco ausgiebig erkundet zu haben! Vielleicht würde sich ja eine Gelegenheit vor ihrem Rückflug ergeben. Doch ihr Aufenthalt fing ja gerade erst an, rief sie sich in Erinnerung, da sie oft dazu tendierte, sich zu viel vorzunehmen.

Als Lisa nach etwa einer halben Stunde Fahrt an der Küste ankam, war sie überwältigt von der Aussicht und musste an der ersten Parkbucht anhalten, um den Ausblick zu genießen. Vor ihr lag der ungestüme Pazifik in seiner unendlich blauen Farbe, die am Ufer heller und in der Ferne dunkler wirkte. Einige weiße Schaumkronen auf dem offenen Meer sagten ihr, dass es dort draußen windig sein musste. Lisa wusste, dass vor ihr unzählige Unterwasserberge und -täler lagen, die man mit bloßem Auge nicht erkennen konnte. Eine Weile musste sie die geheimnisvolle Schönheit der unendlichen Tiefe betrachten, bevor sie sich losreißen konnte, um weiterzufahren.

Laut ihres Navigationsgeräts würde sie in anderthalb Stunden am Ziel sein. Lisa beschloss, sich etwas zu beeilen, um nicht im Dunkeln anzukommen. Tatsächlich zog sich die Fahrt um einiges länger, als sie gedacht hatte, denn immer wieder lockten schöne Strände, an denen sie einfach kurz anhalten musste, um die Aussicht zu genießen. Die Natur Kaliforniens war wirklich atemberaubend!

Als Lisa am Abend an ihrem Ziel, dem State Park Point Lobos, ankam, stand die Sonne bereits tief über dem Horizont. Erleichtert atmete sie auf. Sie hatte es gerade noch geschafft, denn vermutlich würde es in einer halben Stunde dunkel sein.

Aus den vielen Artikeln, die sie gelesen hatte, wusste sie, dass man Eintritt zahlen musste, um dieses besondere Fleckchen Erde zu betreten. In dem kleinen Häuschen vor einer Schranke saß ein Ranger, der sie darauf hinwies, dass der Park bei Dunkelheit schloss. Als Lisa erklärte, dass sie im Lobos Motel ein Zimmer gebucht hatte, schien er erfreut und kam zu ihrem Auto, um ihr eine kostenlose Karte des Naturschutzgebietes zu überreichen. Natürlich müsse sie dann keinen Eintritt zahlen, sagte er und wünschte ihr einen schönen Aufenthalt. Lisa fand den Mann überaus freundlich und bedankte sich für seine Hilfe.

Wenn alle Kalifornier so nett sind, werde ich mich hier richtig wohlfühlen, dachte sie, während sie die schmale Straße durch den Park fuhr. Allein die Pflanzenwelt, die sie vom Auto aus sah, war beeindruckend. Es kam ihr vor, als würde sie durch einen Märchenwald aus alten, mit Moos bewachsenen Zedernbäumen und Zypressen fahren, die etwas Mystisches ausstrahlten. Manche Bäume hatten eine Form, wie Lisa sie noch nie gesehen hatte. Fast schienen sie verkehrt herum zu wachsen. Unter diesen ausgefallenen Bäumen wuchsen üppiges Gras und wilde Blumen, und kurz ertappte sich Lisa dabei, dass sie auf der Suche nach einer Elfe oder einem Wichtel war.

Als Lisa nach einigen Minuten auf einer Lichtung ankam, sah sie den Leuchtturm, über den sie so viel gelesen hatte, direkt vor sich. Bereits auf der Fahrt hatte sie diesen bewundern können, doch so nah vor dem Bauwerk zu stehen, war noch mal etwas anderes.

Das Lobos Motel war nicht zu übersehen, denn es war das einzige Gebäude weit und breit. Das Anwesen wirkte rustikal, hatte aber trotzdem einen gewissen Charme, wie Lisa fand. Zwar sah die Pension ein wenig verlassen aus, soweit sie es im Dämmerlicht erkennen konnte, aber immerhin brannte Licht im Erdgeschoss und ein Wagen stand auf dem Parkplatz davor, neben den sie ihr eigenes Fahrzeug stellte.

Über dem Eingang hing ein Schild mit dem Wort »vacancy«, was bedeutete, dass noch Zimmer frei waren. Alles andere hätte Lisa auch verwundert. Lisa beschloss, ihr Gepäck vorerst im Wagen zu lassen, um sich anzumelden. Ihr Eintreten kündigte sich mit einer Klingel über der Tür an, was sie an einen altertümlichen Tante-Emma-Laden erinnerte. Überhaupt wirkte das Innere, als wäre hier die Zeit stehen geblieben. Lisa sah die Auslagen eines kleinen Touristenladens vor sich, in dem man von Fischködern über Postkarten bis hin zu Sandwiches und frischem Obst alles kaufen konnte. Als sie ihren Blick nach rechts wandte, sah sie ein hübsches Café mit einer grandiosen Aussicht auf das Meer.

Etwas unschlüssig schaute sie sich um, bis sie die Frau hinter dem Tresen entdeckte, die sie beobachtete. Ein wenig wunderte sie sich, dass diese nicht auf sich aufmerksam gemacht hatte. Ein Schild über dem Tresen sagte ihr, dass dies der Verkaufstresen für das Café, die Kasse für den Laden und die Rezeption des Motels in einem war.

»Guten Tag, ich bin Lisa Willis und habe ein Zimmer reserviert«, erklärte Lisa etwas steif, während sie auf die Rezeptionistin zuging.

»Herzlich willkommen«, begrüßte sie die Frau freundlich, blieb aber sitzen und betrachtete sie neugierig. Lisa konnte das Alter der Frau schwer schätzen. Zwar strahlte sie etwas Jugendliches aus, wirkte aber reifer als sie selbst. Nach ein wenig Small Talk, ob sie den Weg gut gefunden habe und hungrig sei, sagte die Rezeptionistin, dass sie sich ein Zimmer aussuchen könne, da sie momentan der einzige Gast sei.

Da hatte Professor Meinhard also recht, war Lisas Gedanke, während sie mit ihrem Gepäck ins erste Stockwerk ging, um sich die Gästezimmer anzuschauen. Schnell entschied sie sich für ein Eckzimmer, das über zwei Fenster verfügte, von denen aus sie einen sensationellen Blick auf den Leuchtturm und das Meer hatte.

Als Lisa wieder zur Rezeption kam, um der Frau ihre Entscheidung mitzuteilen, stand diese schwerfällig auf. Erst jetzt erkannte Lisa, dass sie sich auf eine Krücke stützte und offensichtlich schlecht gehen konnte.

Sie scheint eine Verletzung an den Beinen oder am Rücken zu haben, war Lisas Gedanke, während sie näher trat und wahrnahm, dass ihr Gegenüber offensichtlich Schmerzen hatte. Die Rezeptionistin verzog das Gesicht und fasste sich mit der anderen Hand an den Rücken.

»Geht es Ihnen gut?«, fragte Lisa mit einem schüchternen Lächeln und schalt sich innerlich für die blöde Frage. Es war offensichtlich, dass es ihrer Gastgeberin nicht gerade blendend ging.

»Geht so«, antwortete diese und rang sich ein Lächeln ab.

»Ich würde gern Zimmer Nummer 5 nehmen.«

»Das ist eine gute Entscheidung«, bestätigte die Rezeptionistin, bevor sie sich umdrehte, um den Schlüssel von einem Brett zu nehmen und ihr zu reichen.

»Könnte ich vielleicht noch eine Kleinigkeit zu essen bekommen?«

»Aber gern doch. Ich kann Ihnen ein Sandwich machen oder die Tagessuppe. Heute gibt es Clam Chowder, das ist eine Spezialität dieser Gegend.«

»Das hört sich gut an. Ich mache mich kurz frisch und komme wieder runter.«

»Gern. Mein Name ist übrigens Tiara Brown«, stellte sich die Frau vor und streckte ihr die Hand entgegen, die sich kalt anfühlte.

Während Lisa wieder zu ihrem Zimmer hinaufging, fragte sie sich, ob Tiara diese Pension ganz allein führte, denn ihr war ansonsten kein Angestellter mehr begegnet. Mittlerweile war sie sicher, dass Tiara die Besitzerin des Lobos Motel war. Lisa grübelte, was ihr im Leben wohl passiert war. Dafür, dass sie noch so jung war, wirkte sie auf bedrückende Weise traurig, aber auch ein wenig geheimnisvoll, fand Lisa.

Kapitel 16

Finnley

Finn blieb noch eine Weile vor seinem Haus stehen und blickte zum Festland hinüber. Da es bereits dämmerte, würde der Park gleich schließen und es gab keine neugierigen Touristen mehr auf der anderen Seite, die seinen Leuchtturm bestaunten. Um diese Jahreszeit waren weniger Besucher im State Park, was ihm mehr als recht war. Er mochte es nicht, wenn sie ihn von der anderen Seite durch die Ferngläser beäugten.

Das Lobos Motel wirkte verlassen in letzter Zeit. Lediglich das Licht im Café sagte ihm, dass Tiara da sein musste. Sie war vor ein paar Wochen zurückgekehrt, um das Motel ihrer Eltern zu übernehmen. Obwohl er keine große Erfahrung mit Menschen und ihren Gefühlen hatte, wusste er, warum sie damals dieses schöne Fleckchen Erde hatte verlassen müssen.

Ihm war klar, dass ihre Eltern seinerzeit die Entscheidung getroffen hatten, Tiara zu ihrer Tante nach Los Angeles zu bringen. Zwar hatte er so nie klären können, was damals geschehen war, aber vermutlich war es besser für sie gewesen.

Nach wie vor gab ihm Tiara viele Rätsel auf. Mittlerweile war all das sowieso verjährt. Nach all den Jahren noch einmal darüber zu sprechen, machte keinen Sinn. Auch hätte er gar nicht gewusst, wie er dies anstellen sollte. Zwischenmenschliche Dinge lagen ihm einfach nicht.

Tiaras Eltern waren die einzigen Menschen gewesen, zu denen er regelmäßig Kontakt hatte, wenn er dort einkaufen ging. Auch wurde seine Post in ihrem Laden gelagert, die er einmal in der Woche abholte, auch wenn es meist nur Werbesendungen waren.

So hatte Finn der Tod von Mr Brown vor ein paar Jahren tief getroffen. Obwohl er wusste, dass Tiaras Mutter schwer damit zu kämpfen hatte, den Laden und das Motel allein zu führen, hatte er sich nicht überwinden können, ihr seine Hilfe anzubieten. Denn er wusste, dass sie damals einige Gerüchte in die Welt gesetzt hatte, die ihm das Leben erschwert hatten und bis heute zu schaffen machten. Vielleicht hatte Mrs Brown es nicht so gemeint, aber er hatte selbst gehört, was sie über ihn gesagt hatte, und hatte es ihr bis zu ihrem Tod nicht verzeihen können.

Manchmal überlegte er, ob Mrs Brown sogar richtiggelegen hatte mit dem, was sie über ihn gesagt hatte. Immer hatte er versucht, die Vergangenheit zu verdrängen, was mittlerweile dazu geführt hatte, dass er sie nur noch verschwommen vor sich sah, als hätte er selbst gar nicht daran teilgenommen. Zum Glück waren ihm die schönen Stunden mit seiner Mutter und Grandpa Stan lebhaft in Erinnerung geblieben. Das war das Einzige, woran er festhielt.

Seit Tiara wieder da war, hatte er es tunlichst vermieden, das Café zu betreten. Meist passte er einen Moment ab, wenn sie nicht da war, um seine Post abzuholen. Was hätte er auch sagen sollen?

Als er gedankenverloren einige Holzscheite aus dem Schuppen holte, um den Kamin anzufeuern, beobachtete er, wie ein Fahrzeug auf der anderen Seite die Straße entlanggefahren kam. Der Wagen fuhr äußerst langsam, was ihn vermuten ließ, dass es Touristen sein mussten, die sich nicht auskannten.

Er wunderte sich, warum so spät noch Besucher in den Park kamen, obwohl der Ranger immer pünktlich die Schranke schloss. Da das Fahrzeug hinter dem Motel verschwand, konnte er nicht erkennen, wer ausstieg.

Nachdem Finn den Kamin angezündet hatte, öffnete er noch einmal die Haustür, um hinüberzublicken. Das Fenster in seinem Wohnzimmer, das Richtung Festland zeigte, war immer mit einem Klappladen verschlossen, da er so sicher sein konnte, nicht den neugierigen Blicken der Reisenden ausgesetzt zu sein.

Nun brannte auch Licht in einem Eckzimmer im ersten Stockwerk, was bedeutete, dass Gäste eingezogen sein mussten. Er vermutete, dass dies die ersten Hotelgäste waren, seitdem Tiara die Pension übernommen hatte. Zuerst hatte sie das Gebäude ein wenig auf Vordermann gebracht, wie er anhand der Fahrzeuge erahnen konnte, die vorfuhren. Ein paarmal hatte er Tiara auch gesehen, wie sie langsam mit ihrer Krücke zum Meer lief und hinüberblickte.

Ob sie mit ihm sprechen wollte? Was dachte sie, wenn sie den Leuchtturm sah, der ihr so viel Unheil beschert hatte? Finn spürte, dass bei ihrem Anblick augenblicklich das schlechte Gewissen wieder aufkam. Aber warum überhaupt?

Wegen des Schicksals, das damals zugeschlagen hatte?

Dafür, dass sie Freunde gewesen waren und das getan hatten, was Kinder nun einmal tun?

Niemals könnte er die richtigen Worte finden. Deshalb würde er sich auch weiterhin davor drücken, ihr zu begegnen.

Gerade als Finn seine Haustür wieder schließen wollte, bemerkte er eine dunkelhaarige Frau, die vom Motel zur Aussichtsplattform lief. Sogar aus der Entfernung konnte er erkennen, dass es nicht Tiara war, die ihre blonden Haare meist zu einem Zopf zusammengebunden hatte. Diese Frau hatte lange dunkle Locken, die im Küstenwind wehten. Immer wieder blieb sie stehen und blickte sich um, als wollte sie jedes Detail ihrer Umgebung erfassen. Als sie dann allerdings schnurstracks auf eins der Ferngläser zuging, die man mit zwei Quarter in Betrieb nehmen konnte, trat er einen Schritt zurück. In der Tat schien die Fremde Geld hineinzuwerfen. Intuitiv schloss Finnley die Tür, um von der Frau nicht gesehen zu werden.

Warum, konnte er nicht genau sagen. Wenn er tagsüber seiner Arbeit nachging, konnte er keine Rücksicht darauf nehmen, ob gerade Touristen durch die Ferngläser blickten. Doch nun war es so offensichtlich und sie hätte ihn genau anschauen können, was ihm unangenehm war.

Manchmal ärgerte er sich, dass er über die Jahre so ein komischer Kauz geworden war, wie es alle immer von ihm behaupteten. Vermutlich geschah es ihm gerade recht, dass die Menschen an Land nichts mit ihm zu tun haben wollten.

Vielleicht stimmte sogar, was sie über ihn sagten. Manchmal war er sich dessen nicht sicher …

KAPITEL 17

LISA

Nachdem Lisa sich frisch gemacht hatte und wieder nach unten kam, bemerkte sie, dass ein Tisch am Fenster für sie gedeckt war. Der Platz war hübsch vorbereitet, mit Blumen und einer Kerze, die bereits brannte. Da es mittlerweile stockdunkel war, konnte man zwar den Ausblick nicht mehr genießen, aber den rauen Pazifik hören. Lisa liebte Meeresrauschen. Sie fand, dass es etwas sehr Beruhigendes hatte.

Die Motelbesitzerin, die sich ihr als Tiara Brown vorgestellt hatte, hantierte hinter dem Tresen in der offenen Küche, in der sich allerhand Geräte befanden. Sie wirkte konzentriert und schien eine gute Köchin zu sein, denn Lisa fand, dass es ganz vorzüglich roch. Sie war gespannt auf die für diese Gegend typische Suppe, von der sie schon wieder vergessen hatte, wie sie hieß. Mittlerweile war sie allerdings so hungrig, dass sie vermutlich alles gegessen hätte.

»Das riecht lecker!«, rief sie der Köchin zu, die sie noch gar nicht bemerkt zu haben schien.

»Ah, da sind Sie ja, Mrs Willis. Das Essen ist gerade fertig. Möchten Sie etwas dazu trinken? Vielleicht ein Glas Wein?«

Warum eigentlich nicht?

»Gern. Haben Sie einen kalifornischen Wein?«, wollte Lisa wissen und ärgerte sich sofort über ihre alberne Frage. Natürlich gab es hier Wein aus der Gegend.

»Ich habe hier die besten kalifornischen Weine«, bekundete ihre Gastgeberin stolz und legte eine Karte auf den Tresen. Daneben stellte sie eine Schüssel mit der dampfenden Suppe. Erst jetzt wurde Lisa klar, dass die Motelbesitzerin mit ihrer Krücke das Essen schlecht servieren konnte.

Als Lisa an den Tresen kam, um ihr Abendessen abzuholen, warf sie einen Blick auf die Weinkarte und wählte einen Chardonnay, der aus den Carmel Hills stammte. Das Weingebiet musste gleich um die Ecke sein.

»Eine gute Wahl«, bestätigte Tiara, die die Weinflasche aus dem Kühlfach holte, fachmännisch entkorkte und großzügig zwei Gläser einschenkte. Hierauf stieß sie mit Lisa an und sagte: »Ich bin Tiara.«

»Lisa«, antwortete sie und freute sich, so nett in Empfang genommen zu werden. Überhaupt fühlte sie sich, als würde sie in Tiaras Wohnzimmer sitzen. Lisa war etwas unentschlossen, ob sie am Tresen sitzen bleiben oder sich wieder an den für sie gedeckten Tisch setzen sollte.

»Setz dich ruhig rüber«, bemerkte Tiara, die ihre Gedanken zu lesen schien. »Ich muss noch etwas vorbereiten. Dann kann ich dir gern Gesellschaft leisten, wenn du möchtest.«

»Das würde mich freuen!«, bestätigte Lisa und nahm das Tablett, auf dem Tiara die Suppe, das Sandwich und das Glas Wein angerichtet hatte.

Lisa war überrascht, wie schmackhaft die Clam Chowder war. Das Gericht erinnerte sie an einen Kartoffeleintopf, aber mit leckeren kleinen Muscheln darin, die der Spezialität ihren Namen gaben. Schon jetzt wusste sie, dass sie die Suppe bei nächster Gelegenheit wieder bestellen würde.

Als sich Tiara zu ihr setzte, führten die beiden erst ein wenig Small Talk, wie Lisas Anreise gewesen war, dass momentan kaum Touristen in der Gegend waren und wie das Wetter werden sollte. Anscheinend hatte es vor ein paar Wochen einen starken Sturm gegeben, der einiges an der Küste zerstört hatte.

Lisa beschloss, gleich zu fragen, was es kosten würde, wenn sie länger bliebe. Tiara zeigte sich überrascht und wollte ihr am nächsten Tag einen fairen Vorschlag unterbreiten. Anscheinend musste sie auch erst darüber nachdenken und konnte den Preis nicht aus dem Ärmel schütteln. Hierauf kam Lisa auf ein Problem zu sprechen, das sie in ihrem Zimmer bemerkt hatte.

»Ich wollte mich vorhin ins Internet einwählen, was allerdings nicht geklappt hat. Habe ich das falsche Passwort?«

»Nein, das hast du nicht«, bemerkte Tiara resigniert. »Das Internet funktioniert gerade nicht. Bei Bauarbeiten wurde ein Kabel zerstört«, erklärte sie.

»Wie soll ich denn dann recherchieren?«, überlegte Lisa laut. Sie war davon ausgegangen, im Hotel eine Internetverbindung zu haben. Das war auch auf der Webseite so angekündigt gewesen.

»Was musst du denn recherchieren?«, wollte Tiara wissen und wirkte interessiert, aber nicht neugierig.

»Ach, ganz unterschiedliche Dinge. Erst einmal muss ich einige E-Mails versenden, dass ich gut angekommen bin. Mein Telefon funktioniert hier noch nicht«, erklärte Lisa.

»Wenn du deine Familie anrufen möchtest, gibt es hier unten einen Münzfernsprecher, ganz wie in alten Zeiten«, erklärte Tiara und grinste. »Relativ günstige Telefonkarten habe ich auch im Laden. Für eine Internetverbindung müsstest du in die Bücherei in Carmel gehen. Die Bibliothek ist gut ausgestattet, vielleicht kannst du da auch recherchieren.«

»Das ist eine gute Idee. Die Tage möchte ich dann zum Institut für Meeresbiologie. Ist das weit weg von hier?«

»Nein, mit dem Auto vielleicht zehn Minuten.«

»Ich hatte gehofft, den Mietwagen nicht die ganze Zeit zu benötigen, da er relativ teuer ist. Aber wie es aussieht, komme ich ohne fahrbaren Untersatz hier nicht weit, stimmt's?«

»Es geht. Wenn du den Park verlässt, gibt es gleich am Highway One eine Busstation. Mit dem Bus Nummer fünf kommst du in die Nähe des Instituts für Meeresbiologie. Der Bus kommt allerdings nur alle zwei Stunden. Wenn du ihn verpasst, ist es natürlich blöd.«

»Verstehe«, sagte Lisa und dachte daran, wie verwöhnt man in Heidelberg mit dem gut ausgebauten Nahverkehrssystem war. Dort hatte sie nie länger als zehn Minuten auf einen Bus oder eine Bahn gewartet. Aber dafür war sie nun hier: in der herrlichen Natur am Pazifik.

»Ich brauche meinen Wagen nur für Besorgungen für das Motel, die derzeit wirklich nicht umfangreich sind«, bemerkte Tiara nach einer Weile. »In der übrigen Zeit könntest du ihn benutzen.«

»Meinst du das ernst? Das wäre absolut klasse!«

»Von mir aus gern. Wir könnten ja ausprobieren, wie gut es klappt, und dann entscheiden, ob du dir wieder einen Mietwagen holst. Wann musst du diesen denn zurückgeben?«

»Ende der Woche.«

»Na, das passt doch. Dann kannst du bis dahin alles mit deinem Wagen erkunden und kennst dich schon besser aus. Ein Fahrrad hätte ich übrigens auch im Schuppen, das ich dir leihen könnte.«

Lisa war völlig überwältigt, wie nett Tiara zu ihr war. Fast fühlte es sich an, als hätte sie gleich am ersten Tag eine neue Freundin gefunden. Sie bekam ein richtig wohliges Gefühl, wobei das auch an dem vorzüglichen Chardonnay liegen konnte.

Gerade hatte Tiara die Weinflasche geholt und beiden nachgeschenkt. Dafür, dass sie anfangs so zurückhaltend und zugeknöpft gewirkt hatte, war sie nun aufgelockert und wurde richtig redselig.

»Ich habe das Motel erst vor einigen Wochen übernommen.«

»Im Ernst?«, wunderte sich Lisa. »Es hat den Anschein, als würdest du das schon ewig machen.«

»So ist es im Grunde auch«, bestätigte Tiara lachend. »Die Pension gehörte meinen Eltern und ich bin hier aufgewachsen, zumindest bis zu meinem vierzehnten Lebensjahr. Danach bin ich zu meiner Tante nach Los Angeles gezogen. Anfangs kam ich noch in den Ferien zurück, dann wurde es aber immer weniger. Ich habe gemerkt, dass hier kein guter Platz für mich ist«, erklärte sie mit einem betrübten Gesichtsausdruck.

Lisa hatte den Eindruck, dass mehr hinter dieser Geschichte steckte. Doch gerade als Tiara weitererzählen wollte, klingelte das Telefon. Da Tiara Probleme hatte, aufzustehen, sprang Lisa auf, um ihr zu helfen.

»Es geht schon!«, fuhr sie sie entnervt an, was Lisa zurückweichen ließ. Offenbar konnte sie es nicht leiden, wenn ihr jemand zu Hilfe eilte. Lisa kannte das von einem Freund, der seit einem Autounfall im Rollstuhl saß. Daher setzte sich Lisa wieder auf ihren Platz, ohne weiter darauf einzugehen.

Während sie aus dem Fenster blickte, wo sie nur ihre eigene Spiegelung sah, dachte sie über das nach, was Tiara gerade gesagt hatte. Warum hatte sie von hier fortgehen müssen? Und warum war sie so lange weggeblieben? Obwohl sie eben auch gelacht hatte, schien sie etwas zu bedrücken. Vielleicht würde sie in den nächsten Tagen mehr über Tiara Brown erfahren. Das hoffte sie zumindest.

»Morgen reisen weitere Gäste an, ein Ehepaar aus England«, bemerkte die Motelbesitzerin, als sie zum Tisch zurückkam. »Du scheinst einen englischen Akzent zu haben«, sagte sie dann, als sie erneut mit ihr anstieß.

Lisa war froh, dass Tiaras Trübsinnigkeit verflogen schien. »Das stimmt, mein Vater kommt aus England, meine Mutter aus Italien.«

»Ich war noch nie irgendwo außerhalb von Kalifornien«, gestand Tiara mit gesenkter Stimme. Und da war sie wieder, diese Melancholie. »Warum bist du eigentlich hier? Was möchtest du denn recherchieren?«, fragte sie dann, wobei diesmal Neugierde mitschwang.

»Ich möchte herausfinden, was es mit den Pelikanen auf sich hat.«

»Mit den Pelikanen?«

»Ja, gegenüber auf Lobos Island vermehren sich die Tiere auf unerklärliche Weise. Und ich will herausfinden, warum.«

»Heißt das, du möchtest auf die Insel gehen?«, wollte Tiara von ihr wissen, wobei ihre Stimme einen merkwürdigen Unterton bekam.

»Genau. Ich muss unbedingt mit dem Leuchtturmwärter sprechen, um Näheres darüber zu erfahren.«

Der Schlag, mit dem das Glas auf den Boden knallte, ließ Lisa zusammenfahren. Zuerst dachte sie, Tiara sei einfach nur ungeschickt gewesen. Doch dann erkannte sie, dass Tiara das Glas vor Schreck heruntergefallen war. Ihr Gesicht war kreidebleich geworden.

»Stimmt etwas nicht?«, fragte Lisa erschrocken.

»Nein, alles in Ordnung«, behauptete Tiara, wobei ihre Körpersprache etwas ganz anderes sagte.

»Ich helfe dir mit den Scherben«, bot Lisa an.

»Nein, das möchte ich nicht«, gab Tiara bestimmt von sich. Sie wirkte aufgebracht. Lisa wusste zwar nicht, was geschehen war, aber seitdem sie erwähnt hatte, dass sie mit dem Leuchtturmwärter sprechen wollte, hatte sich etwas verändert. Tiara war eine völlig andere Person, abweisend und kalt – ähnlich, wie sie anfangs gewesen war.

»Ich werde nun aufräumen und dann ins Bett gehen« bestimmte sie, womit offensichtlich war, dass Lisa auf ihr Zimmer verschwinden und sie allein lassen sollte. Zumindest war sie an keiner weiteren Unterhaltung interessiert, das hatte sie mehr als deutlich gezeigt.

An diesem Abend konnte Lisa schlecht einschlafen. Immer wieder warf sie sich im Bett hin und her und grübelte darüber, was gerade im Café vorgefallen war. Tiaras Reaktion war äußerst sonderbar gewesen. Zwar kannte sie die Frau noch nicht lange und wusste nicht, ob solche Stimmungsschwankungen bei ihr normal waren, aber irgendetwas hatte ihr missfallen an dem, was Lisa gesagt hatte.

Gerade als sie beschloss, sich nicht zu viele Gedanken darüber zu machen, vernahm sie ein Geräusch direkt vor ihrer Zimmertür. Augenblicklich schlug ihr das Herz bis zum Hals, da ihr klar war, dass sie der einzige Gast im Motel war. Das hatte Tiara selbst gesagt. Somit konnte es nur die Motelbesitzerin sein, die auf dem Flur stand.

Da war es wieder! Dieses Knarren direkt vor ihrer Zimmertür. Auch bildete sie sich ein, einen Schatten unter dem Türspalt zu erkennen, der durch das Licht im Flur ein wenig beleuchtet war. Ansonsten herrschte völlige Dunkelheit, die nur für ein paar Sekunden durch das Leuchtfeuer des Leuchtturms erhellt wurde.

Möglichst leise stand sie auf und schlich zur Tür, um zu lauschen. Als sie das Geräusch erneut vernahm, riss sie ihre Zimmertür auf – um in einen menschenleeren Flur zu schauen. Ein wenig beschämt schloss sie die Tür wieder. Anscheinend war das Haus äußerst hellhörig.

Hierauf nahm sie die Tabletten, die Maja ihr beim Abschied für alle Fälle in die Hand gedrückt hatte, und legte sich wieder hin. Nun, da sie wusste, dass niemand vor ihrer Zimmertür lauerte, würde sie hoffentlich einschlafen können. Schließlich war sie hundemüde nach der langen Reise. Doch weit gefehlt. Wieder kreisten ihre Gedanken um Tiara, ihr komisches Verhalten und dieses Motel. Die Tatsache, dass weder ihr Telefon noch das Internet funktionierten, beschleunigte ihr Gedankenkarussell noch.

Hier stimmt doch etwas ganz und gar nicht, dachte sie, bevor sie noch einmal in den wolkenlosen Sternenhimmel blickte und endlich einschlief.

* * *

Als Lisa am nächsten Morgen aufwachte, war sie überrascht, wie hervorragend sie in der neuen Umgebung geschlafen hatte. Das Melatonin von Maja schien eine gute Wirkung zu haben.

Sogleich sprang sie auf und öffnete den Vorhang am Fenster, um hinauszublicken. Nach wie vor konnte sie kaum glauben, dass sie tatsächlich hier war. Der Ausblick von ihrem Zimmer war schlichtweg umwerfend. Über Nacht war der Nebel, den sie am Vortag weit draußen über dem Meer gesehen hatte, näher gerückt und schmiegte sich nun an die Insel, als wollte er sie beschützen. Es war ein spektakuläres Naturschauspiel, das sich ständig veränderte, da der Nebel stets in Bewegung war. Der untere Teil der Insel war von dem milchig-weißen Dunst vollständig eingehüllt. Vereinzelte Nebelschwaden zogen am Leuchtturm und dem dazugehörigen Haus vorbei. Diese waren im Gegensatz zum Rest der Insel noch gut erkennbar.

Obwohl Lisa als Biologin wusste, dass dieses Phänomen dadurch entstand, dass warme, feuchte Luft über das kalte Küstengewässer strömte und dabei die Feuchtigkeit als Nebel kondensierte, wirkte es unheimlich. Das Licht, das von der aufgehenden Sonne durch den Nebel drang, verbreitete eine diffuse Helligkeit, die die Landschaft in ein unwirkliches Licht tauchte. Lobos Island hätte leicht der Schauplatz für einen gruseligen Film sein können.

Als Lisa das Fenster öffnen wollte, um die frische Meeresbrise einzuatmen, stellte sie fest, dass es verschlossen war. Bei näherem Hinschauen erkannte sie, dass das Schiebefenster vermutlich zu oft überstrichen worden war und sich deshalb nicht mehr öffnen ließ.

Zu schade aber auch, dachte sie, wobei sie das Rauschen der Wellen, die gegen die zerklüfteten Felsen schlugen, auch durch das geschlossene Fenster hören konnte. Sehen konnte sie den Ozean allerdings nicht, da er von dickem Nebel verdeckt war.

Fast war es, als würden ihr von dem Naturschauspiel neue Kräfte verliehen, denn auf einmal verspürte sie einen unglaublichen Tatendrang. Gerade als sie ihren Aussichtsplatz wieder verlassen wollte, sah sie eine Gestalt aus dem schmucken Häuschen treten, das farblich zum Leuchtturm passte. Gespannt hielt sie den Atem an, konnte wegen der Entfernung jedoch wenig erkennen.

Als der Mann, vermutlich der Leuchtturmwärter, mit dem sie unbedingt reden wollte, hinter dem Leuchtturm verschwand, sah sie kurz darauf einen Pelikan ebenfalls in Richtung Leuchtturm fliegen, wo er es sich auf dem Außengeländer bequem machte.

Als hätten sich der Mann und der Pelikan verabredet, kam es ihr in den Sinn, was natürlich nicht sein konnte. Schnell huschte Lisa ins Bad, um sich fertig zu machen. Sie konnte es kaum abwarten, mit ihm zu sprechen. Sie hatte unendlich viele Fragen und hoffte auf ein interessantes Gespräch mit ihm.

Als Lisa vor dem Spiegel stand, stellte sie fest, dass sie etwas verschlafen aussah. In dem Moment fiel ihr wieder der sonderbare Ausgang der Unterhaltung mit Tiara vom letzten Abend ein. Vielleicht hatte sie sich auch nur eingebildet, dass die Motelbesitzerin auf einmal so komisch gewesen war.

In Windeseile hatte sie sich fertig gemacht, da sie es kaum erwarten konnte, ihre Nachforschungen zu beginnen. Während sie die Treppe hinabstieg, hoffte sie, dass Tiara wieder so unkompliziert und nett sein würde wie zu Beginn ihrer Unterhaltung.

Als Lisa im Erdgeschoss ankam, fand sie dieses leer vor. Ein Blick auf die Wanduhr verriet ihr, dass es erst kurz nach sieben war. Vielleicht schlief Tiara noch. Dagegen sprach allerdings, dass sie den Geruch von frisch gebrühtem Kaffee wahrnahm.

Auf dem Tresen standen eine Thermoskanne, ein Milchkännchen und eine Tasse mit einer Notiz für sie: *Frühstück für Lisa Willis*, stand auf einem Zettel. Ein Pfeil deutete auf einen Behälter, in dem Muffins und verschiedene Gebäckstücke lagen. Daneben befand sich eine Schale mit Obst.

Etwas enttäuscht, dass sie Tiara nicht persönlich antraf, schenkte sich Lisa Kaffee ein und schnappte sich einen Apfel. Dann setzte sie sich wieder an ihren Platz vom Vorabend. Als sie den Kaffee probierte, verzog sie das Gesicht.

»Will die mich vergiften?«, flüsterte sie, während sie wieder zur Theke lief, um ordentlich Milch und Zucker nachzugeben.

Ein Muffin kann nicht schaden gegen den bitteren Geschmack, dachte sie sich, als sie sich das Gebäck nahm. Das Frühstück war sowieso nebensächlich bei dieser Aussicht, beschloss sie, während sie in das pappsüße Teilchen biss.

Nachdem Lisa ein wenig gegessen hatte, ließ sie ihren Blick durch den Raum schweifen, wobei ihr der Münzfernsprecher ins Auge fiel. Vermutlich musste sie diesen nutzen, um wenigstens ihren Eltern sagen zu können, dass sie gut angekommen war. Darüber nachdenken, wie abgeschottet sie von der Außenwelt war, wollte sich gerade lieber nicht. Denn eigentlich fand sie das mehr als gruselig, hier mutterseelenallein am Ende der Welt zu sitzen, ohne Handy oder Internet.

Lisa beschloss, den Apparat zu inspizieren. Als sie näher kam, sah sie, dass jemand netterweise einige Quarter darauf deponiert hatte. Das konnte nur Tiara gewesen sein.

Einen Versuch war es wert, dachte Lisa, warf einige Münzen ein und wählte die Nummer ihrer Eltern in Neckargemünd. Als sie kurz darauf die Stimme ihrer Mutter vernahm, fiel ihr ein Stein vom Herzen. Zwar reichten die Münzen nur für wenige Minuten, aber immerhin konnte sie ihr sagen, dass sie gut angekommen war und weder Handy noch das Internet funktionierte. Ihre Mutter dankte ihr für den Anruf und wirkte sehr erleichtert. Lisa versprach, sich baldmöglichst wieder zu melden.

Als sich Lisa wieder an ihren Platz setzte, beobachtete sie, wie der Mann vom Leuchtturm zurückkam und in dem Haus verschwand. »Jetzt oder nie!«, sagte sie zu sich selbst, nahm zur Stärkung noch einen Schluck von dem bitteren Kaffee und zog ihre Jacke über. Als sie das Motel verließ, stellte sie sicher, dass sich die Eingangstür wieder öffnen ließ und sie sich nicht aussperrte. Dann machte sie sich auf den Weg Richtung Küste. An der Treppe, die zum Meer hinabführte, registrierte sie einige Schilder, die sie warnten:

PRIVATE. NO TRESPASSING! WATCH OUT FOR TIDE!

Jemand schien es ernst damit zu meinen, dass keine Touristen auf Lobos Island kommen sollten. Doch Lisa sah sich nicht als Touristin, sondern als Journalistin, die eine spannende Geschichte über diese Gegend schreiben wollte, was auch den Leuten hier zugutekam. Genauso würde sie es dem Leuchtturmwärter gleich erklären.

Lisa musste zugeben, dass die Warnschilder und die angebrachte Kette, die sie erst lösen musste, sie verunsichert hatten. Mit jeder Stufe, die sie hinabstieg, verlangsamte sich ihr Tempo. Doch noch etwas ließ sie zögern: der Weg, der zur Insel führte. Nun herrschte Ebbe, aber gestern Abend, als sie zum Aussichtspunkt gegangen war, um sich die Umgebung anzuschauen, war Lobos Island durch die Flut gänzlich vom Festland getrennt gewesen. Sie konnte nicht schwimmen, und wenn die Flut einsetzen würde, hätte sie auf diesem Weg keine Chance. Hier am Meer wurde ihr gnadenlos vor Augen geführt, welchen Nachteil es hatte, nicht schwimmen zu können. Majas Worte zum Abschied kamen ihr wieder in den Sinn. Natürlich hatte ihre Freundin recht, dass es ein Risiko war, ans Meer zu fahren und nicht schwimmen zu können. Doch was hätte Lisa tun sollen? Die Zeit bis zu ihrer Abreise war für einen Schwimmkurs definitiv zu kurz gewesen.

Das wird schon klappen, redete sie sich Mut zu. Sie hatte ja nicht vor, bis nachmittags auf der Insel zu bleiben, wenn die Flut zurückkehrte.

Etwas unschlüssig stand sie am Fuße der Treppe und blickte sich um. In ein paar Metern Entfernung lag ein altes Ruderboot am Strand, das ihr allerdings nicht weiterhalf. Das Boot wirkte nicht gerade vertrauenerweckend. So marode, wie es aussah, würde es sich vermutlich kaum noch über Wasser halten.

Lisa blickte zur Insel hinüber, die der Nebel immer mehr freigab. Ihr Ziel wirkte so nah und doch so fern. In dem Moment hörte sie über sich ein Geräusch und schaute hoch. Oben an der Treppe sah sie einen Schatten, der schnell zurückwich. Lisa war sich sicher, dass es Tiara gewesen war, die dort eben gestanden hatte.

»Tiara!«, rief Lisa, bekam jedoch keine Antwort. Kurz überlegte sie, ob sie ihr hinterherlaufen sollte, um zu fragen, warum sie sich so komisch verhielt. Andererseits befürchtete sie, dass die Motelbesitzerin sie davon abhalten könnte, zum Leuchtturmwärter hinüberzugehen. Da sie gerade von ihrem Vorhaben selbst nicht mehr überzeugt war, würde sie wahrscheinlich der kleinste Einwand dazu bewegen, dies nicht zu tun.

»Los geht's!«, sagte sie laut zu sich selbst, schulterte den Rucksack, in dem sich ihr Notizblock, die Schreibutensilien und ein Fotoapparat befanden, und machte sich auf den Weg.

Auf ihrem Weg Richtung Lobos Island gingen Lisa viele Gedanken durch den Kopf. Während sie beobachtete, wie die Sonne an Kraft gewann und einige Nebelschwaden auflöste, legte sie sich immer wieder die Worte zurecht, die sie dem Leuchtturmwärter sagen wollte.

Die Strecke bis zur Insel war länger, als sie gedacht hatte, vor allem, weil der feuchte Sand ihre Schritte verlangsamte. Das Gehen war anstrengend und Lisa kam sich vor wie in einem Laufrad, so langsam kam sie von der Stelle. Außerdem hatte sie das Gefühl, als würden ihre Turnschuhe der Feuchtigkeit nicht mehr lange standhalten können und ihre Füße bald klatschnass sein. Trotzdem konnte sie nichts von ihrer Mission abhalten, vor allem, da sie bereits einige Pelikane über der Insel kreisen sah. Ungewöhnlich viele Pelikane, wie sie zugeben musste, was sie in ihrem Vorhaben bestärkte.

Ein paarmal blickte sie zum Motel zurück und bildete sich ein, Tiara am Fenster zu sehen. Vermutlich war sie neugierig, was Lisa vorhatte. Ihr Verhalten war recht eigenartig und Lisa fragte sich, warum sie vorher an der Treppe gestanden haben könnte.

Auf der anderen Seite angekommen, lief Lisa den schmalen Weg hinauf, der zum Leuchtturm führte. Man sah dem Weg an, dass er nicht oft befahren wurde. Sie hatte den Pick-up-Truck registriert, der nahe der Treppe unter einem Baum stand, und vermutete, dass dieser dem Mann gehörte, mit dem sie gleich sprechen würde. Nur noch wenige Schritte trennten sie von ihrem Ziel und sie spürte, dass ihr Herz immer schneller schlug.

Sie konnte nicht sagen, warum sie mit einem Mal so aufgeregt war.

Als Lisa vor dem Haus stand, atmete sie noch einmal tief ein und klopfte an die Haustür, nachdem sie vergeblich eine Klingel gesucht hatte. Sie war sich sicher, dass der Mann zu Hause war, auch wenn sie das Gebäude nicht die ganze Zeit im Auge gehabt hatte.

Ein Poltern im Inneren bestätigte ihre Vermutung. Lisa nahm allen Mut zusammen und klopfte noch einmal an die Tür. Diesmal lauter.

Nur Sekunden später wurde die Tür aufgerissen und ein Mann stand vor ihr, der sie wütend anblickte. Die Worte, die sich Lisa zurechtgelegt hatte, um sich vorzustellen, blieben ihr im Hals stecken. So stand sie nur mit leicht geöffnetem Mund da und starrte ihr Gegenüber an.

Lisa hatte mit einem älteren Mann gerechnet, der an einen bejahrten Seemann erinnerte, mit grauen Haaren, einem Vollbart und vielleicht einer Brille auf der Nase oder einer Zigarre im Mundwinkel. Doch diese Erscheinung war etwas völlig anderes. Eher genau das Gegenteil von dem, was sie sich vorgestellt hatte.

Vor ihr stand ein Mann in etwa ihrem Alter, der locker die Hauptbesetzung in einem Film wie *Aquaman* hätte übernehmen können. Er war äußerst attraktiv mit längeren Haaren, die auf seine breiten Schultern fielen. Darüber hinaus hatte er einen unverschämt muskulösen Körperbau, den man unter seinem Shirt erahnen konnte. Was Lisa aber wirklich die Sprache verschlug, waren seine Augen: leuchtend grün mit einem besonderen Funkeln, das sie magisch anzog. Diese schauten sie gerade äußerst böse an, was den Mann allerdings nicht minder attraktiv machte.

Lisa fühlte sich, als hätte sie der Blitz getroffen. Augenblicklich verspürte sie eine unerklärliche Anziehungskraft

150

zu dem Mann, den sie noch nie zuvor in ihrem Leben gesehen hatte. Verwirrt, da ihr so etwas noch nie passiert war, suchte sie nach den richtigen Worten.

»Was wollen Sie hier?«, wollte ihr Gegenüber barsch von ihr wissen. »Können Sie nicht lesen? Haben Sie die Schilder nicht gesehen?«

»Doch, das habe ich«, gestand Lisa, die spürte, dass sie rot anlief. »Ich dachte, vielleicht könnte Sie interessieren, weshalb ich hier bin.«

»Das glaube ich kaum!«, sagte der Mann und wollte bereits die Tür wieder schließen.

»Bitte!«, flehte Lisa ihn an, was ihn kurz innehalten ließ. »Mein Name ist Lisa Willis und ich bin Biologin«, versuchte sie möglichst schnell zu sagen, damit er ihr nicht die Tür vor der Nase zuknallte. »Ich bin hier, um etwas über die Pelikane zu erfahren, die auf dieser Insel wieder so zahlreich vorhanden sind.«

»Kein Interesse!«, kam es nur schroff zurück.

»Können wir uns nicht wenigstens kurz unterhalten?«, gab Lisa nicht auf.

»Ich wüsste nicht, worüber.«

»Über Ihre Pelikane. Wie haben Sie es geschafft, dass sie sich hier wieder angesiedelt haben und mittlerweile so zahlreich vertreten sind?«

»Wer hat Sie geschickt?«, fragte er misstrauisch.

»Niemand. Es war meine Idee, hierherzukommen. Als Biologin interessiert mich das.«

Lisa spürte, dass sie ihn nicht überzeugen konnte. Sie hatte nicht damit gerechnet, dass der Leuchtturmwärter so abweisend sein würde, sondern sich auf eine Unterhaltung mit ihm gefreut. Natürlich wusste sie, dass er einsam auf der Insel lebte, aber dass er so ein komischer Kauz war, hätte sie nicht gedacht.

»Sie sind doch der Leuchtturmwärter, nicht wahr?«, fragte sie sicherheitshalber nach.

»Wer möchte das wissen?«

»Es tut mir leid, dass ich Sie so überfallen habe. Soll ich vielleicht zu einem späteren Zeitpunkt wiederkommen?«

»Nein! Und jetzt sehen Sie zu, dass Sie mein Grundstück verlassen!« Nun knallte er die Tür tatsächlich zu.

Enttäuscht drehte sich Lisa um und machte sich auf den Rückweg.

Als sie über die Grasfläche zurück zu dem Weg lief, spürte sie seine Blicke in ihrem Rücken. Sie war sich sicher, dass er sie beobachtete, allein, um festzustellen, dass sie die Insel wieder verließ.

Das war ja ein totaler Reinfall, dachte Lisa betrübt, während sie den steinigen Pfad hinablief. Immer wieder ging sie die Unterhaltung durch und fragte sich, was sie hätte besser machen können.

Sie war so in Gedanken vertieft, dass sie gar nicht auf den Weg achtete. So passierte, was passieren musste: Sie stolperte ungeschickt über eine Wurzel, die aus dem Boden ragte, und fiel nach vorn, ohne sich abfangen zu können. Augenblicklich verspürte sie einen stechenden Schmerz in Knien und Handgelenken, die als Erstes den Boden trafen. Blöderweise hatte sich ihr Fuß in dem Wurzelgeflecht verfangen und wurde dabei so unnatürlich verdreht, dass sie ihn kaum noch bewegen konnte.

»So ein Mist!«, fluchte sie, während sie ihren Schuh auszog, um ihren schmerzenden Knöchel zu betrachten. Bereits nach wenigen Sekunden war dieser leicht bläulich angelaufen. Lisa hätte dringend Eis benötigt, um die Verletzung zu kühlen, doch zurück zu dem Leuchtturmwärter würde sie bestimmt nicht gehen.

Eine Weile saß sie nur da, hielt sich ihr Fußgelenk und überlegte, ob sie überhaupt weiterlaufen konnte. Ihre Hände schmerzten und ihre Knie waren aufgeschürft, wie sie durch die zerrissene Hose erkennen konnte. Doch all das war im Vergleich zu ihrem Fuß kaum erwähnenswert.

Einen noch größeren Schreck bekam Lisa, als sie die Sandbank betrachtete, über die sie zurücklaufen musste. Entweder hatte sie sehr lange hier gesessen oder das Wasser war unwahrscheinlich schnell zurückgekehrt. Zumindest wurde das Landstück bereits von beiden Seiten von Meerwasser überspült. Nur noch ein etwa ein Meter breites Stück in der Mitte war frei.

Ich muss mich beeilen!, dachte Lisa panisch. Sie schaute sich nach einem Stock oder etwas Ähnlichem um, auf das sie sich stützen konnte. Fehlanzeige. Zwar befanden sich am Wegesrand einige Büsche, die hatten allerdings keine dickeren Äste. Auch glaubte sie, in manchen der Gewächse das giftige Poison Oak zu erkennen, von dem sie sich tunlichst fernhalten sollte, da es starke allergische Reaktionen auslösen konnte.

Wohl oder übel musste sie auf einem Fuß den Hang hinabhumpeln, was nur Schritt für Schritt vonstattenging. Sie versuchte, nicht auf die zurückkommende Flut zu achten, da sie dies zu sehr ablenkte und in Panik versetzte.

Unten angekommen, hatte sich der Pazifik noch mehr vom Land zurückerobert. Sie würde definitiv durch das Wasser gehen müssen.

Viel zu langsam machte sich Lisa auf den Weg, doch schneller laufen konnte sie nicht. Sie war überrascht, wie kalt das Meerwasser war, das ihre Beine umspülte. Immerhin fühlte sich das eiskalte Wasser angenehm an ihrem verletzten Knöchel an, der mittlerweile angeschwollen war.

Um schneller voranzukommen, bewegte sich Lisa teilweise auf allen vieren voran, wobei ihr immer wieder das salzige Meerwasser ins Gesicht klatschte. Der Weg bis zum anderen

Ende kam ihr unendlich lang vor und sie musste ihre Angst vor dem Wasser unterdrücken. Der ungestüme Ozean um sie herum erinnerte sie an das traumatische Ereignis von damals: das Fährunglück mit ihren Eltern auf dem Weg nach England. Seitdem hatte Lisa immer einen großen Bogen um Wasser gemacht und auch nie schwimmen gelernt, da sie bei dem Versuch augenblicklich eine Panikattacke bekommen hatte.

Aber sie konnte nicht immer vor ihren Ängsten davonlaufen! Im Moment gab es sowieso keinen Ausweg für sie. Mittlerweile war sie völlig durchnässt und fror am ganzen Körper. Das kalte Wasser und der Wind waren eine unangenehme Mischung.

Als Lisa auf der anderen Seite ankam und sich zur Treppe schleppte, hätte sie heulen können vor Erschöpfung, aber auch vor Glück. Sie setzte sich hin, um ein wenig zu verschnaufen, wobei ihr klar war, dass sie sich schleunigst der nassen Klamotten entledigen musste. Als sie zur Insel hinüberblickte, sah sie den Mann über die Wiese zu seinem Haus laufen. Sie war sich sicher, dass er beobachtet hatte, wie sie sich auf die andere Seite geschleppt hatte. Doch warum war er nach draußen gekommen? Hatte er ihr vielleicht helfen wollen?

Lisa schob diesen Wunschgedanken zur Seite und humpelte zurück zum Motel. Ihr war zum Heulen zumute. Unnötigerweise stand auch noch Tiara am Fenster des Cafés und beobachtete sie. Vermutlich hatte sie dort die ganze Zeit gestanden. Es war kein angenehmes Gefühl zu wissen, dass zwei Menschen ihren Kampf gegen die Natur mitbekommen hatten, ohne ihr zu helfen.

Am liebsten hätte sie alles hingeschmissen, wäre zum Flughafen gefahren und wieder abgereist. So fühlte sie sich zumindest gerade.

»Du scheinst nass geworden zu sein«, kommentierte die Motelbesitzerin trocken, als Lisa das Café betrat.

»Sehr witzig. Du hättest mir ruhig helfen können«, gab Lisa wütend zurück. Wenn sie sauer war, sagte sie oft schneller die Wahrheit, als ihr lieb war.

»Ich wüsste nicht, warum«, gab Tiara seelenruhig zurück, wobei ihre Augen böse funkelten.

Mit einem Mal war sich Lisa sicher, dass diese Frau alles andere als ihre Freundin war. Fast hatte sie das Gefühl, Tiara hätte sich gefreut, wenn sie die Wellen erfasst hätten.

Immerhin gab ihr Tiara etwas Eis für ihren Fuß, als sie danach fragte, allerdings mit dem Kommentar: »Das passiert, wenn man unerwünscht ein Naturschutzgebiet betritt.« Am liebsten hätte Lisa außerdem nach einem heißen Tee zum Aufwärmen und Verbandszeug gefragt, beließ es aber bei dem Eis. Von selbst kam Tiara nicht darauf, Lisa weitere Hilfe anzubieten. Sie schien tatsächlich verärgert darüber zu sein, dass Lisa mit dem Leuchtturmwärter hatte sprechen wollen.

Als Lisa ihr Zimmer betrat, wurde ihr klar, dass sie hier alles andere als willkommen war. Nur was sollte sie nun tun?

Kapitel 18

Finnley

Er musste zugeben, dass ihn der überraschende Besuch der Fremden etwas aus der Fassung gebracht hatte. Zuerst hatte er gezögert, ob er seine Tür überhaupt öffnen sollte. Als er dies dann tat, war ihm augenblicklich klar gewesen, dass es dieselbe junge Frau sein musste, die er am Vorabend beim Motel gesehen hatte. Die dunklen Locken waren unverkennbar die gleichen.

Ihre Erscheinung hatte ihn ein wenig nervös gemacht. Auch fand er es ungeheuerlich, dass sie einfach auf seine Insel kam. Hatte er nicht genug Schilder aufgestellt und Ketten aufgehängt, die deutlich machten, dass er hier keine Fremden duldete?

Zugegebenermaßen klangen seine Worte sehr hart, aber er musste mit seiner unfreundlichen Art seine Unsicherheit überspielen, da er keine Ahnung hatte, wie man sich Frauen gegenüber verhielt. Überhaupt wusste er wenig über den Umgang mit Menschen.

Obwohl er so abweisend gewesen war, hatte die Fremde etwas in ihm berührt. Es waren vor allem ihre Augen, die strahlten, wie er es noch nie gesehen hatte. Jetzt, wo sie weg war, glaubte er, dass sie die Wahrheit gesagt hatte und wirklich über die Pelikane sprechen wollte anstatt über die Geschehnisse der Vergangenheit.

Doch noch etwas löste der Anblick der weglaufenden Frau in ihm aus. Eine Sache, die viel tiefer lag. Genau hier hatte er damals gestanden, als seine Mutter weggegangen war. Er konnte sich so gut an den traurigen Tag erinnern, als wäre es gestern gewesen, dabei war es mittlerweile fast zwanzig Jahre her.

Es war ein paar Tage vor seinem elften Geburtstag gewesen, den er und seine Mutter bereits geplant hatten. Gemeinsam wollten sie einen Kuchen backen und ein Picknick am Strand veranstalten. Abends wollten sie in dem Café gegenüber essen gehen.

Finn wusste, dass sein Vater vermutlich nicht bei seinem Geburtstag dabei sein würde, da er inzwischen kaum noch das Zimmer oder seinen Schuppen verließ. Mittlerweile hatte sich seine Mutter den anderen Raum als ihr Schlafzimmer eingerichtet. So fand sie wenigstens nachts ihren Schlaf, hatte sie einmal zu ihm gesagt.

An dem Tag konnte Finn nicht ahnen, dass er seinen Geburtstag allein verbringen würde. Überhaupt hätte er nicht vorhersehen können, dass sein Leben im Begriff war, eine tragische Wendung zu nehmen.

Finn erinnerte sich, dass sich sein Vater am diesem Tag sogar zusammenriss. Zumindest war er für seine Verhältnisse relativ früh wach, trank Kaffee mit ihnen und machte sich dann in seinem Schuppen an die Arbeit. Finn spürte, dass dies ein besonderer Tag für seine Eltern war.

Nachmittags rief seine Mutter Finn zu sich, um ihm verschiedene Kleider vorzuführen. »Ich möchte mich heute ein wenig schick machen«, erklärte sie und hatte dieses bezaubernde Lächeln im Gesicht, das er viel zu selten sah. Gemeinsam entschieden sie sich für ein dunkelblaues Kleid mit kleinen roten

Blumen darauf. Dazu trug sie ihre langen braunen Haare offen, was ebenfalls selten vorkam, und hatte Lippenstift aufgetragen. Finnley fand seine Mutter an diesem Tag wunderschön. Für ihn war sie sowieso die schönste Frau, die er jemals gesehen hatte.

Erst Jahre später fand Finnley heraus, dass dieser Tag der Hochzeitstag seiner Eltern gewesen war. Vermutlich hatte seine Mutter den beiden noch einmal eine Chance geben wollen. Doch dann kam es, wie so oft, zum Streit zwischen seinen Eltern.

Finnley war gerade in seinem Dachboden, als er hörte, wie sein Vater begann, aggressiv mit seiner Mutter zu reden, die immer wieder versuchte, ihn zu beruhigen. Er verstand zwar nicht, was sie sagten, doch allein der Klang ihrer Stimmen ließ ihn erkennen, dass sich eine Auseinandersetzung anbahnte. Es dauerte nicht lange, bis sein Vater Margret nur noch anschrie, ohne darauf zu hören, was sie zu sagen hatte. Intuitiv hielt Finn sich die Ohren zu, da er Jacks lautes Gebrüll nicht mehr hören wollte, und vergrub sich in den Kissen auf seinem Bett. Als er eine Weile später wieder lauschte, ob sich der Streit beruhigt hatte, war es ruhig im Haus. Zu still, wie er fand. Totenstill.

Vorsichtig stieg er aus dem Bett und schlich möglichst leise die Treppe hinunter. Darin hatte er über die Zeit genug Übung bekommen. Er wusste genau, welche Holzstufe knarrte und wo er seinen Fuß hinsetzen musste. Im ersten Stock angekommen, blickte er in beide Zimmer, die leer waren. Auch im Badezimmer war niemand. Ihm fiel allerdings auf, dass das Schlafzimmer seiner Mutter unordentlicher aussah als sonst. Der Schrank stand offen und verschiedene Kleidungsstücke lagen kreuz und quer auf dem Bett. Als Finn in dem Moment die Eingangstür ins Schloss fallen hörte, hielt er den Atem an, ob sein Vater nach oben kommen würde. Dann müsste er sich schnell wieder verstecken, denn ihm wollte er nun ganz bestimmt nicht in die Quere kommen.

Als es ruhig blieb, lief er auf Zehenspitzen nach unten, um nach seiner Mutter zu schauen. Auch hier fand er sie nicht, bis er schließlich aus dem Fenster blickte. Dort sah er sie, wie sie mit einem kleinen Koffer davonlief.

»Mama!«, rief er verzweifelt und stürzte zur Tür, die allerdings abgeschlossen war. So blieb ihm nichts anderes übrig, als mitanzusehen, wie seine Mutter davonging. Gerade als er das Fenster öffnen wollte, um hinauszuklettern und ihr hinterherzurennen, ermahnte ihn sein Vater, der plötzlich in der Küchentür stand: »Wage ja nicht, ihr nachzugehen, du Muttersöhnchen!«

»Aber wo geht Mama denn hin?«, wollte er verzweifelt wissen.

»Sie kommt bestimmt bald zurück«, behauptete sein Vater. Finn erfuhr niemals, wohin Margret an diesem Tag gegangen war. Tagelang saß er am Fenster und blickte hinaus, bis er einschlief. Er wartete vergeblich. Seine Ma kam nicht zurück.

Erst Jahre später wurde Finnley klar, dass seine Mutter dies geplant hatte. Sie hatte vorgehabt, länger wegzubleiben. Daher hatte sie auch den Koffer mitgenommen.

Das Einzige, was ihm von ihr geblieben war, war die Muschelkette, die er für sie gebastelt hatte. Fast war er ein wenig enttäuscht, dass sie sie nicht mitgenommen hatte, wobei er so wenigstens eine Erinnerung an sie hatte.

An seinem elften Geburtstag setzte er sich an die Sandbank am Fuße der Insel und wartete. Er war sich sicher, dass seine Ma an diesem Tag wiederkommen würde, um ihn zu überraschen. Niemals würde sie ihn an seinem Geburtstag allein lassen!

Der Kuchen, den er für sich selbst gebacken hatte, war zwar etwas aus der Form geraten, schmeckte aber gut. Ein kleines Stück hatte er schon probiert. Sein Vater hatte bis nachmittags geschlafen und war dann in seinem Schuppen verschwunden.

Nachdem Finn klar wurde, dass seine Mutter nicht erscheinen würde, ging er ins Haus, nahm den misslungenen Kuchen und ging an den Strand. Dort feierte er seinen Geburtstag mit den Pelikanen, einigen Möwen und Seeottern, die ihn vom Meer aus auf ihren Seetangbetten zu beobachten schienen. Noch konnte er nicht wissen, dass er all seine nächsten Geburtstage so feiern würde. Wobei »feiern« vermutlich der falsche Ausdruck war.

Tatsächlich fühlte Finn sich nicht allein an diesem Tag, denn mittlerweile sah er die Tiere als seine Freunde an. Zumindest konnte er sich auf sie mehr verlassen als auf Menschen. Das hatte sich gerade in den vergangenen Tagen wieder gezeigt. Dass seine Mutter nicht zu seinem Geburtstag zurückgekommen war, raubte ihm seinen letzten Glauben an die Menschheit.

In den nächsten Wochen war Finnley gänzlich auf sich selbst gestellt. Oft sah er seinen Vater tagelang nicht. Immer schlich er an dessen Schlafzimmer vorbei, aus dem er ihn schnarchen hörte, und drehte seine Runde auf der Insel.

Es gab viel zu tun. Zuerst hielt Finnley Ausschau nach verletzten Tieren und sicherte die Nester der Pelikane mit einem besonderen Drahtgeflecht vor eventuellen Angreifern. Mittlerweile wusste er auch das Motorboot zu bedienen und machte sich selbst auf den Weg, um die Fischer, die Lobos Island zu nahe kamen, zu vertreiben.

Die meisten kannten ihn bereits und nahmen die Drohung seiner Mutter ernst, die Umweltbehörde zu informieren. Daher fuhren sie von selbst in tiefere Gewässer, wenn sie ihn mit dem Motorboot auf sie zusteuern sahen. Eine Tatsache, die Finnley zufrieden stimmte. So hatte er wenigstens das Gefühl, etwas für die Tierwelt erreichen zu können, denn tatsächlich fand er, seitdem sich die Fischer nicht mehr so nah an der Küste aufhielten, weniger verletzte Tiere.

An einem Morgen im April registrierte Finnley etwas, das ihm Sorgen bereitete und das er unbedingt näher untersuchen wollte. In einer der Zypressen entdeckte er ein Nest, das verlassen schien. Das war untypisch für Pelikane, niemals ließen sie ihren Nachwuchs so lange allein. Meistens blieb ein Elternteil immer beim Nest. Üblicherweise die Mutter, während der Vater Nahrung oder Stöcke für den Nestbau besorgte.

Finnley brauchte eine Weile, bis er bei dem Nest ankam, das hoch im Baum gelegen war. Als er hineinblickte, entdeckte er drei Eier, die anders aussahen als die, die er bisher gesehen hatte. Diese hatten eine hellere Farbe und wirkten auf gewisse Weise poröser als die anderen. Finn konnte sogar erkennen, dass sich unter der Schale etwas bewegte, was bedeutete, dass die Küken noch lebten. Augenblicklich kamen ihm die Worte seines Großvaters in den Sinn, dass die Pelikane in den Achtzigerjahren durch Pestizide bedroht gewesen waren, da sie die Schale der Eier porös machten. Was er hier vor sich sah, sah verdammt ähnlich aus. Konnte es sein, dass Bauern in der Nähe wieder Pestizide einsetzten?

Zumindest war er sich sicher, dass dieses Nest nicht mehr von den Eltern angeflogen wurde. Sie hatten es aufgegeben, da ihr Nachwuchs zum Sterben verurteilt war. Doch Finnley wollte den drei Küken eine Chance geben! Vorsichtig löste er das komplette Nest aus dem Geäst und kletterte langsam wieder die Zypresse hinab, was kein leichtes Unterfangen war. Unten angekommen, umschloss er das Pelikannest liebevoll und überlegte, was zu tun war.

Ihm fiel ein, dass in Tierparks Wärmelampen für Vogeleier verwendet wurden. Das hatte er in einigen seiner Bücher gesehen. Während er die Eier vorsichtig in seinen Pullover wickelte, um sie zu wärmen, überlegte er, wie er dies anstellen könnte.

Als er wieder beim Leuchtturm ankam, sah er auf der gegenüberliegenden Seite den gelben Schulbus vorfahren, um Tiara abzuholen. Er mochte das Mädchen, doch er hatte das Gefühl, dass sie ihn ständig beobachtete und nur darauf wartete, endlich den Leuchtturm betreten zu können. Noch hatte sich kein guter Zeitpunkt dafür ergeben. Finnley war sich nicht sicher, ob er Tiara mitnehmen sollte, da ihn sein Opa immer wieder gewarnt hatte, dass der Leuchtturm kein Spielplatz für Kinder sei.

»Nur du darfst hier herumtoben, weil du dich auskennst und ein schlauer Junge bist. Aber komm nicht auf die Idee, Freunde auf der steilen Treppe herumklettern zu lassen«, hatte er oft zu ihm gesagt. Finn hatte immer beteuert, dies nicht zu tun, was ihm leichtfiel, da er keine Freunde hatte. Weder in der Kleinstadt, in der sie bisher gelebt hatten, noch hier am Leuchtturm.

Finnley beschloss, Mr Brown, Tiaras Vater, um Hilfe zu bitten, der stets ein guter Freund seines Großvaters gewesen war.

»Jetzt oder nie!«, sagte er halblaut zu sich selbst, da er wusste, dass es der perfekte Zeitpunkt war, um zum Festland hinüberzugehen. Die Ebbe hatte gerade begonnen, die Sandbank war fast komplett freigelegt und Tiara, die sicherlich unendlich viele neugierige Fragen gestellt hätte, war in der Schule.

Kurzerhand entschloss sich Finnley, die Eier vorübergehend in seinem Versteck im Leuchtturm unterzubringen. Dort gab es eine Auswahl an Lampen und verschiedenen Glühbirnen. Im Kellerraum angekommen, blickte Finnley sich um, wo er das verlassene Nest am besten abstellen konnte. Er entschied sich für den Schreibtisch, der dort stand, und platzierte das Genist auf seinem Pullover unter der wärmenden Glühbirne der Tischlampe. Instinktiv legte er ein Stück Stoff darüber, um die Eier vor dem grellen Licht zu schützen. Danach holte er Geld aus dem Versteck, das ihm seine Ma gezeigt hatte, und machte sich auf den Weg.

Glücklicherweise traf er Mr Brown vor dem Motel an, wo er gerade den Zaun reparierte. Sofort sah ihm dieser seine Aufregung an und bat ihn, in Ruhe zu erzählen, was vorgefallen war.

»Das passt gut, Junge. Ich wollte sowieso gerade zum Baumarkt fahren, da mir Ersatzteile für den Zaun fehlen. Da finden wir bestimmt solch eine Lampe.«

Vermutlich konnte Tiaras Vater ihm ansehen, dass dieser Ausflug etwas Besonderes für ihn war. Finn hatte den Leuchtturm seit Monaten nicht verlassen.

»Gehst du eigentlich gar nicht zur Schule, Junge?«, wollte Mr Brown auf der Fahrt wissen.

»Meine Ma bringt mir alles bei«, behauptete Finn, der sich nicht sicher war, ob Familie Brown mitbekommen hatte, dass Margret gegangen war. Uns verlassen hat, verbesserte er sich in Gedanken, denn langsam musste er einsehen, dass seine Ma nicht zurückkommen würde.

»Ist deine Ma wieder in der Klinik? Ich habe sie länger nicht gesehen«, folgerte Mr Brown richtig.

»Ja«, gab Finnley nur zurück, den die Wahrheit zu sehr schmerzte.

»Tiara sagte, du wolltest einmal mit ihr in die Schule gehen …«

»Das werde ich morgen machen!«, beschloss Finn, einerseits um einer weiteren Diskussion über das Thema zu entgehen, andererseits, weil er dies wirklich wollte.

Finnley hätte Ewigkeiten in dem Baumarkt verbringen können. Was es dort alles zu bestaunen gab! Eine Wärmelampe fanden sie schnell, woraufhin Mr Brown es eilig zu haben schien.

»Verraten Sie bitte nichts meinem Dad«, bat Finnley seinen Helfer, als sie wieder beim Motel ankamen.

»Versprochen, Finnley. Aber dann musst du mir dein Wort geben, dass du morgen mit Tiara in die Schule gehst.«

»Versprochen, Mr Brown!«, antwortete Finn und streckte ihm seine Hand entgegen, um sein Versprechen zu besiegeln.

Kapitel 19

Lisa

Wieder in ihrem Zimmer angekommen, verarztete Lisa ihren Knöchel, so gut es ging. Sie schob sich einen Stuhl ans Fenster und legte ihr Bein auf den Tisch, wo sie das Eis auf ihrem Fuß platzierte. Lisa hoffte, dass so die Schwellung zurückgehen oder zumindest nicht stärker werden würde.

Niedergeschlagen blickte sie aus dem Fenster zur Insel hinüber, die nun wieder gänzlich vom Festland abgeschlossen war. Als wollte die Natur ihre Stimmung widerspiegeln, kehrte der Nebel zurück, der langsam um Lobos Island kroch und sie immer mehr verdeckte. Gerade noch konnte sie den Leuchtturm und das kleine Haus erkennen. Aufgeregt hielt sie den Atem an, als sie den Leuchtturmwärter aus dem Haus kommen und auf den Leuchtturm zugehen sah.

Lisa konnte sich nicht erklären, warum beim Anblick dieses wildfremden, äußerst unfreundlichen Mannes ihr Herz schneller schlug. Sicherlich nicht, weil er vorhin so nett zu ihr gewesen war.

Im tiefsten Innern wusste Lisa schon zu diesem Zeitpunkt, dass sie sich Hals über Kopf in den Leuchtturmwärter, dessen

Namen sie noch nicht einmal kannte, verliebt hatte. Dabei hatte sie zuvor nie an Liebe auf den ersten Blick geglaubt. Vermutlich war es dieses Unergründliche, das in seinen grünen Augen lag, in denen sie geradezu versunken war. Vielleicht aber auch das Unnahbare, das er ausstrahlte. Auf Lisa wirkte der Leuchtturmwärter wie ein Bär, vor dem man Respekt und Angst hatte, sich aber gleichzeitig an ihn kuscheln wollte, da man wusste, dass man sich in seiner Nähe sicher und geborgen fühlen konnte.

Gerade blieb ihr allerdings nichts anderes übrig, als den Mann auf Lobos Island zu beobachten. Sie hätte auch ein Buch oder eine ihrer Biologiezeitschriften lesen können, aber sie musste zugeben, dass sie unbedingt wissen wollte, was er als Nächstes tat.

Etwas erschrocken stellte sie einige Zeit später fest, dass sie bereits über zwei Stunden hier saß und zur Insel hinüberstarrte. Ein wenig kam sie sich vor wie eine Stalkerin, die besessen davon war zu wissen, was das Objekt ihrer Obsession als Nächstes tat. Lisa hatte gesehen, wie er vom Leuchtturm in den kleinen Schuppen neben dem Haus ging. Kurze Zeit später kam er wieder heraus und ihr stockte das Blut in den Adern, als er innehielt und genau zu ihr hinüberblickte.

Kann er mich etwa sehen?, war ihr Gedanke, den sie aber gleich wieder beiseiteschob. Sie war sich sicher, dass er sie mit bloßem Auge nicht erkennen konnte. Wenn sie sich hinstellen würde, vielleicht. Doch sitzend und ohne Licht im Zimmer müsste er Augen wie ein Adler haben, um sie ausmachen zu können.

Nachdem er eine Weile hinübergeblickt hatte, lief er zwischen Haus und Leuchtturm Richtung Meer, wo sie ihn langsam verschwinden sah. Offenbar musste dort ein Weg hinabführen, ähnlich wie auf dieser Seite der Pfad zur Sandbank, dem sie ihre Verletzung zu verdanken hatte.

Vorsichtig bewegte sie ihren schmerzenden Fuß. Zum Glück hatte es den linken erwischt, so konnte sie zumindest noch ihren Mietwagen mit Automatikgetriebe fahren. Lisa musste zugeben, dass sie sich eingesperrt fühlte ohne Internet und Telefon – und nun auch noch mit einem verletzten Fuß. Obwohl sie erst einen Tag hier war, hatte sie das Bedürfnis, diesen Ort zu verlassen, wenn es auch nur für kurze Zeit war. Sie brauchte das Gefühl, hier wegkommen zu können und nicht festzusitzen.

Noch immer blickte sie zur Insel hinüber, die allmählich im Nebel versank, als sie Motorengeräusche von der anderen Seite des Gebäudes vernahm. Vorsichtig stand sie auf und humpelte ins Badezimmer, aus dessen kleinem Fenster sie auf den Parkplatz des Motels blicken konnte. Fast hätte sie laut gejubelt, als sie sah, dass weitere Hotelgäste ankamen, wie Tiara angekündigt hatte. Nachdem sie ihren Wagen geparkt hatten und sich unterhielten, glaubte Lisa einige deutsche Wörter zu verstehen, was sie noch mehr freute.

Endlich war sie nicht mehr allein! Lisa beschloss, nach unten zu gehen, um die neuen Gäste kennenzulernen. Gerade als sie sich vom Fenster zurückziehen wollte, sah sie Tiara auf die beiden zugehen.

Gespannt beobachtete sie, was auf dem Parkplatz vor sich ging. Lisa war davon ausgegangen, dass Tiara die Gäste begrüßen und ihnen mit dem Gepäck helfen würde, doch nichts dergleichen geschah. Ganz im Gegenteil: Nachdem sie ein paar Worte mit ihnen gewechselt hatte, stiegen die Leute wieder in ihr Auto und fuhren davon.

»Nein!«, stieß Lisa aus, die am liebsten das Fenster geöffnet und ihnen hinterhergerufen hätte. Doch auch dieses Fenster ließ sich nicht öffnen.

Hatte Tiara sie wieder weggeschickt? Das konnte doch unmöglich sein!

Automatisch trat Lisa einen Schritt zurück, damit Tiara nicht bemerkte, dass sie gerade am Fenster hing und sie beobachtete. In der Tat blickte diese zu ihrem Zimmer hinauf und ihr Blick ließ es Lisa eiskalt den Rücken hinunterlaufen. Darin las sie nichts anderes als Abneigung und Entschlossenheit.

Was hat sie vor?, fragte sich Lisa, die inständig hoffte, dass sie sich all das nur einbildete. Vielleicht war sie übersensibel und ordnete Tiaras Verhalten völlig falsch ein? Egal, was es war – sie musste zugeben, dass ihr die Frau mittlerweile gehörige Angst einjagte.

Lisa musste nachdenken, was sie als Nächstes tun sollte. Einfach hier herumsitzen und warten, war definitiv keine Lösung. Sie erfrischte sich mit etwas kaltem Wasser, um klar denken zu können, und versuchte vorsichtig, mit ihrem verletzten Fuß aufzutreten. Immer wieder verzog sie schmerzverzerrt das Gesicht, aber mit jedem Schritt wurde es etwas besser.

Sie beschloss, sich auf den Weg ins Institut für Meeresbiologie zu machen, das Professor Meinhard ihr genannt hatte. Sie musste dringend unter Menschen und brauchte das Internet, um nicht völlig von der Außenwelt abgeschnitten zu sein.

Nachdem Lisa ihren Rucksack mit den nötigsten Sachen und vor allem ihrem Laptop gepackt hatte, machte sie sich auf den mühsamen Weg nach unten. Dort angekommen, wunderte sie sich, das Café leer vorzufinden. Gern hätte sie noch einmal mit Tiara gesprochen, da sie sich mittlerweile sicher war, dass ein Missverständnis vorlag. Sie musste herausfinden, warum die Frau auf einmal so abweisend zu ihr war.

Nachdem sie eine Weile gewartet und sich einen Kaffee genommen hatte, machte sie sich auf den Weg. Vielleicht war es auch besser, nicht mit Tiara zu sprechen.

Lisa hoffte, dass sie den Weg zum Institut gleich finden würde. Als sie in ihrem Mietwagen saß, blickte sie noch einmal auf das Motel und den dahinterliegenden Leuchtturm. Zugegebenermaßen sah die Gegend mit dem aufkommenden Nebel etwas gruselig aus. Fast wirkte ihre Umgebung wie aus einer anderen Welt. Die alten Zypressen waren mit Moos und Farnen bedeckt, was ihnen ein mystisches Aussehen verlieh. Die grüne Moosschicht überdeckte nicht nur die Stämme und Zweige der Bäume, sondern auch den Waldboden. Lisa fand, dass von den uralten Zypressen eine friedliche, fast magische Stimmung ausging. Zu gern wäre sie einmal zu Fuß durch das Naturschutzgebiet gelaufen, doch mit ihrem verletzten Fuß ging das gerade nicht. Außerdem hatte sie ja andere Pläne.

Als sie bei dem zuvorkommenden Ranger angekommen war, fragte sie ihn nach dem Weg. Verwundert registrierte sie, dass am Eingang des Parks unter dem Schild vom Lobos Motel der Vermerk »No vacancy« stand, was bedeutete, dass alle Zimmer belegt waren. Doch genau das Gegenteil war der Fall. Sie war der einzige Gast in der Pension.

Als sie den Ranger auf den offensichtlichen Fehler ansprach, meinte dieser schulterzuckend: »Miss Brown kam gestern extra zu mir, um mir zu sagen, dass ich das Schild aufhängen soll.«

»Aber wieso? Es ist doch nur ein Zimmer belegt. Außer mir ist niemand in dem Motel.«

»Vielleicht möchte sie mit Ihnen allein sein«, sagte der Parkwärter und lächelte sie an. Eine Aussage, die Lisa zuerst nicht ernst nahm. Erst als sie den Highway One entlangfuhr, fiel ihr auf, dass er mit seiner Feststellung recht haben könnte. Tiara Brown musste das Motel absichtlich direkt nach ihrer Ankunft geschlossen haben.

Wollte sie wirklich mit ihr als einzigem Gast allein sein?

Lisa musste zugeben, dass sie diese Vorstellung mehr als beunruhigte.

Kapitel 20

Finnley

Als Finnley von seiner Bucht zurückkam, sah er, dass die Fremde mit ihrem Mietwagen davonfuhr. Ein wenig hoffte er, diese Frau Willis, wie sie sich vorgestellt hatte, würde wieder verschwinden, wobei er zugeben musste, dass ein winziger Teil in ihm daran interessiert war, was sie hier und vor allem von ihm wollte.

Obwohl er froh war, die Frau schnell wieder losgeworden zu sein, hatte er sichergehen wollen, dass sie unversehrt auf der anderen Seite ankam. Sie hatte sich nicht gerade zur besten Zeit auf den Weg gemacht. Die Flut kam zu dieser Jahreszeit mit unvorhersehbarer Schnelligkeit. Oft war er selbst überrascht, wie plötzlich die Sandbank wieder von Wasser bedeckt war. Noch dazu herrschten weit draußen auf dem Meer gerade einige Unwetter, was den Ozean unberechenbar machte. Selbst erfahrene Seefahrer konnten Probleme bekommen, weshalb seine Funktion als Leuchtturmwärter in dieser Gegend nach wie vor wichtig war.

Die Fremde hatte sich offensichtlich auf dem Weg hinab zur Übergangsstelle verletzt. Kurz hatte er überlegt, ihr zu Hilfe zu eilen, hielt sich dann aber doch zurück. Vorsichtshalber beobachtete er aber, ob sie es sicher auf die andere Seite schaffte.

Zwar hasste er es, wenn Menschen einfach auf seine Insel kamen, aber diese Frau hatte etwas in ihm ausgelöst. Es war nicht nur die Erinnerung an seine Mutter, sondern noch etwas anderes tief in seinem Inneren, das er nicht benennen konnte.

Auch musste er immer wieder darüber nachdenken, ob die Fremde gut im Motel aufgehoben war. Seit damals hatte er Tiara gegenüber äußerst gemischte Gefühle. Er konnte nicht abschätzen, wozu sie fähig war. Wieder dachte er an seinen ersten Schultag zurück. Seinen ersten und letzten Schultag, um genau zu sein …

Wie er Mr Brown damals versprochen hatte, machte er sich am nächsten Morgen auf den Weg zum Festland, um mit Tiara den Schulbus zu nehmen. Er wusste nicht, was er mitnehmen sollte, daher packte er nur einen Apfel, einen Block und einen Bleistift ein. Bevor er ging, überprüfte er die Pelikaneier. Diese waren gut versorgt und noch keines der Küken geschlüpft. Noch immer bewegte sich etwas im Inneren der drei Eier, was ihn glücklich stimmte. Um sich zu vergewissern, dass sein Vater noch schlief, musste er nicht einmal die Treppe emporsteigen, da er schon unten das laute Schnarchen vernahm. Sicherlich würde er wieder bis mittags schlafen und gar nicht mitbekommen, dass Finn einen Ausflug in die Schule gemacht hatte. Seit Ma verschwunden war, war sein Vater noch lethargischer und rücksichtsloser geworden. Ihn interessierte nur, ob er genug Whiskey im Vorratsschrank hatte und Zeit in seinem Schuppen verbringen konnte. Zum Glück ging er noch seinen Pflichten als Leuchtturmwärter nach, da sie Lobos Island sonst bestimmt bald hätten verlassen müssen.

Manchmal sah Finnley ihn über Tage nicht, natürlich auch aus dem Grund, weil er ihm aus dem Weg ging. Wenn sein

Vater aufstand, wollte er ihm nicht begegnen, da er dann meist schlechte Laune hatte, und später am Tag ging er ihm aus dem Weg, da ihn der Alkohol aggressiv machte. Somit gab es nie eine gute Zeit, Jack in die Quere zu kommen; das hatte er über die Jahre gelernt.

Als er an diesem Morgen das Haus verließ, sah er Tiara vor dem Motel stehen, wo sie auf ihn wartete. Finn musste zugeben, dass er mit jedem Schritt, den er ihr näher kam, aufgeregter wurde. Was sollte er dem Busfahrer sagen und was der Lehrerin? Niemals hätte er ahnen können, dass er keine Angst vor den Erwachsenen haben musste, sondern vor den Kindern, die genauso alt oder sogar jünger waren als er selbst.

Den Fahrer des Schulbusses, den Tiara mit Todd anredete, hatte er aus der Ferne schon oft gesehen. Dieser reagierte ganz cool, als Finn mit der etwas älteren Schülerin den Bus betrat. »Morgen, Kinder. Setzt euch. Wir sind spät dran«, begrüßte er sie freundlich, aber bestimmt.

Als sich der gelbe Schulbus in Bewegung setzte, sah Finnley Mr und Mrs Brown vor dem Motel stehen und ihnen hinterherblicken. Ein wenig beneidete er Tiara dafür, dass sie Eltern hatte.

Eltern in dem Sinne hatte er nie gehabt, nur seine Ma, die immer für ihn da gewesen war – bis vor ein paar Wochen. Niemals hätte er gedacht, dass sie ihn so im Stich lassen würde.

Schnell drehte er sich wieder um, um auf andere Gedanken zu kommen. Die Vergangenheit stimmte ihn zu traurig. Auch machte es ihn ein wenig nervös, dass er die Insel einfach so verließ, ohne seinen Vater gefragt zu haben. Sollte dieser aus unerfindlichen Gründen nach ihm suchen und feststellen, dass er ohne Erlaubnis in die Schule gegangen war, würde er sicherlich Ärger bekommen.

Die Fahrt zur Grundschule von Carmel County dauerte fast dreißig Minuten, da sie einige Male anhielten, um weitere

Schüler aufzusammeln. Meist stiegen mehrere Kinder in den Bus, wobei sich keines zu ihnen gesellte. Tiara und Finn hatten sich in die letzte Reihe gesetzt, von der die anderen Schulkinder Abstand hielten. Alle drängten sich nach dem Einsteigen in den vorderen Bereich des Fahrzeuges, während vor ihnen einige Reihen frei blieben. Fast so, als hätten sie eine ansteckende Krankheit.

Im Klassenzimmer, das Tiara ihm zeigte, war es ähnlich. Die Klassenlehrerin der vierten Klasse begrüßte ihn freundlich und tat so, als wäre es das Normalste auf der Welt, dass er plötzlich mit elf Jahren in ihrer Klasse erschien, ohne vorher jemals das Schulgebäude betreten zu haben. Vermutlich hatte Familie Brown sie darauf vorbereitet. Mrs King war wirklich nett. Finn mochte sie, doch sie konnte die Gemeinheiten der Kinder nicht ausmerzen.

Im Klassenzimmer war es ähnlich wie im Schulbus. Keines der anderen Kinder wollte sich neben ihn setzen. Nachdem Miss King einen Jungen namens Steven neben ihn gesetzt hatte, hielt sich dieser die Nase zu, sobald die Lehrerin sich von ihnen abwandte und wieder zur Tafel blickte. Die ganze Schulklasse lachte über Stevens Verhalten, der immer weiter von Finnley abrückte, während er die Nase rümpfte.

»Du stinkst!«, flüsterte ihm sein Sitznachbar immer wieder zu, was die anderen Kinder wiederholten.

Zugegeben, Finnley hatte schon länger nicht mehr gebadet und seine Anziehsachen hatte zuletzt seine Mutter gewaschen, was bereits einige Wochen her war. Er hatte nicht daran gedacht, sich für die Schule ein wenig zurechtzumachen. Wann er das letzte Mal die Haare gewaschen hatte, konnte er gar nicht sagen. Finn fühlte sich unwohl in seiner Haut und schämte sich für seine Erscheinung.

Doch das war noch nicht einmal das Verheerende an dem Tag. Viel schlimmer war der Augenblick, als Mrs King ihn bat, etwas vorzulesen. Wahrscheinlich meinte sie es nicht einmal böse, als sie ihn bat, eine Passage aus einem Buch vorzutragen.

Finnley, der noch immer nicht richtig lesen konnte, stammelte einige Worte vor sich hin, von denen er die meisten nicht ablas, sondern erfand. Nach kürzester Zeit brachen all seine Mitschüler in Gelächter aus.

Auch während des Mittagessens wollte sich niemand außer Tiara zu ihm setzen. Immer wieder wurde Finn zugerufen, dass er stinke, und die meisten nannten ihn »der Dumme von der Insel«.

Finnley konnte es kaum erwarten, dass der gelbe Schulbus wiederkam, um sie abzuholen und zurück nach Lobos Island zu bringen. Ohne ein Wort des Abschieds zu Tiara oder Todd rannte er durch kniehohes Wasser zu seiner Insel, wo er sich in seinem Dachboden vergrub und stundenlang weinte. Finn war klar, dass er nie wieder zur Schule gehen würde. Das wollte er sich nicht noch einmal antun.

Einige Tage später lag ein Paket auf dem Tisch im Wohnzimmer, das sein Vater auf einem seiner wenigen Ausflüge zum Festland vom Motel mitgebracht hatte. Als Finnley es öffnete, kamen einige Schulbücher zum Vorschein, die ihm vermutlich Mr Brown hatte zukommen lassen. Auch ihnen war klar, dass sich das Thema Schule für Finnley erledigt hatte. Von nun an brachte er sich das Schreiben und Rechnen selbst bei, wobei Letzteres um einiges besser klappte. Ebenso lernte er, seine Wäsche selbst zu waschen.

Mit Finnleys erstem und letztem Schultag war seine Zukunft als einsamer Eigenbrötler besiegelt. Hinzu kam, dass die Menschen vom Land bald nichts mehr mit ihm zu tun haben wollten. Dafür hatte auch ein Dialog mit Tiara auf der Rückfahrt im Schulbus gesorgt. Sie hatte ihn auf das Verschwinden seiner Mama angesprochen: »Die Leute im Ort sagen, dass dein Dad nicht nett zu deiner Mum war und sie deshalb gegangen ist.«

»Das könnte stimmen«, gab Finn nach einer Weile zu, da er nicht über dieses Thema sprechen wollte. »Irgendwann werde ich mich dafür an meinem Dad rächen, genauso wie an Steven für den heutigen Tag!« Erst einen Augenblick später bemerkte er, wie entsetzt ihn Tiara und einige Kinder, die dies gehört hatten, anblickten.

Dass sein Vater kurze Zeit später ebenfalls verschwand und sein Mitschüler Steven einen schweren Unfall erlitt, war nicht gerade von Vorteil für den Ruf von Finnley Castor.

Kapitel 21

Lisa

Lisa konnte die Fahrt auf dem berühmten Küsten-Highway kaum genießen. Obwohl sie an zwei traumhaft schönen Stränden mit nahezu weißem Sand und türkisgrünem Wasser vorbeifuhr, schenkte sie diesen kaum Beachtung, da sie immer wieder an Tiaras Verhalten und die Worte des Rangers denken musste. Auch der misslungene Besuch beim Leuchtturmwärter ging ihr ständig durch den Kopf.

Der Weg zum Institut für Meeresbiologie war leicht zu finden. Im Grunde musste Lisa nur zweimal vom Highway abbiegen, was gut ausgeschildert war. Da sie die Forschungsinstitution ein paarmal gegoogelt hatte, erkannte sie das Gebäude sofort. Es befand sich in den Hügeln hinter Carmel zwischen einigen gigantischen Redwood-Bäumen und war mit seiner Holzfassade perfekt an die Natur angepasst. Wenn man davorstand, registrierte man gar nicht, wie groß das Gebäude war, da es am Hang lag.

Obwohl Lisa nicht die Möglichkeit gehabt hatte, sich bei Professor Hastings anzumelden, hoffte sie, ihn anzutreffen und sich vorstellen zu können. Professor Meinhard hatte ihr gesagt, dass Hastings der Nachfolger eines Kollegen sei, mit dem er damals zusammengearbeitet habe. Er beschrieb den amerikanischen Prof als sympathischen Wissenschaftler, mit dem er schon einige Artikel veröffentlicht habe. Da Lisa keine Erwartungen an Professor Hastings hatte, außer die Bibliothek des Forschungsinstituts nutzen zu können, verspürte sie keinerlei Aufregung, ihn zu treffen.

Am Empfang saß eine freundliche Dame, die ihr nach einer kurzen Wartezeit mitteilte, dass der Professor sie erwarte. Das Innere des Instituts sah edel aus, zumindest im Vergleich zu dem etwas in die Jahre gekommenen Bau in Heidelberg. Überall befanden sich Schaukästen mit ausgestopften Tieren und imposanten Sammlungen der hiesigen Natur.

Als Lisa das richtige Zimmer gefunden hatte, klopfte sie zaghaft an und vernahm von innen eine Männerstimme, die sie hereinbat. Zugegebenermaßen hatte Lisa einen etwas älteren Herrn oder – wie ihre Mutter sagen würde – einen Mann im besten Alter erwartet, doch ihr Gegenüber war vermutlich nur ein paar Jahre älter als sie selbst. Sie schätzte Professor Hastings auf Ende dreißig. Noch dazu wirkte er gar nicht wie ein Meeresbiologe. Zumindest nicht wie die, die sie bisher kennengelernt hatte. Hastings hätte mit seinem schicken Anzug und den zurückgegelten Haaren locker als Geschäftsführer eines Unternehmens an der Wall Street durchgehen können. Statt selbst gestricktem Wollpullover trug er Hemd und Krawatte und wirkte äußerst gepflegt. Anstelle eines Vollbarts, wie ihn die meisten Biologen trugen, war er glatt rasiert und hätte in jeder Aftershave-Werbung auftreten können.

Lisa konnte von sich behaupten, eine recht gute Menschenkenntnis zu haben, und der erste Eindruck von Professor Hastings war nicht sonderlich sympathisch. Sein Lächeln war aufgesetzt, sein Handschlag schlaff und seine Augen wirkten kalt.

Zum Glück muss ich nicht mit ihm arbeiten, dachte sie, während sie ihm ein ebenso aufgesetztes Lächeln schenkte. Der Blick, wie er sie von oben bis unten musterte, missfiel ihr. Lisa hätte wetten können, dass er seine Mitarbeiter oder vielmehr Mitarbeiterinnen nur nach ihrem Aussehen auswählte. Die auffällig hübsche Sekretärin, die in dem Moment erschien, um ihm einige Dokumente zu überreichen, bestätigte Lisas Vermutung.

»Setzen Sie sich doch und erzählen Sie mir, was genau Sie vorhaben«, sagte er und bot Lisa den Stuhl auf der anderen Seite seines Schreibtisches an.

»Gern«, antwortete sie, da sie nicht unhöflich sein wollte, obwohl sie nichts lieber getan hätte, als sich sofort ins Internet einzuwählen und in der Bibliothek nach passender Literatur zu suchen. Um ihr Anliegen zu verdeutlichen, holte sie die Zeitschrift mit dem Artikel über die Pelikane auf Lobos Island aus ihrem Rucksack und reichte sie ihm. Hierauf erklärte sie kurz, dass sie hergekommen war, um herauszufinden, warum sich die Pelikane auf der Insel seit einiger Zeit wieder vermehrten.

Lisa beobachtete den Gesichtsausdruck des Professors genau, während sie mit ihm redete, und stellte fest, dass er sich veränderte. Schon nach ihren ersten Worten war sein aufgesetztes Lächeln wie wegradiert und er betrachtete sie ernst, fast durchdringend. Mittlerweile hatte er sich aufrecht hingesetzt und lehnte sich ein wenig über den Schreibtisch, um jedes Wort verstehen zu können. Er schien äußerst interessiert an dem, was Lisa sagte.

Nachdem sie alles erläutert hatte, schwieg ihr Gegenüber eine Weile, bevor er sich räusperte und erklärte: »Da muss ich Ihnen leider sagen, dass Sie vermutlich umsonst hergekommen sind. Sie werden nicht viel herausfinden können.«

Lisa konnte nicht genau sagen, was es war, doch die Art des Professors brachte sie auf die Palme. Mittlerweile fand sie ihn überheblich und arrogant. Woher wollte dieser Schnösel wissen, dass sie hier nichts herausfinden würde? Trotzdem bemühte sie sich, weiterhin nett zu sein. »Die Befürchtung habe ich auch«, bestätigte sie intuitiv, da sie nicht mit ihm diskutieren wollte. »Trotzdem würde ich mich freuen, wenn ich das Internet und Ihre Bibliothek nutzen könnte, um ein wenig zu dem Thema zu recherchieren.«

»Aber natürlich können Sie das«, antwortete er, wobei er wieder dieses unechte Lächeln aufsetzte. »Wenden Sie sich an meine Sekretärin, sie wird Ihnen Zugang zu beidem ermöglichen.«

Na prima, mehr will ich doch gar nicht, dachte Lisa, während sie sich bei ihm bedankte. Zwar wusste sie nicht, wofür sie ihm dankte, denn dass sie die Bibliothek nutzen durfte, war schließlich eine Selbstverständlichkeit unter Wissenschaftlern. Ein wenig wunderte es sie, dass er auf ihre Frage, woran er momentan forsche, so ausweichend geantwortet hatte. Ganz im Gegensatz zu Professor Meinhard hielt er sich sehr bedeckt. Er nuschelte nur, dass er mit Pelikanen nichts zu tun habe, sondern Meeressäuger untersuche. Auch das war untypisch für Biologen, die gern ausschweifend über ihre Forschungsprojekte berichteten.

Nachdem sich Lisa noch einmal überschwänglich bedankt hatte, wandte sie sich an seine junge Assistentin, die ihr einen Zugangscode zum Internet und zur Bücherei gab.

Die Bibliothek des Instituts für Meeresbiologie war beeindruckend. Lisa war begeistert, die Räumlichkeiten erinnerten sie an amerikanische Filme. Zuerst schlenderte sie durch die Gänge, die mit dunklem Holz getäfelt waren. Die Bücherregale reichten bis unter die Decke. Davor waren die typischen Leitern angebracht, um Bücher in den oberen Reihen erreichen zu können. Bei diesem Anblick musste sie an den Harry-Potter-Film denken, den sie kürzlich gesehen hatte. In Nischen gab es vereinzelt Tische, auf denen klassische antike Schreibtischlampen mit grünen Glasschirmen standen. Lisa liebte diese Lampen und beschloss, eine mit nach Hause zu nehmen, sollte sie eine in einem Laden finden.

Da sie sich in Bibliotheken gut auskannte, dauerte es nicht lange, bis sie den Bereich gefunden hatte, der sie interessierte. Innerhalb kürzester Zeit hatte sie zehn Bücher herausgesucht, die sie über die Pelikane in der Gegend hier informieren würden. Auch einige allgemeine Biologiebücher hatte sie gewählt.

Gerade als sie sich auf den Weg zur Ausleihe machen wollte, hörte sie im Nebengang die Stimme von Professor Hastings. Ebenfalls wie im Film konnte sie ihn durch die Bücherregale kurz sehen, bevor sie sich instinktiv duckte, damit er sie nicht entdeckte. Er stand dort mit der aufgetakelten Assistentin und redete flüsternd, aber bestimmt auf sie ein. Erst nach einer Weile ergaben seine Worte einen Sinn, was Lisa erschrocken den Atem anhalten ließ.

»Sie müssen zusehen, dass diese Biologin aus Deutschland hier keine Nachforschungen anstellen kann, haben Sie mich verstanden?«, fauchte er sie gerade an.

»Aber warum denn …?«, wollte die junge Frau unschuldig wissen.

»Das tut jetzt nichts zur Sache. Befolgen Sie einfach, was ich Ihnen sage. Sie darf keine Bücher zu den braunen Pelikanen ausleihen. Geben Sie Amy an der Ausleihe Bescheid. Sie soll sagen, dass gerade alles verliehen ist.«

Lisa hatte genug gehört. Möglichst geräuschlos ging sie den Gang entlang und direkt zu der Dame, die ihr gerade erklärt hatte, wo sie die Bücher finden würde. Sie hoffte, dass sie schnell genug mit ihrer Ausleihe wäre, bevor der Befehl von Professor Hastings sie erreichte.

Lisa hatte Glück. Keine fünf Minuten später saß sie mit dem Stapel Bücher in ihrem Mietwagen und musste erst einmal verschnaufen. Warum hatte Professor Hastings so komisch reagiert und seiner Sekretärin gesagt, dass sie keine Bücher ausleihen dürfe?

Lisa fand sein Verhalten äußerst sonderbar. Sollte sie Professor Meinhard um Rat fragen?

Da sie die Befürchtung hatte, der komische Professor könnte ihr folgen, um ihr die Bücher wieder abzunehmen, startete sie den Motor und fuhr viel zu schnell Richtung Point Lobos. Auch auf dem Rückweg hatte sie keine Zeit für Sightseeing, was sie schade fand, da die Natur einzigartig war.

Wieder beim Motel angekommen, schleppte sie erst einmal die Bücher in ihr Zimmer, die sie hüten wollte wie einen Schatz. Sie war sich sicher, dass die ältere Dame bei der Ausleihe Ärger bekommen würde, was ihr ein wenig leidtat. Hastings Assistentin vermutlich ebenso.

Zu schade aber auch, dass sie nicht die Zeit gehabt hatte, sich ins Internet einzuwählen und ihre E-Mails zu checken. Ihrer Mutter hätte sie auch gern eine Nachricht zukommen lassen. Das musste sie beim nächsten Mal erledigen, wobei sie nicht sicher war, ob sie noch einmal zum Institut für Meeresbiologie fahren würde. Das Verhalten des Institutsleiters war mehr als sonderbar gewesen.

Immerhin hatte sie bei all dem Stress ihren immer noch schmerzenden Knöchel völlig vergessen. Zum Schluss war sie sogar recht schnell zum Auto gelaufen, ohne auf den Schmerz zu achten. Das konnte nur heißen, dass es ihr besser ging.

Augenblicklich setzte sie sich wieder an ihren Platz vor dem Fenster, um zum Leuchtturm hinüberzuschauen. Durch den aufkommenden Nebel hatte man das Gefühl, dass es bald dunkel werden würde, obwohl es noch gar nicht so spät war. Die Insel hatte etwas Magisches, wie sie fand, auch wenn ihr einziger Bewohner ein echter Eigenbrötler war.

Zu schade, dass sie hier nicht willkommen war, weder im Motel noch auf der Insel oder beim Institut für Meeresbiologie.

Die Idee, abzureisen, verwarf sie allerdings wieder. Zu sehr interessierte es sie, was es mit dem Leuchtturmwärter und den Pelikanen auf sich hatte.

Eine Stunde später beschloss Lisa, nach unten zu gehen, um sich einen Tee zu machen. Professor Meinhard hatte recht gehabt, als er sagte, dass es an der kalifornischen Küste sehr kalt werden könne. Obwohl es tagsüber sonnig und warm war, wurde es kühl und windig, sobald der Nebel zurückkehrte.

Als Lisa ihr Zimmer verließ, fiel ihr auf, wie still es im Haus war. Ganz sicher waren keine weiteren Gäste angereist, wie die Motelbesitzerin angekündigt hatte. Sie hätte zu gern gewusst, warum Tiara das Paar vorhin weggeschickt hatte. Wollte sie wirklich mit ihr allein sein? Und wenn ja, aus welchem Grund?

Erleichtert stellte Lisa fest, dass sie mit ihrem Fuß wieder recht gut auftreten konnte. Zwar hinkte sie noch leicht, doch die Schmerzen waren fast verschwunden.

Immerhin etwas, dachte sie, während sie die Treppe zum Café hinabstieg, nach wie vor darauf bedacht, ihren Fuß nicht zu sehr zu belasten. Unten angekommen, blickte sie sich suchend nach Tiara um, von der jedoch weit und breit keine Spur zu sehen war. Zum ersten Mal fiel Lisa auf, wie klassisch der Raum eingerichtet war. Mit den Sitzpolstern aus rotem Kunstleder, den chromglänzenden Tischen und Armaturen, der Jukebox in der Ecke und dem Neonschild im Vintagestil über dem Tresen erinnerte es sehr an einen typisch amerikanischen Diner.

Zaghaft machte sich Lisa auf den Weg zur Theke, um dort Ausschau nach Wasserkocher und Tee zu halten. Wo sich die Tassen befanden, wusste sie bereits. Nachdem sie eine Weile suchend vor der offenen Küche gestanden hatte, gab sie sich einen Ruck und ging hinter den Ausschank, um sich genauer umzuschauen. Sie musste einige Fächer und Schubladen öffnen, bis sie fündig wurde. Im untersten Schubfach befand sich eine ganz gute Auswahl an Teesorten, die sie gerade durchschaute, als sie ein Geräusch vernahm. Jemand schien den Raum betreten zu haben und ganz in ihrer Nähe zu sein. Das konnte nur Tiara sein, die sie nun sicherlich zusammenstauchen würde, weil sie hinter dem Tresen herumhantierte, ohne sie gefragt zu haben.

Es gab nur zwei Möglichkeiten: Entweder konnte sie sich verstecken, wofür sie sich allerdings auf den Boden hätte legen müssen, oder sie musste sich aufrichten, um sich der Diskussion zu stellen. Lisa entschied sich für die zweite Option. Abrupt richtete sie sich auf, in der sicheren Annahme, Tiara vor sich zu haben.

Wen sie dann jedoch vor sich hatte, raubte ihr vor Schreck den Atem. Vor dem Tresen stand kein geringerer als der unfreundliche Leuchtturmwärter.

»Himmel, jetzt haben Sie mich aber erschreckt!«, entfuhr es ihm.

»Das tut mir leid!«, sagte Lisa, die die Situation mit einem Mal so komisch fand, dass sie lachen musste.

»Was ist daran so komisch?«, wollte er mürrisch wissen.

»Sie hätten Ihr Gesicht sehen sollen!«, prustete Lisa, die oft in den ungewöhnlichsten Situationen lachen musste. Immerhin huschte kurz ein Lächeln über sein Gesicht, was ihr Herz schneller schlagen ließ. Sehr viel schneller sogar.

»Wenn Sie lächeln, sehen Sie viel netter aus«, fand Lisa, die nicht wusste, woher sie auf einmal den Mut nahm, so locker mit ihm zu sprechen.

»Was machen Sie denn hier?«, wollte er von ihr wissen, wobei er sie genauer betrachtete, was sie ein wenig nervös machte. Sein Blick war jedoch anders als der des Professors vorhin – zwar auch prüfend, aber irgendwie neugierig und fast sanft, wie sie fand.

»Dasselbe wollte ich Sie gerade fragen!«, konterte Lisa.

»Ich bin hier, um meine Post abzuholen, die hinter Ihnen in dem kleinen Schränkchen liegt.«

»Und ich möchte mir einen Tee machen. Tiara ist gerade nicht da, deshalb habe ich mich selbst umgeschaut.«

»Tiara ist um diese Zeit immer weg, deswegen bin ich hier«, erklärte der Mann, was für Lisa nicht wirklich Sinn ergab.

Lisa gab sich einen Ruck. »Vielleicht können wir noch einmal von vorn beginnen. Ich bin Lisa Willis.« Sie streckte ihm ihre Hand entgegen.

»Finnley Castor«, sagte er und reichte ihr seine Hand. Lisa war angenehm überrascht von seinem kräftigen Händedruck, wobei sie das Gefühl hatte, dass sich ihre Hände einen Moment länger berührten als nötig. Während sie seine warme Hand in der ihren spürte, blickte er ihr in die Augen, was ein Kribbeln in ihrem ganzen Körper verursachte.

Überhaupt wirkte er gar nicht mehr so garstig wie am Morgen. Während er ebenfalls hinter den Tresen kam, wollte er sogar von ihr wissen: »Und warum sind Sie so interessiert an Lobos Island?«

»Ich bin Biologin aus Deutschland und über einen äußerst interessanten Artikel gestolpert. Dieser handelt von den Pelikanen auf Lobos Island. Da Vogelkunde mein Forschungsgebiet ist, bin ich kurzerhand selbst hergekommen, um herauszufinden, was es mit der Regeneration der Population auf sich hat.«

»Und deshalb wollten Sie zu mir?«, hakte Finnley nach.

»Ja! Sie müssen doch wissen, warum sich die Pelikane seit etwa zwanzig Jahren auf Ihrer Insel wieder vermehren!«

Der Blick, den er ihr hierauf zuwarf, machte deutlich, dass er nicht daran interessiert war, Biologen oder Forscherteams auf seine Insel zu lassen. »Hier gibt es nichts zu forschen. Ich möchte nicht noch einmal, dass mich irgendwelche Biologen belagern und meine Pelikane eher verscheuchen, als dass sie ihnen von Nutzen wären.«

»Das würde ich niemals tun«, sagte Lisa von Herzen, da sie spürte, dass sich Finnley wieder in sein Schneckenhaus zurückzog. »Ich bin allein hier und würde nicht mit einem ganzen Team auf Ihre Insel kommen.«

»Das hoffe ich!«, antwortete Finn, der ein paar Briefe aus dem Fach genommen hatte und das Café wieder verlassen wollte.

Lisa verspürte den Drang, ihn zurückzuhalten. Aus irgendeinem Grund wollte sie auf keinen Fall, dass Finnley sie so schnell wieder allein ließ.

»Warten Sie!«, rief sie daher ein wenig zu laut, woraufhin er sich noch einmal umdrehte und sie mit seinen charismatischen Augen anblickte. »Kennen Sie Professor Hastings?«

Augenblicklich erkannte Lisa, dass dies die falsche Frage gewesen war, denn nun blickte Finnley sie genauso böse an wie am Morgen. Sollten sie sich in den letzten Minuten auch nur ein wenig angenähert haben, war dies wieder passé.

»Da kommen Sie mir mit genau dem Richtigen. Er und sein Team haben vor ein paar Monaten nur Unheil über meine Insel gebracht.«

»Darf ich fragen, wieso?«

»Weil er genau das wissen wollte, was Sie mich gerade gefragt haben«, erklärte Finnley, was Lisa irritierte. Hatte Professor Hastings nicht gesagt, dass er nichts mit der Forschung über Pelikane zu tun habe, sondern nur Meeressäuger untersuche?

Doch bevor sie etwas erwidern konnte, hatte er die Tür bereits geöffnet und trat hinaus.

»Darf ich Sie noch einmal besuchen kommen?«, rief Lisa ihm hinterher, was allerdings unbeantwortet blieb, da die Eingangstür bereits ins Schloss gefallen war.

KAPITEL 22

FINNLEY

Bisher hatte er es geschafft, Tiara aus dem Weg zu gehen, und immer seine Post abgeholt, wenn sie nicht da war. Im Grunde musste er diese nur einmal im Monat abholen, da die einzig wichtige Post sein Gehaltsscheck war, der ihm zugesandt wurde. Das Gehalt des Leuchtturmwärters war automatisch von Grandpa Stan auf seinen Vater und nun auf ihn übergegangen. Vor ein paar Monaten hatte er sogar eine geringfügige Gehaltserhöhung bekommen, was ihn wunderte, da er nie mit einer Menschenseele über seine Arbeit oder sein Gehalt gesprochen hatte. Zwar verdiente er kein Vermögen, aber das brauchte er auch nicht, um sich und seine Tiere zu versorgen.

Manchmal dachte er darüber nach, wie lange er Tiara noch aus dem Weg gehen wollte, aber seitdem sie zurück war, zog er es vor, seine Post zu holen, wenn sie ausgeflogen war. Es waren damals einfach zu viele mysteriöse Dinge geschehen.

Der neugierigen Biologin zu begegnen, war das kleinere Übel. Eigentlich hätte er auch damit rechnen müssen, die schöne Fremde im Motel anzutreffen. Er hatte sogar ihren

Wagen davorstehen sehen, jedoch gehofft, sie würde sich in ihrem Zimmer aufhalten.

Er wunderte sich, dass Tiara bisher kaum Gäste aufgenommen hatte. Soweit er beobachtet hatte, war die dunkelhaarige Frau der erste Gast. Finnley konnte sich vorstellen, dass sie das Motel gar nicht weiterführen wollte, nach allem, was geschehen war.

Während er zügig nach Lobos Island zurückging, da die Flut bereits eingesetzt hatte, musste er an die Fremde denken. Wie hieß sie doch gleich? Lisa. Was für ein schöner Name! Finn war irritiert, dass ihm die Frau nicht mehr aus dem Kopf ging. Er war in seinem Leben schon öfter hübschen Frauen begegnet, hatte aber noch auf keine so reagiert wie auf sie.

Sie behauptete, Biologin zu sein. Ob er ihr das abnehmen konnte? Aber warum sollte sie lügen? Andererseits fand er es ungewöhnlich, dass sie diese weite Reise auf sich genommen hatte, nur um ihn zu interviewen. Krampfhaft überlegte er, wo wohl der Haken lag.

Wieder kam ihm sein misslungener Schulstart in den Sinn und der Tag danach, an dem Tiara den Teil ihres Abkommens einlösen wollte, den sie vereinbart hatten. Als Finn damals nachmittags in seinem Dachbodenzimmer saß, wo er Muscheln sortierte, hörte er eine leise Stimme seinen Namen rufen. Ein Blick aus dem Fenster bestätigte ihm, dass es das Mädchen von gegenüber war. Er musste nicht lange überlegen, was sie von ihm wollte.

Aus Angst, sein Vater könnte ihm zuvorkommen und im Nachhinein doch erfahren, dass er am Vortag in der Schule gewesen war, flitzte er die Treppe hinunter und öffnete die Tür. Am liebsten hätte er Tiara gleich wieder weggeschickt, aber daran war nicht zu denken.

»Jetzt gehen wir aber auf den Leuchtturm!«, forderte sie bestimmt.

»Ich weiß nicht«, zögerte er, da er allen Erwachsenen versprochen hatte, niemals Freunde mit in den Leuchtturm zu nehmen. »Wenn mein Vater das mitbekommt …«

»Das war aber so abgemacht«, drängelte Tiara, die sehr entschlossen wirkte und sich bestimmt nicht so schnell abwimmeln lassen würde.

»Also gut«, stimmte er notgedrungen zu, da er befürchtete, Tiara könnte mit ihrem Gequengel seinen Vater auf sie aufmerksam machen.

Gemeinsam gingen sie zum Leuchtturm hinüber, der nach wie vor nicht abgeschlossen war. Tiara machte große Augen, als sie diesen betraten. Doch nicht nur im Leuchtturm blickte sie sich verzückt um. Auch ihn schaute sie mit leuchtenden Augen an, was ihn ein wenig irritierte.

Damals konnte Finnley ihren Blick nicht deuten. Erst viel später wurde ihm klar, dass die Dreizehnjährige in ihn verliebt war. Und noch etwas konnte er in ihren Augen sehen, das ihm Angst bereitete. Doch all das wurde ihm erst einige Zeit später bewusst, als er nichts mehr an den Geschehnissen ändern konnte.

Gemeinsam gingen sie die hundertfünfzig Stufen der Wendeltreppe hinauf, wobei Finn sie immer wieder darauf hinwies, sich gut am Geländer festzuhalten. Doch das Mädchen war vermutlich zu aufgeregt, um sich an seine Anweisung zu halten. Ständig ließ sie den Handlauf los und deutete auf etwas, das ihr auffiel.

Oben angekommen, saß wie so oft der Pelikan auf dem Außengeländer. Er beeindruckte Tiara genauso wie Finnley beim ersten Mal. Voller Begeisterung bestand sie darauf, das Tier aus der Nähe zu betrachten. Finnley behauptete, dass sich die Tür nach außen nicht öffnen lasse, da er wusste, wie sehr ihm sein Großvater eingebläut hatte, nicht mit Freunden hierherzukommen und schon gar nicht nach draußen zu gehen, da der Wind oft unberechenbar war und das Geländer keinen wirklichen Schutz bot.

Immerhin hielt sich Tiara an diese Anweisung. Sie beobachtete den Vogel nur von innen und nutzte das Fernglas, um hinaus auf den Ozean zu schauen. Obwohl Finnley wegen der Gefahr, erwischt zu werden, immer nervöser wurde, freute er sich insgeheim über die Begeisterung seiner Freundin.

Aber war Tiara überhaupt eine Freundin? Da war er sich nicht sicher. Sie schien weitaus mehr Gefühle für ihn zu haben, als er bisher angenommen hatte, wie er kurz darauf feststellen musste.

Nachdem beide durch das Fernglas geblickt hatten und nah beieinanderstanden, schaute sie ihm tief in die Augen und kam ihm gespenstisch nah.

Erschrocken wich Finnley zurück, da er Angst vor dem Funkeln in ihren Augen hatte. »Hey! Was soll das?« Er rief es aus, ohne sich Gedanken über ihre Gefühle zu machen.

»Sei doch nicht so schüchtern!«, forderte sie ihn auf und kam ihm wieder näher. Finn konnte bereits die Wärme ihres Körpers spüren, was ihm unangenehm war. Die ganze Situation überforderte ihn.

»Lass das!«, rief er mit Panik in der Stimme.

Als sich Tiara daraufhin von ihm distanzierte, war von dem verliebten Glanz in ihren Augen nichts mehr geblieben. Stattdessen sah Finnley ein böses Funkeln, das er sein Leben lang nicht vergessen würde. Tiaras Zuneigung ihm gegenüber hatte sich innerhalb von wenigen Millisekunden in Hass verwandelt. Doch das wurde ihm nicht in dem Moment klar, sondern erst später. Viel zu spät …

»Lass uns wieder nach unten gehen«, schlug Finnley vor, der nicht wusste, was sie sonst hier oben noch hätten tun können. Die Tatsache, dass Tiara ihn hatte küssen wollen, verwirrte ihn sehr.

Auf dem Weg nach unten geschah genau das, wovor ihn sein Grandpa gewarnt hatte. Bei der vorletzten Wendung stolperte Tiara und stürzte die harte Metalltreppe hinunter, ohne sich abfangen zu können.

Hilflos blickte Finn dem Mädchen hinterher, das die Stufen hinunterpurzelte wie eine Schaufensterpuppe. Am Fuße der Treppe blieb sie liegen und rührte sich nicht mehr. Voller Panik lief Finn zu ihr. Einen viel zu langen Moment dachte er, Tiara sei tot, bis sie einen stöhnenden Laut von sich gab.

»Warte hier, ich hole Hilfe«, sagte er unnötigerweise, da sie sich sowieso nicht bewegen konnte.

Leider konnte er in dem Moment niemand anderen holen als seinen Dad, der wie immer im Schuppen saß und Whiskey in sich hineinschüttete. Als Finnley den Holzschuppen betrat, erblickte er ihn im diesigen Licht, das der Zigarettenrauch verursachte. Jack saß auf einem Stuhl und füllte sich gerade sein Glas wieder auf. Im Hintergrund ertönte aus einem alten Plattenspieler leise Jazzmusik.

»Dad, es ist ein Unglück geschehen!«, rief er, während er auf ihn zustürzte.

Sein Vater reagierte wie in Zeitlupe und Finn war sich nicht sicher, ob er verstanden hatte, was er gerade gesagt hatte. »Was willst du denn hier?«, schnauzte er ihn an.

»Tiara ist im Leuchtturm gestürzt. Sie braucht deine Hilfe!« Finn rückte sofort mit der Wahrheit heraus.

Schwankend stand sein Dad auf und hatte bereits die Hand gehoben, um ihm eine ordentliche Ohrfeige zu verpassen. Doch seine Hand bewegte sich viel zu langsam, sodass Finnley schnell ausweichen konnte. Dies ärgerte seinen Vater noch mehr, da er dadurch auch noch das Gleichgewicht verlor.

Finnley war sich nicht sicher, ob sein Dad nicht begriffen hatte, was er gerade gesagt hatte, oder ob es ihm schlichtweg egal war. »Die Tochter von Mr Brown ist die Treppe im Leuchtturm hinabgestürzt«, sagte er noch einmal deutlicher, sollte sein Vater vergessen haben, wer Tiara war. Manchmal war Finn sich nicht sicher, ob Jack überhaupt noch wusste, wer sein Sohn war. Der Gesundheitszustand seines Vaters hatte sich in den letzten Wochen, seitdem Ma verschwunden war, sehr verschlechtert.

Ohne sich von dem wütenden Blick seines Vaters beirren zu lassen, lief Finnley wieder Richtung Ausgang und machte Jack Zeichen, ihm zu folgen. Immerhin lief er ihm schwankend hinterher, wobei Finn nicht wusste, ob er eine große Hilfe sein würde. Auf jeden Fall war ihm klar, dass nicht viel Zeit verstreichen durfte.

Als sie vor dem Haus ankamen, rief er seinem Vater zu: »Geh du zum Leuchtturm, ich rufe einen Krankenwagen.« Dies war die einzig richtige Entscheidung, da sein Dad nicht viel anstellen konnte, außer später mit ihm zu schimpfen.

Es dauerte eine halbe Ewigkeit, bis der Krankenwagen erschien, um die verletzte Tiara einzuladen. Sie konnten von Glück reden, dass gerade Ebbe war, denn sonst hätte das Mädchen über Stunden nicht versorgt werden können.

Tatsächlich musste sich Finnley nach diesem Unglück einige Wochen vor seinem Dad verstecken und am Strand oder zwischen den Bäumen übernachten. Ein Zusammentreffen mit seinem Vater hätte äußerst gefährlich werden können. Noch nie hatte er ihn so sauer erlebt.

Tiara tat ihm unendlich leid. Sie hatte mehrere Knochenbrüche, aber vor allem einen komplizierten Hüftbruch erlitten. Es folgten viele Operationen, die allerdings nur wenig Besserung brachten. Die Ärzte sagten, sie bräuchte eine weitere große Hüftoperation, für die Familie Brown allerdings nicht das Geld auftreiben konnte. Finnley wusste, dass er sein Leben lang unter den Schuldgefühlen und seinem schlechten Gewissen leiden würde.

Immer wieder dachte er an seinen Großvater, der ihm ein-gebläut hatte, dass der Leuchtturm kein Spielplatz für Kinder sei. Wie recht er damit gehabt hatte!

Von diesem Tag an war das Verhältnis zur Familie Brown, aber vor allem zu Tiara völlig verändert. Als sie nach mehreren Wochen aus dem Krankenhaus zurückkam, redete Tiara kein Wort mehr mit ihm. Doch das hätte Finnley noch verkraftet. Schlimmer war, dass sie behauptete, er habe sie die Treppe hin-untergestoßen. Bereits zu diesem Zeitpunkt wollten die Leute vom Land nichts mehr mit ihm oder seinem Vater zu tun haben.

Auch hielt sich das Gerücht, dass sie schuld daran wären, dass seine Ma sie verlassen hatte. Als Finnley ein Gespräch von zwei Frauen im Laden von Familie Brown belauschte, die dies behaupteten, brach es ihm fast das Herz.

Langsam wurde ihm klar, dass er den Bruch mit den Menschen vom Festland nicht mehr kitten konnte – und dies auch nicht mehr wollte.

KAPITEL 23

LISA

Eine Weile stand Lisa am Tresen und rührte sich nicht. Ihr Herz klopfte wie wild, seitdem sie dem Leuchtturmwärter begegnet war. Immerhin kannte sie nun seinen Namen: Finnley. Ein schöner Name, wie sie fand. Er passte zu ihm.

Obwohl er immer noch unnahbar wirkte, war er doch etwas netter gewesen als bei ihrer ersten Begegnung. Bei dem Gedanken, wie oft sie ihm wohl noch über den Weg laufen müsste, bis er endlich freundlich sein würde, schmunzelte sie.

Wie konnte sie ihn nur davon überzeugen, dass es ihr tatsächlich nur um die Pelikane ging, die ihr ebenso am Herzen lagen wie ihm?

Erst jetzt kam ihr in den Sinn, dass sie ihm die Bücher hätte zeigen können, die sie beim Institut für Meeresbiologie ausgeliehen hatte. Finn hatte äußerst gereizt reagiert, als sie Professor Hastings erwähnte, wobei dieser ihr verschwiegen hatte, dass er sich auch für die Pelikane interessierte. Warum verhielten sich alle Menschen, die sie hier traf, so sonderbar? Vor allem die Motelbesitzerin. Es war, als hätte sie in ein Wespennest gestochen. Zumindest lag etwas Unruhiges, Bedrohliches in der

Luft. Zu gern hätte sie herausgefunden, was es war, das all das merkwürdige Verhalten auslöste.

Schließlich gab sie sich einen Ruck und ging zur Aussichtsplattform hinaus, um in die Dämmerung hinauszuschauen. Vor sich sah sie ein wunderschönes Panorama. Ihre Umgebung war in warme Farbtöne von Orangerot bis zu Dunkelblau getaucht, wobei man den Übergang vom Himmel zum Meer kaum erkennen konnte. Der Schein des Leuchtfeuers erhellte die Umgebung in regelmäßigen Abständen, wobei er einen glitzernden Lichtkegel auf dem Wasser bildete. Was für ein beruhigender Anblick, dachte Lisa, die gern den Gedanken beiseitegeschoben hätte, dass sie sich hier so wenig willkommen fühlte.

Auf dem Rückweg sah sie, dass Tiaras Wagen auf dem Parkplatz stand. Hatte er vorhin schon dagestanden? Darauf hatte sie nicht geachtet. Manchmal kam es ihr vor, als würde Tiara sich irgendwo im Hotel verstecken und sie beobachten.

Wieder im Motel lauschte sie auf ein Lebenszeichen von Tiara, doch es war mucksmäuschenstill. Erneut musste sie das Gefühl der Angst, von ihr beobachtet zu werden, verdrängen.

Immerhin fühlte sie sich in ihrem Zimmer sicher, das sie kurz darauf betrat. Doch etwas irritierte sie, als sie sich in dem Raum umblickte. Als sie an den Tisch trat, auf den sie die Bücher aus der Bibliothek gelegt hatte, wusste sie, was es war.

Sie war sich sicher, den Band zur allgemeinen Biologie ganz oben auf den Stapel gelegt zu haben, wo er sich nun nicht mehr befand. Kurz zählte sie die Bücher. Es waren immer noch zehn Stück, aber die Reihenfolge hatte sich geändert. Auch lag der Stapel nicht mehr in der Mitte des Tisches, sondern etwas weiter rechts.

Entweder ich bin verrückt geworden oder jemand war in meinem Zimmer, während ich weg war. Der Gedanke verursachte ihr Gänsehaut.

Es konnte nur eine Person in ihrem Zimmer gewesen sein, und das war Tiara. Vermutlich war sie gar nicht weggefahren und hatte das Gespräch zwischen ihr und Finnley belauscht. Oder drehte sie allmählich durch? Immerhin fehlte nichts in ihrem Zimmer. Trotzdem hatte Lisa ein ungutes Gefühl, das ihr langsam die Kehle zuschnürte.

Sie wünschte sich nichts mehr, als ein funktionierendes Handy und Internet zu haben. Bei einem Blick aus dem Fenster registrierte sie, dass es bereits fast dunkel war. Automatisch trat sie näher an die Scheibe und blickte zur Insel, in der Hoffnung, Finnley könnte ebenfalls dort stehen und zu ihr hinüberschauen – vermutlich nur ein naiver Wunschgedanke.

Zumindest schlug ihr Herz bei dieser Vorstellung um einiges schneller. Obwohl Lisa sich dagegen wehrte, musste sie zugeben, dass ihr der Einzelgänger mit den charismatischen Augen nicht mehr aus dem Kopf ging. Das machte ihren Aufenthalt hier nicht gerade einfacher.

Lisa beschloss, ihre Gefühle bei diesem Projekt hintanzustellen. Es war zwar frustrierend, dass außer dem Ranger am Eingang des Parks niemand hilfsbereit und freundlich war, aber sie würde es auch so schaffen.

Als es in dem Moment laut an ihre Zimmertür klopfte, fuhr sie erschrocken zusammen. »Wer ist da?«

»Tiara. Ich wollte kurz mit dir reden.«

Überrascht, aber dennoch froh, endlich mit der Motelbesitzerin sprechen zu können, öffnete sie die Tür. Inständig hoffte sie, dass Tiara wieder so nett wie zu Beginn sein würde.

»Wie geht es dir?«, wollte diese wissen und trat ohne Aufforderung ein.

»Meinem Knöchel geht es besser. Danke der Nachfrage«, antwortete Lisa etwas steif. Während sie dies sagte, fiel ihr auf, dass sich Tiara neugierig im Zimmer umblickte, fast als erwartete sie, dass sich dort jemand versteckte.

»Wie war es denn heute beim Leuchtturm?«, wollte sie dann wissen, wobei ihr Blick gehetzt wirkte. Irgendetwas hatte es mit dem Leuchtturm auf sich, da war sich Lisa mittlerweile sicher.

»Na ja, es geht so. Finnley hatte keine Lust, mit mir zu reden.« Warum sollte sie lügen?

»Ja, so ist er nun mal. Ein Eigenbrötler, wie er im Buche steht.« Lisa entging die Genugtuung nicht, mit der sie dies sagte.

»Kennst du ihn schon lange?«

»Seitdem wir Kinder sind.«

»Warum ist er so komisch?«, versuchte Lisa, Tiara mehr Informationen zu entlocken.

»Das weiß ich auch nicht genau. Er lebt bereits sehr lange allein auf der Insel. Vielleicht wird man dann einfach ein wenig sonderbar.«

So weit war Lisa auch schon gekommen. »Hat er denn keine Familie?«

»Nicht mehr. Aber daran ist er selbst schuld.«

»Wieso das denn?«

»Finnley Castor ist nicht nur etwas merkwürdig, sondern auch gefährlich!«, kam es knapp zurück.

Lisa überlegte, ob sie nachhaken sollte, was mit seiner Familie geschehen war, als Tiara auf die Bücher auf dem Tisch deutete.

»Was willst du denn mit der ganzen Literatur?« Es war offensichtlich, dass sie vom Thema ablenken wollte.

»Die habe ich mir beim Institut für Meeresbiologie ausgeliehen.« Dabei verschwieg sie die Tatsache, wie komisch sich Professor Hastings verhalten hatte und dass sie sich dort alles andere als willkommen gefühlt hatte, ähnlich wie in diesem Motel. »Ich brauche sie für den Artikel, den ich über Lobos Island schreiben möchte. Außerdem könnten sie vielleicht

Finnley interessieren.« Dieser Gedanke war ihr gerade erst gekommen.

Im gleichen Moment bereute sie, dies gesagt zu haben, da sie sehen konnte, wie sich Tiaras Gesichtsausdruck veränderte. Das Lächeln, das vermutlich aufgesetzt gewesen war, verschwand abrupt. Stattdessen bekam sie wieder dieses wütende Flimmern in den Augen, das Lisa schon zuvor aufgefallen war. Ihr Blick konnte einem Angst machen.

»Das glaube ich nicht!«, sagte sie, wobei sich ihre Stimme harsch anhörte.

»Wieso meinst du das? Er interessiert sich doch so für Pelikane.«

»Ja. Das schon. Aber er kann nicht lesen!« Damit drehte sich Tiara auf dem Absatz um und verließ das Zimmer. Vermutlich wusste sie, dass diese Aussage Lisa sprachlos zurücklassen würde.

Konnte das sein?

Noch einmal blickte Lisa zum Leuchtturm hinüber. Diesmal war sie sicher, Finnley an der geöffneten Tür des Hauses stehen zu sehen. Durch das beleuchtete Innere konnte sie seine Silhouette recht gut erkennen.

»Was ist dir nur in deinem Leben passiert, Finnley Castor?«, flüsterte sie und hätte ihn am liebsten in die Arme geschlossen.

KAPITEL 24

FINNLEY

Es war fast dunkel, als er zurück zu seinem Haus lief. Er kannte den Weg so gut, dass er ihn vermutlich auch bei völliger Finsternis problemlos bewältigt hätte. Schon als Kind war er diesen Pfad immer ohne Licht entlanggelaufen, da ihn sonst sein Vater entdeckt hätte.

Finnley hatte seine übliche Tour über die Insel gemacht, um sicherzustellen, dass es seinen Pelikanen gut ging und kein Tier verletzt war. Gerade vor ein paar Tagen hatte er wieder einen Seeotter entdeckt, der sich in einem Fischernetz verfangen hatte.

Nachdem er im Leuchtturm das Leuchtfeuer überprüft hatte, konnte er nicht umhin, mit dem Fernglas zum Motel hinüberzuspähen. Er wusste, dass die Biologin im Eckzimmer wohnte, da sie der einzige Gast bei Tiara war. Ein Gedanke, der ihm immer noch missfiel.

Durch den Feldstecher erkannte er, dass die hübsche Fremde in ihrem Zimmer am Fenster stand und hinausblickte. Erschrocken fuhr er zusammen, als sie zum Leuchtturm blickte und ihn direkt anschaute. Hatte sie ihn gesehen? Schnell ließ er das Fernglas sinken und machte sich auf den Rückweg.

Warum interessierte ihn überhaupt, was diese Frau tat?

Insgeheim wusste er, warum er sie beobachtete. Er wollte sie vor Tiara beschützen.

Wieder dachte er an die schwierige Zeit nach Tiaras Unfall. Obwohl er nichts dafürkonnte, fühlte er sich schuldig. Sein Großvater hatte ihn davor gewarnt, jemanden mit in den Leuchtturm zu nehmen. Und doch war das Unglück geschehen. Wochenlang konnte er nicht mehr im Dachboden übernachten, sondern musste sich auf der Insel vor seinem Vater verstecken.

Als er eines Morgens an dem geheimen Ort unter dem Leuchtturm nach den Küken schaute, stellte er fest, dass eines geschlüpft war. Zuerst freute er sich riesig. Als er dann jedoch bemerkte, dass sich in den beiden anderen Pelikaneiern nichts mehr bewegte, war die Freude nur noch halb so groß.

Noch heute spürte er das Gefühl, versagt zu haben. Er gab sich die Schuld, sich nicht ausreichend um die Küken gekümmert zu haben. Den geschlüpften Vogel bewachte und fütterte er dann Tag und Nacht, bis er stark genug war, dass er ihn in einem Tuch mit sich herumtragen konnte. Finn versuchte, ihn auf diese Weise warm zu halten, ähnlich wie es die Pelikane im Nest taten. Den Versuch, ihn einer anderen Pelikanfamilie unterzuschieben, machte er erst gar nicht, da er wusste, dass die Tiere hierfür zu schlau waren.

Der Pelikan, dem er den Namen Pepper gab, begleitete ihn überallhin. Auch als er bereits ausgewachsen war, setzte er sich mit ihm ins Boot, wenn Finnley die Fischer, die der Insel zu nahe kamen, vertreiben wollte. Er wusste, dass Pepper schwächer war als die anderen Pelikane und durch die besondere Aufzucht stets auf ihn angewiesen bleiben würde. Als Pepper mit nicht einmal fünf Jahren starb, war er untröstlich. Es fühlte sich an, als hätte er ein Familienmitglied verloren. Tatsächlich waren die Pelikane sein Familienersatz, wobei er eine richtige Familie nie besessen hatte. Finnley sammelte auf der ganzen Insel Blumen und bereitete seinem Freund eine aufwendige Seebestattung …

Während Finnley im Haus den Kamin anzündete, dachte er wieder an Tiara. Seitdem sie zurückgekehrt war, musste er immer öfter an die damaligen Ereignisse denken, die er in den letzten Jahren verdrängt hatte.

Damals hatte ihm sein Vater einen Zettel an den Leuchtturm gehängt, dass er mit ihm reden wolle. Niedergeschlagen ging Finnley in den Schuppen, um sich die Standpauke und vermutlich Schläge abzuholen. Tiara war zu dem Zeitpunkt gerade von ihrer ersten Operation zurückgekehrt und lief an Krücken.

»Du wolltest mich sprechen, Dad?«, fragte er, als er das Nebengebäude betrat.

»Setz dich zu mir, Junge!« Finnley war überrascht, dass sich die Stimme seines Vaters nicht so zornig anhörte, wie er erwartet hatte. Fast zwei Wochen hatte er ihn nicht gesehen. Schweigend setzte er sich auf den klapprigen Holzstuhl, der ihm gegenüberstand, und wartete.

»Ich möchte, dass du aufhörst, dich auf der Insel zu verstecken, und deinen Mann stehst.«

Finnley nickte, obwohl er nicht recht wusste, was sein Dad damit meinte.

»Morgen gehen wir zu Familie Brown hinüber und du entschuldigst dich für das, was du getan hast.«

»Aber ich habe doch …«, wollte Finnley sich verteidigen, da er keine Mitschuld an ihrem Sturz trug.

»Sei jetzt besser still, Kind. Sonst kannst du was erleben. Morgen, wenn Tiara aus der Schule zurückkommt, gehen wir rüber.«

Finnley hatte nie erfahren, ob sein Vater dies wollte, um sich tatsächlich bei Familie Brown zu entschuldigen, oder ob er ihn nur bloßstellen wollte. Noch heute grübelte er manchmal darüber nach.

Natürlich hatte er sich bereits hundert Mal bei Tiara entschuldigt, gleich nachdem es geschehen war. Auch wusste sein Vater sicher, wie sehr er am Boden zerstört war wegen des Fehlers, den er begangen hatte.

Nachdem Finnley zugestimmt hatte, sagte sein Vater noch: »Schlaf wieder im Haus, Sohn. Ich tue dir nichts!«

Ein Satz, der ihm ewig in Erinnerung bleiben sollte …

Kapitel 25

Lisa

Als sie am nächsten Morgen aufwachte, trat sie gleich ans Fenster, um die Aussicht zu genießen. Durch den Nebel war diese immer ein wenig anders.

In der Nacht hatte sie unruhig geschlafen. Sie bildete sich wieder ein, dass sich jemand im Flur vor ihrer Zimmertür aufhielt. Ganz deutlich hörte sie Schritte. Auf Zehenspitzen schlich sie zur Tür, um zu lauschen. Dort meinte sie sogar, jemanden atmen zu hören. Beinahe hätte sie sich in die Hose gemacht vor Angst.

Diesmal traute sie sich nicht, die Tür zu öffnen, sondern rief Tiaras Namen, worauf keine Antwort kam. Am liebsten hätte sie die Kommode vor die Tür geschoben, die sich als äußerst schwer herausstellte. Unmöglich konnte sie diese verrücken. Daher beließ sie es dabei, einen Stuhl so vor der Tür zu platzieren, dass die Rückenlehne den Griff blockierte. Das hatte sie schon oft in Filmen gesehen. Immerhin fühlte sie sich nun ein wenig sicherer und legte sich wieder hin. Obwohl sie vermutete, dass sie sich all das nur einbildete, schnürte ihr die Furcht den Hals zu.

Tiara war zwar etwas sonderbar, aber sie konnte sich nicht vorstellen, dass sie nachts auf dem Flur herumschlich. Warum auch?

Vermutlich war es etwas anderes, das sie nun schon mehrmals gehört hatte. Zumindest war sie deswegen erst frühmorgens eingeschlafen und wunderte sich nicht, dass es bereits neun Uhr war, als sie aufwachte.

Der Tag überraschte Lisa mit besonders schönem Wetter. Der Küstennebel, der Lobos Island morgens sonst umklammerte, hatte sich bereits auf das Meer zurückgezogen. Am Horizont konnte sie ein milchiges Nebelband erkennen, das darauf wartete, gegen Abend ans Ufer zurückzukehren. Selten hatte sie seit ihrer Ankunft so klar die herrliche Farbe des Meeres ausmachen können. Ein Türkisgrün, wie sie es noch nie gesehen hatte.

Die wunderbare Aussicht macht gleich gute Laune, dachte Lisa und blickte zum Leuchtturm hinüber. Wie gern hätte sie sich von Finnley die Umgebung und vor allem seine Insel zeigen lassen, aber davon war sie weit entfernt. Stattdessen zückte sie ihr Mobiltelefon, um einige Fotos zu schießen, obwohl sie diese niemandem schicken konnte. Sie beschloss, Tiara zu fragen, wie lange es wohl dauern würde, bis sie wieder Zugang zum Internet hatten. Das war ja kein Zustand in der heutigen Zeit!

Ein Blick zu den Zypressen zu ihrer Linken bestätigte ihr, was sie am Vortag bereits vermutet hatte: Dort hatte ein Pelikanpärchen ein Nest gebaut, das es emsig anflog. Das konnte nur bedeuten, dass sich Nachwuchs darin befand.

Lisa beschloss, sich zuerst das Nest näher anzuschauen und dann spazieren zu gehen, um die Gegend zu erkunden. Sie hatte vor, einige Fotos für ihren Artikel zu schießen. Auch wenn diese nicht von Lobos Island waren, würde sie sie vielleicht verwenden können.

Während Lisa die Treppe hinabstieg, stellte sie erleichtert fest, dass ihr Fuß auch bei stärkerer Belastung kaum noch schmerzte.

Tiara schien wieder ausgeflogen zu sein. Wie am Tag zuvor bediente sie sich an dem überschaubaren Büfett, das nur aus Kaffee und süßen Teilchen bestand, setzte sich an ihren Fensterplatz und blickte hinaus.

Der Kaffee schmeckte wieder ein wenig zu bitter und das Gebäck zu süß. Allmählich gewöhnte sie sich zwar an den Geschmack, hätte aber lieber etwas Gesundes zum Frühstück gegessen: Obst oder vielleicht ein Ei. Lisa nahm sich vor, bei ihrer nächsten Autofahrt nach einem Supermarkt Ausschau zu halten, um sich einige Dinge zu besorgen. Auch Mineralwasser hätte sie gern auf ihrem Zimmer, denn das Wasser, das aus dem Hahn kam, war völlig ungenießbar. Es schmeckte nach Chlor und war ein wenig salzig. Zwar bot Tiara auch Wasser in ihrem Laden an, die Preise waren allerdings horrend. Das wäre im Supermarkt bestimmt günstiger.

Gerade als Lisa den letzten Schluck Kaffee heruntergewürgt hatte, sah sie Finnley über die weite Grasfläche auf das Motel zukommen. Sie war so überrascht von seinem Anblick, dass sie kurz den Atem anhielt.

Mein Gott, wie gut er aussieht, dachte sie, während sie ihn beobachtete. Ein wenig ertappt fühlte sie sich, als er die Hand zum Gruß hob. Eine zwar coole, aber doch nette Geste, wie sie fand.

Nachdem er hinter dem Haus aus ihrem Blickwinkel verschwunden war, rechnete sie damit, dass er jede Sekunde das Café betreten würde. Doch nichts dergleichen geschah.

Erst jetzt vernahm sie das Motorengeräusch von der Vorderseite des Motels. Wollte Finnley wegfahren?

Die Neugierde siegte. Lisa stand hastig auf, um nachzusehen, was vor sich ging. Gespannt blickte sie durch das Fenster neben der Eingangstür, von dem aus man den Vorplatz des Motels gut überblicken konnte. Gerade kam ein Lastwagen vorgefahren, der aus den Sechzigerjahren zu stammen schien. Auffallend war die bunte Lackierung mit vielen Schriftzügen. An der Seite las sie *Mary's Groceries – Anywhere. Anytime.*

Es dauerte eine Sekunde, bis bei Lisa der Groschen fiel. Erst als sich die Tür an der Rückseite des Fahrzeugs öffnete und eine ältere Dame erschien, wurde ihr klar, dass es ein Tante-Emma-Laden auf Rädern war.

Finnley, der nun in ihr Blickfeld trat, ging auf die Frau zu und begrüßte sie. Diese nickte höflich und machte eine einladende Armbewegung in Richtung des Trucks. Sie selbst stieg aus und streckte ihren Rücken.

Die ganze Szene wirkte wie aus einem Film. Auch die Frau, vermutlich Mary selbst, sah aus wie für einen Hollywoodschinken gecastet. Lisa schätzte sie auf Mitte sechzig. Sie passte mit ihrer karierten Schürze und einer Frisur, die aussah, als befänden sich die Lockenwickler noch darin, perfekt zu ihrem fahrenden Lädchen. Im Inneren des Wagens konnte Lisa ein Regal mit Brot und Obst erkennen. Nun verstand sie, dass Finnley seine Insel oder zumindest Point Lobos kaum verlassen musste. Der Lebensmittelladen kam direkt zu ihm.

Lisa war ganz hingerissen von der Situation und merkte erst, wie lange sie die beiden beobachtet hatte, als die Scheibe vor ihr so beschlagen war, dass sie nicht mehr hindurchgucken konnte. Daher öffnete sie die Tür und trat hinaus. Insgeheim hoffte sie natürlich, dass sich noch ein Gespräch mit dem einsamen Leuchtturmwärter ergeben würde, obwohl sie jedes Mal nervöser wurde, wenn sie ihm begegnete.

»Guten Morgen, Miss«, begrüßte Mary sie gut gelaunt, was Lisa freundlich erwiderte.

Automatisch trat sie einen Schritt näher, um in den kleinen Laden blicken zu können. Anscheinend wusste Mary, was Finnley kaufen wollte, denn zwei gepackte Tüten standen bereits für ihn an der Kasse. Nachdem er sich noch ein paar Äpfel genommen hatte, deutete er Mary an, dass er bezahlen wolle.

Als er den Tante-Emma-Laden kurz darauf mit zwei Papiertüten verließ, nahm Lisa die Gelegenheit beim Schopf und sprach ihn noch einmal an. »Könnte ich Ihnen vielleicht das Projekt vorstellen, an dem ich gerade arbeite, Mr Castor?«, fragte sie höflich.

»Ich bin an Ihrer Forschung nicht interessiert. Ich möchte nur den Tieren helfen«, kam es bestimmt, aber nicht ganz so unhöflich wie am vorherigen Tag zurück. Doch sein Blick sagte etwas anderes. Neugierig schaute er sie mit seinen charismatischen grünen Augen an. Noch etwas schwang in seinem Gesichtsausdruck mit, das Lisa nicht deuten konnte.

Gerade als sie Luft holen wollte, um ihm zu schildern, warum sie hier war, vernahm sie Tiaras Stimme hinter sich. »Lisa ist Journalistin und möchte einen Artikel über dich schreiben. Dann wird es vorbei sein mit der Ruhe auf Lobos Island.«

»Sind Sie wirklich Journalistin?« Seine Augen funkelten böse, als er dies fragte.

»Nein, nicht in dem Sinne. Ich bin Biologin.«

»Möchten Sie einen Artikel über mich schreiben?«, hakte er nach.

»Ja, schon, aber einen Fachartikel.« Lisa spürte, dass sie seine Aufmerksamkeit verloren hatte. Vermutlich ein für alle Mal. Tiara war ihr gehörig an den Karren gefahren, wobei nicht einmal stimmte, was sie gesagt hatte. Sie hatte es so hingestellt, als wäre sie eine Reporterin für eine Klatschzeitung. Im Augenblick gingen Lisa so viele Gedanken durch den Kopf, dass sie gar nicht angemessen reagieren konnte.

Nachdem Finnley sie noch einmal wütend angeblickt hatte, machte er sich auf den Weg zurück zu seiner Insel. Hilfesuchend blickte sie zu Tiara, in der Hoffnung, sie würde richtigstellen, was sie gerade gesagt hatte. Doch die war bereits wieder im Haus verschwunden. Sie war tatsächlich nur herausgekommen, um ihr in den Rücken zu fallen. Warum machte sie das nur?

»Möchten Sie vielleicht auch etwas?«, holte Lisa die freundliche Stimme von Mary aus ihren Gedanken zurück.

»Nein danke«, antwortete sie abwesend. In ihren Gedanken war sie noch ganz bei Finnley und Tiara, die mit ihrem bösartigen Kommentar alles zerstört hatte. Nun würde er sich bestimmt nicht mehr mit ihr abgeben, um über die Pelikane zu sprechen.

Erst als Mary sich von ihr verabschiedete, fiel ihr wieder ein, dass sie sich vorhin noch gewünscht hatte, nicht nur bitteren Kaffee und süße Teilchen zum Frühstück zu essen.

»Oder doch. Ich möchte ein paar Dinge kaufen«, sagte sie und betrat kurz darauf den Supermarkt auf Rädern. Nachdem sich ihre Augen vom grellen Sonnenlicht an das schummrige Licht im Inneren umgewöhnt hatten, war sie überrascht, welche Vielfalt an Lebensmitteln sich ihr darbot. Neben der Auswahl an Brot und Obst, die sie schon gesehen hatte, gab es reichlich Gemüse, sogar frisches Fleisch und die verschiedensten Reis- und Nudelsorten. Auch ein großes Sortiment an Lebensmitteln in Dosen hatte Mary anzubieten und sogar einige Arzneimittel.

Lisa entschied sich für ein paar Bananen, Äpfel und Müsliriegel. Auch Wasser konnte sie hier kaufen, das immerhin einen Dollar billiger war als bei Tiara.

Mary hatte sich zu ihr gesellt und führte ein wenig Small Talk. Lisa spürte, dass sie geübt darin war, denn bereits nach ein paar Sätzen hatte sie ihr den Grund für ihren Aufenthalt entlockt. Obwohl Lisa gar nicht vorgehabt hatte, dies zu erzählen, plauderte sie munter drauflos. Vermutlich hatte sie in den letzten Tagen zu wenig Kontakt mit Menschen gehabt und war froh, mit jemandem sprechen zu können. Vor allem mit jemandem, der nett war. Nicht wie Tiara oder dieser aufgeblasene Professor Hastings, die ihr nur Steine in den Weg legen wollten.

Mary hörte geduldig zu und stellte sinnvolle Zwischenfragen. Lisa konnte sich gut vorstellen, dass sie so manches Geheimnis in Big Sur aus erster Hand erfuhr.

»Nehmen Sie es den beiden nicht übel«, sagte sie, nachdem Lisa gestanden hatte, dass sie sich hier wenig willkommen fühlte. »Sie haben ihr Päckchen zu tragen – jeder auf seine Art.«

»Wie meinen Sie das?«

»Ich kenne beide schon seit ihrer Kindheit. Tiara kenne ich ehrlich gesagt nicht so gut, da sie viele Jahre weg war. Ihre Eltern haben sie damals nach dem Unglück zu ihrer Tante nach Los Angeles gebracht.«

Welches Unglück?, kam es Lisa in den Sinn, sie wollte Mary aber nicht unterbrechen. Sicher würde sie es bald erfahren.

»Finnley kenne ich auch schon seit fast dreißig Jahren. Früher war er ein nettes, aufgeschlossenes Kind, bis sich alles änderte.« Mit einem Mal hatte sie ihre Stimme gesenkt, als wollte sie nicht, dass jemand mitbekam, was sie zu sagen hatte.

»Was hat sich denn geändert?«

»Wissen Sie das nicht?«

»Nein. Erzählen Sie es mir bitte!«

»Erst verschwand Finnleys Mutter Margret von einem Tag auf den anderen. Niemand weiß, wohin sie ging. Manche behaupten sogar, sie habe die Insel nie verlassen. Viele im Ort sagen, dass sein Vater sie umgebracht hat.«

»O mein Gott, das ist ja entsetzlich!« Lisa spürte, wie sich eine Gänsehaut über ihren ganzen Körper ausbreitete.

»Nur ein paar Jahre danach verschwand auch sein Vater. Hier ist sich die Polizei allerdings sicher, dass es ein Verbrechen war. Einige Wochen später fanden sie sein Boot, mit dem er aufs Meer gefahren war. Dieses war so manipuliert, dass es untergehen musste. Jack Castor konnte nicht schwimmen. Er hatte keine Chance.«

»Das kann nicht wahr sein!«, stieß Lisa aus, wobei sie sich automatisch die Hände schützend vor die Brust hielt. Natürlich musste sie sofort daran denken, dass auch sie nicht schwimmen konnte, was sie besser für sich behielt.

Kurz schwiegen beide Frauen. Lisa war zu erschüttert, um etwas sagen zu können.

Zum ersten Mal wurde Lisa klar, wie sehr Finnley von der Gesellschaft ausgeschlossen war, wobei sein Schicksal unweigerlich mit dem von Tiara zusammenzuhängen schien. Lisa fragte sich, was damals geschehen war. Marys Blick verriet, was sie dachte, bevor sie es aussprach: »Finnley hatte damals das Verbrechen im Schulbus angekündigt. Viele Kinder haben es gehört. Deshalb glaubt keiner, dass es ein Unfall war, als sein Vater verschwand. Vor allem nicht, nachdem sie wussten, wozu er fähig ist.«

»Wozu ist er denn fähig?« Lisa flüsterte und war sich nicht sicher, ob sie die Antwort wirklich hören wollte.

»Tiara hat ihre Behinderung ihm zu verdanken. Er hat sie hinterhältig die Treppe im Leuchtturm hinuntergestoßen. Davon hat sie sich nie ganz erholt, wie man sieht.«

Erschrocken sog Lisa die Luft ein und hielt sich die Hand vor den Mund, unfähig, etwas zu sagen. Zum Trost legte Mary ihr eine Hand auf die Schulter. Tatsächlich gab ihr dies in dem Moment etwas Halt, da sie das Gefühl hatte, den Boden unter den Füßen zu verlieren.

Die nächsten Worte, die Mary aussprach, taten ihr in der Seele weh. »Obwohl ich weiß, dass Finnley ein Mörder ist, komme ich mit meinem Laden hierher. Wer weiß, was ihm zustoßen würde, wenn er in einen Supermarkt in der Stadt gehen würde. Menschen können sehr grausam sein. Übrigens wusste damals jeder, was auf der Insel vor sich ging, doch niemand hat ihm geholfen. Sie überließen den kleinen Finnley einfach seinem Schicksal mit seinem gewalttätigen Vater. Hier kann ich mich nicht ausnehmen, auch ich habe ihm nicht geholfen. Manchmal denke ich, man kann es ihm noch nicht einmal übel nehmen, was er getan hat.« Hierauf bekreuzigte sie sich und nahm den Zwanzigdollarschein, den Lisa ihr hingelegt hatte.

Lisa konnte sich später nicht mehr daran erinnern, bezahlt und den kleinen Laden verlassen zu haben. Zu sehr verwirrte sie, was sie gerade gehört hatte.

Finnley ein Mörder?

Wie ferngesteuert lief sie anschließend durch das Café, um ihren Einkauf auf ihr Zimmer zu bringen. Sie bemerkte gar nicht, dass Tiara hinter dem Tresen stand und sie beobachtete.

»Was hast du mit Mary so lange geredet?«, vernahm sie plötzlich ihre Stimme, was sie zusammenzucken ließ.

»Wie bitte?«

»Habt ihr über mich geredet?« Ihre Augen hatten wieder dieses böse Funkeln, das Lisa schon mehrmals aufgefallen war.

»Nein. Warum sollten wir?«

»Ich weiß es nicht.« Immer noch blickte Tiara sie prüfend an.

»Vielmehr würde mich interessieren, warum du mir so in den Rücken gefallen bist?«, getraute sich Lisa zu kontern.

»Wieso? Ich habe doch nur gesagt, warum du hier bist«, antwortete Tiara mit gespielter Unschuld. Desinteressiert blickte sie anschließend wieder auf den Laptop, den sie vor sich stehen hatte.

Da Lisa nicht wusste, was es weiter zu bereden gab, machte sie sich auf den Weg in ihr Zimmer, wo sie ihre Einkäufe auf dem Tisch abstellte.

Misstrauisch blickte sie sich um, ob wieder Sachen anders dastanden als zuvor. Erleichtert erkannte sie, dass dies nicht der Fall war. Als sie sich ans Fenster stellte, um zu Finnley hinüberzublicken, kam ihr in den Sinn, dass irgendetwas an der Situation soeben komisch gewesen war. Doch was war es?

Mit einem Mal wusste sie es und machte sich sofort wieder auf den Weg nach unten. Im Café angekommen, schaute sie sich nach Tiara um, die sie nicht sehen konnte. Aus dem Raum hinter der Küche, wahrscheinlich die Speisekammer, hörte sie Geräusche, als würde jemand Flaschen einräumen.

Lisa war froh, dass Tiara weg war, denn das, was ihr Interesse geweckt hatte, stand auf dem Tresen. Es war der Laptop, den Tiara vorhin geöffnet vor sich stehen gehabt hatte. Das Notebook stand noch genauso da und befand sich nur im Schlafmodus. Nach einer flinken Bewegung leuchtete der Bildschirm wieder auf und Lisa erkannte augenblicklich, dass sie recht hatte. Vor sich sah sie die Internetseite des Motels. Es waren zwei Dinge, die sie schockierten. Einmal der große rote Schriftzug, der quer über der Seite erschien: »Motel geschlossen.« Des Weiteren das Zeichen unten am Bildschirm, das ihr zeigte, dass dieser Laptop Internetempfang hatte. Lisa lief ein eiskalter Schauer den Rücken hinunter. Tiara hatte sie die ganze Zeit über angelogen! Was führte sie im Schilde?

KAPITEL 26

FINNLEY

Die Begegnung mit Tiara hatte ihn aufgewühlt. Vielleicht war es aber auch das Wiedersehen mit der schönen Biologin. Aber war sie das überhaupt oder doch eine Journalistin, die nur seine Geschichte verkaufen wollte?

Zumindest war er froh, als er wieder bei seinem Haus ankam. Hier fühlte er sich sicher. Noch einmal blickte er hinüber zum Festland, das ihm oft so weit entfernt vorkam. Doch es war nicht das Land, sondern es waren die Menschen, die darauf lebten, die sich immer weiter von ihm distanzierten. Meist redete er sich ein, dass ihm dies gerade recht sei. Bei den Begegnungen mit der Biologin wünschte er sich allerdings, etwas mehr Erfahrung im Umgang mit Menschen zu haben.

Wieder dachte er an die Situation, als sein Vater ihn gezwungen hatte, sich bei Tiara zu entschuldigen. Vermutlich wäre es ihm leichter gefallen, wenn sein Dad ihn nicht begleitet hätte. Ständig hatte er das Gefühl, etwas falsch zu machen. Die Angst, ihn wütend zu stimmen, lähmte und verunsicherte ihn.

Schweigend war er mit seinem Vater über die Sandbank zum Festland hinübergegangen. Kurz davor hatten sie beobachtet, wie Tiara mit ihren Krücken aus dem Schulbus stieg. Ein Anblick, der Finnley schmerzte. Natürlich trug er eine Mitschuld an dem, was passiert war. Ihm war klar, dass er noch einmal hätte zu ihr gehen müssen, um sich bei ihr zu entschuldigen. Ihr Geburtstag vor ein paar Tagen wäre ein guter Anlass gewesen, doch Finn hatte sich nicht dazu überwinden können.

Er konnte sich noch sehr gut an den Moment erinnern, als sie das Motel betreten hatten. Mr und Mrs Brown standen hinter dem Tresen, während ihre Tochter davorsaß und einen Teller mit dampfenden Nudeln vor sich stehen hatte. Außer ihnen waren keine Gäste in dem Café, was sehr gelegen kam. Unnötigerweise schubste sein Vater ihn vor sich her, was bei Familie Brown sicherlich den Eindruck erweckte, als wollte er sich gar nicht entschuldigen. Als Finnley direkt vor Tiara stand, stammelte er den auswendig gelernten Text, was sich nicht gerade überzeugend und von Herzen kommend anhörte.

Während ihre Eltern seine Entschuldigung zu schätzen schienen, blickte Tiara ihn nur herausfordernd an. »Meinst du das wirklich?«, wollte sie wissen.

»Ja. Natürlich.«

Aus dem Augenwinkel beobachtete Finnley, dass Mr Brown seinen Vater in den hinteren Teil der Küche lockte, um ihn um Rat zum kaputten Herd zu fragen. Nachdem Mrs Brown ihm eine Limonade eingeschenkt hatte, zog sie sich ebenfalls dezent zurück, um sie allein zu lassen.

Finnley wartete gespannt auf Tiaras Antwort, ob sie seine Entschuldigung annehmen würde. Doch sie ließ ihn erst einmal zappeln und widmete sich ihrem Essen. Genüsslich schob sie sich eine Gabel nach der anderen in den Mund.

Dann drehte sie sich zu ihm und blickte ihn unverwandt an. »Magst du mich?«, war alles, was sie von ihm wissen wollte.

»Ja, natürlich«, antwortete Finnley etwas verunsichert.

»Und wie doll magst du mich?«, hakte sie nach, wobei sie ihn so mit ihren Augen fixierte, dass es ihm unangenehm wurde.

»Ich mag dich wie eine Freundin«, stammelte er, wobei er ihrem Blick ansah, dass sie etwas anderes erwartet hatte.

»Ich möchte wissen, ob du mich liebst«, fragte sie noch einmal flüsternd, aber energisch.

»Nein, das tue ich nicht«, gab Finnley ehrlich zurück. Warum sollte er sie anlügen?

Augenblicklich erkannte er an ihrem Gesichtsausdruck, dass dies die falsche Antwort gewesen war.

Tiaras Blick veränderte sich, ihre Augen verengten sich zu Schlitzen und ihre Mimik wirkte mit einem Mal völlig emotionslos. »Dann wirst du bald sehen, was du davon hast.«

»Wie meinst du das?«

»Ich werde dafür sorgen, dass du für immer auf der Insel bleiben musst!«

Zuerst dachte Finnley, Tiara mache einen Spaß, doch als er sie anblickte, wusste er, dass sie es ernst meinte. Noch heute erinnerte er sich an das Gefühl, das ihr Blick bei ihm ausgelöst hatte.

Finnley hatte Angst vor ihr.

KAPITEL 27

LISA

Sekundenlang blickte Lisa entsetzt auf den Monitor. Sie konnte nicht glauben, was sie sah. Es ergab für sie überhaupt keinen Sinn, dass Tiara sie angelogen und behauptet hatte, dass es kein Internet in dem Motel gebe. Aus dem Raum hinter der Küche hörte sie Tiara zufrieden vor sich hin summen, während sie Sachen einräumte.

Lisas Verstand sagte ihr, dass sie schnell von hier verschwinden musste. Ihre Beine versagten jedoch den Dienst. Wie angewurzelt blieb sie vor dem Laptop stehen und starrte auf den Bildschirm.

Erst als das Telefon hinter dem Tresen klingelte, löste sich ihre Starre und sie rannte die Treppe hinauf in ihr Zimmer. Dort lief Lisa vor dem Fenster auf und ab und überlegte, was sie tun konnte. Als sie hinüber zu Lobos Island blickte, sah sie Finnley von seinem Haus Richtung Leuchtturm gehen. Am liebsten wäre sie hinübergerannt, um ihn um Hilfe zu bitten. Die Geschichte, die sie gerade von Mary gehört hatte, hielt sie allerdings davon ab. Sie konnte schlecht einem Mörder in die

Arme laufen. Bei diesem Gedanken fühlte es sich an, als würde eine kalte Hand ihr Herz umgreifen.

Konnte sie sich so in einem Menschen täuschen? Sie bildete sich ein, dass er sie vorhin geradezu liebevoll angeschaut hatte. Vermutlich halluzinierte sie schon.

Immer wieder stellte sie irritiert fest, wie fasziniert sie von Finnley war. Sie konnte nicht anders, als ihn ständig zu beobachten, und war schon fast besessen von dem Gedanken, mehr über ihn zu erfahren. Obwohl der Verstand ihr riet, sich möglichst schnell aus dem Staub zu machen, verspürte sie den Drang, hierzubleiben. Bei ihm. Bei Finn. Sie konnte ihn nicht alleinlassen!

»Was mache ich jetzt?«, sprach sie flüsternd mit sich selbst. Als ihr Blick auf die Bücher auf dem Tisch fiel, wusste sie, was zu tun war. Hastig packte sie ihre Tasche mit dem Laptop und den wichtigsten Unterlagen und machte sich auf den Weg. Sie musste noch einmal zum Institut für Meeresbiologie fahren, um sich dort ins Internet einzuwählen. Inständig hoffte sie, dass sie Professor Hastings nicht über den Weg laufen würde. Sie musste es darauf ankommen lassen.

Lisa war unendlich froh, das Lobos Motel hinter sich zu lassen. Im Rückspiegel glaubte sie, durch den aufgewühlten Staub auf dem Parkplatz Tiara am Küchenfenster stehen zu sehen.

Sie hatte sich nicht von ihr verabschiedet. Warum sollte sie auch? Lisa vermutete, dass die neugierige Motelbesitzerin es kaum erwarten konnte, wieder in ihrem Zimmer herumzuschnüffeln. Diesmal hatte sie Fotos von ihren Sachen gemacht, um erkennen zu können, ob sie verschoben worden waren. So würde sie endgültig wissen, ob sie mit ihrer Vermutung richtiglag.

Der Ranger begrüßte sie wieder nett und sie überlegte kurz, ob sie ihn um Hilfe bitten könnte, sollte sie diese benötigen.

Doch noch hatte sie das Gefühl, die Situation unter Kontrolle zu haben.

Als Lisa den Highway One Richtung Norden entlangfuhr, beschloss sie, diesmal an dem malerischen Strand anzuhalten, an dem sie schon zweimal vorbeigefahren war. Sie benötigte dringend eine Pause. Da der Monastery Beach, wie er ausgeschildert war, nicht über einen Parkplatz verfügte, machte sie es wie die anderen Touristen und parkte am Straßenrand.

Bereits von Weitem hatte Lisa die Möwen auf der Suche nach Futter über der Meeresbucht kreisen sehen. Im Grunde musste man ihnen nur folgen, um ans Meer zu gelangen. Dort angekommen, zog sich Lisa augenblicklich die Schuhe aus, um barfuß über den Strand zu laufen und den warmen Sand zwischen ihren Zehen zu spüren. Sie liebte die Geräusche um sich herum. Das Geschrei der Möwen hörte sich an wie Gelächter und das Rauschen der Wellen hatte etwas Beruhigendes.

Lisa überlegte, wie lange sie keinen Urlaub am Meer gemacht hatte. Viel zu lange, das stand fest.

Genussvoll schloss sie die Augen und nahm den Geruch von Seegras wahr, der mit dem Wind zu ihr getragen wurde, genauso wie ein Hauch von Meersalz, der sich auf ihre Haut legte. Während sie sich an den Strand setzte, beobachtete sie den Nebel am Horizont, der mit dem Ozean zu verschmelzen schien und ihr das Gefühl von Unendlichkeit gab. Ich hätte hier einfach nur Urlaub machen sollen, dachte sie sich in dem Moment.

Niemals hätte sie erwartet, dass ihre Mission, etwas über die Pelikane herauszufinden, so kompliziert werden würde. Doch das war sie mittlerweile. Noch dazu irritierten sie ihre Gefühle. Sie musste zugeben, dass ihr der Leuchtturmwärter viel besser gefiel, als sie sich eingestehen wollte. Sie fühlte sich auf unerklärliche Weise zu ihm hingezogen. Zu einem Mörder?

Lisa ließ sich zurück in den Sand sinken und blickte in den Himmel, als könnte sie dort eine Antwort finden. Gern hätte sie hier Stunden verbracht und einfach die Natur und das Meer genossen, doch ihre innere Unruhe trieb sie weiter. Sie musste herausfinden, was es mit dem auf sich hatte, was Mary ihr erzählt hatte.

Beim Institut für Meeresbiologie angekommen, parkte sie ihren Wagen etwas abseits, um nicht gesehen zu werden. Am liebsten hätte sie Mütze und Sonnenbrille getragen, um getarnt in das Gebäude zu gelangen. Sie hoffte, unerkannt die Bibliothek zu erreichen und sich dort an einen der Computer setzen zu können. Im Grunde durfte sie nur nicht Professor Hastings oder seiner Assistentin in die Quere kommen.

Erleichtert atmete Lisa auf, als sie sah, dass eine andere Dame am Empfang der Bibliothek saß. Wäre es dieselbe wie beim letzten Mal gewesen, hätte sie sie vermutlich erkannt und aufgefordert, die Bücher wieder zurückzubringen.

Auf leisen Sohlen schlich Lisa durch die Bibliotheksgänge, bis sie einen freien PC fand, an den sie sich setzte. Den Log-in und das Passwort kannte sie bereits.

Noch bevor sie ihre E-Mails checkte, öffnete sie Google, um zu recherchieren. Sie platzte fast vor Neugier. Sicherlich könnte sie auch in den katalogisierten Tageszeitungen nachschauen, was damals geschehen war, aber das würde vermutlich zu viel Aufsehen erregen. Sie war froh, unerkannt bis hierhin gekommen zu sein, und wollte niemanden bei ihrer Suche um Hilfe bitten und so auf sich aufmerksam machen.

Als Erstes gab Lisa den Namen Finnley Castor ein, um festzustellen, dass es über ihn kaum Interneteinträge gab. Lediglich beim Impressum der Gemeinde Carmel wurde erwähnt, dass der momentane Leuchtturmwärter diesen Namen trug.

Was hatte Mary doch gleich gesagt, wie seine Mutter hieß? Margret?

Auch diese Suche ergab zuerst äußerst wenig, bis Lisa von der Bibliothek gescannte Zeitungsartikel der Neunzigerjahre durchsuchte und einen Artikel der lokalen Polizei fand, in dem diese mitteilte, dass die Suche nach Margret Castor eingestellt worden war.

Zufällig stieß sie auf einige Einträge zu einem gewissen Stanley Castor, der mittlerweile verstorben war und vom Alter her Finnleys Großvater sein musste. Sogar Fotos fand sie von dem Mann und dachte, dass er Finnley ein wenig ähnlich sah. Zumindest hatte er die gleichen leuchtend grünen Augen wie sein Enkel. Die Bilder waren allerdings etwas unscharf.

Hierauf gab sie als Suchbegriff »Lobos Motel« ein, was einige Treffer ergab. Vieles davon waren Websites, auf denen man ein Zimmer buchen konnte, so wie sie es vor ein paar Tagen getan hatte. Was sie vorhin auf Tiaras Laptop gesehen hatte, bestätigte sich, denn bei allen Seiten sah sie den Vermerk: »Not available – nicht verfügbar.«

Am meisten interessierten sie die erst kürzlich erschienenen Berichte über ihre Unterkunft. Überrascht las sie, dass das Motel bereits vor Jahren kurz vor dem Bankrott gestanden hatte. Wie sie in einem Artikel lesen konnte, half die Gemeinde Carmel nur widerwillig, die Unterkunft vor der Schließung zu retten. Dies konnte Lisa den Leserbriefen entnehmen, die dem Bericht folgten. Einem anderen Beitrag entnahm sie, dass Mr und Mrs Brown ihr kleines Motel stets mit Herzblut geführt hatten. Auf dem Foto, das von den beiden abgebildet war, fand sie das Ehepaar sympathisch.

Anscheinend hatten sie mit ihrem Motel nie richtig gut Geld verdienen können und waren immer nur so über die Runden gekommen. Ähnlich schien es nun Tiara zu gehen. Warum sie dann allerdings nicht mehr Gäste aufnahm, um

Geld zu verdienen, erschloss sich Lisa nicht. Inständig hoffte sie, dass der Ranger nicht mit seiner Vermutung richtiglag und Tiara mit ihr allein sein wollte. Aus welchem Grund?

Ihr lautes Magenknurren zeigte ihr überdeutlich, dass es Zeit war für eine Pause. Erstaunt stellte Lisa fest, dass sie bereits seit drei Stunden fast ergebnislos im Internet recherchierte. Erst jetzt verspürte sie, welchen Hunger sie hatte, und aß heimlich zwei ihrer Müsliriegel, da sie vermutete, dass essen in der Bibliothek verboten war. Ihren Durst stillte sie an einem der Wasserspender, wobei das Wasser ähnlich komisch schmeckte wie im Motel.

Als sie wieder an ihrem Platz saß, beschloss sie, erst einmal ein paar E-Mails zu versenden, bevor sie weiterrecherchierte. Lisa hatte vermutet, unzählige Nachrichten ihrer Mutter im Postfach zu haben, die sich Sorgen machte, fand jedoch keine einzige. Vermutlich kam ihr selbst der Aufenthalt hier in Kalifornien viel länger vor als den Daheimgebliebenen. Es war einfach zu viel geschehen, seitdem sie im Lobos Motel angekommen war.

Mit neuem Elan machte sie sich noch einmal an die Internetrecherche nach Finnley. Diesmal fand sie einen Artikel, der leider genau das bestätigte, was Mary ihr zuvor erzählt hatte.

Es war ein kurzer Polizeibericht, der völlig emotionslos verfasst war. Darin wurde berichtet, dass nach dem Fund des Bootes des zehn Monate zuvor verschollenen Leuchtturmwärters Jack Castor davon ausgegangen werde, dass sein Sohn für dessen Tod verantwortlich sei. Das Boot sei so manipuliert worden, dass es untergehen musste, und Castor sei Nichtschwimmer gewesen. Der Junge wurde vernommen und bestritt die Tat. Da er laut Jugendgesetz noch nicht strafmündig war, wurde er wieder entlassen und zurück zum Leuchtturm gebracht, wo sich das Jugendamt um ihn kümmern wollte.

Mit Bestürzung las Lisa die Zeilen, wobei sie wusste, dass zumindest der letzte Satz nicht stimmte. Niemand hatte sich um Finnley gekümmert, wie es Mary gesagt und auch Tiara angedeutet hatte. Sonst wäre er vermutlich nicht so sonderbar geworden.

Was er als Kind durchmachen musste!, dachte Lisa bestürzt. Sie konnte nach wie vor nicht glauben, dass Finnley ein Mörder war. Diese Vorstellung tat ihr in der Seele weh.

Nachdem sie ihre spärlichen Suchergebnisse ausgedruckt hatte, wollte sie sich wieder auf den Rückweg machen. Mittlerweile war sie erschöpft und hungrig.

Als Lisa die Bibliothek verlassen wollte, vernahm sie eine ihr bekannte Stimme. Erschrocken hielt sie inne, da ihr klar wurde, dass Professor Hastings ganz in ihrer Nähe war. Wie beim letzten Mal erblickte sie ihn durch die Bücherregale. Er unterhielt sich mit einem Mann, den sie nicht kannte und der um einiges jünger war als er. Vermutlich ein Student, mutmaßte Lisa. Leider standen die beiden Männer direkt vor dem Ausgang, sodass sie nicht an ihnen vorbeihuschen konnte. Leise schlich Lisa ein wenig näher, um verstehen zu können, was sie beredeten.

Als sie hörte, was Hastings gerade sagte, wäre ihr beinahe ein Ausruf des Entsetzens entwichen. »Wir müssen verhindern, dass die Deutsche Castor zu nahe kommt«, hörte sie Hastings sagen.

»Wie soll ich das anstellen, Professor?« Der Student schien verwirrt.

»Das weiß ich nicht.« Hastings wirkte gehetzt, blickte nach links und rechts, um zu sehen, ob ihnen jemand zuhörte. Zum Glück schaute er nicht in ihre Richtung durch das Bücherregal, hinter dem sie sich geduckt hatte. »Eine andere Lösung wäre, an Castors Rechercheergebnisse zu gelangen, bevor sie es tut!«

»Warum sind Sie sich so sicher, dass der Leuchtturmwärter Ergebnisse hat?«

»Weil er seit zwanzig Jahren die Pelikane markiert, wobei er mittlerweile ein ausgeklügeltes System hat. Warum sonst sollte er dies tun, wenn er sich nicht irgendwelche Notizen dazu macht? Ich bin mir sicher, dass er weiß, warum sich die Pelikane auf seiner Insel vermehren. Er kennt das Geheimnis der Pelikane!«

Während Hastings dies sagte, packte er den Studenten an seinem Strickpullover und zog ihn immer näher an sich heran, bis sich ihre Nasen beinahe berührten. Seine Gestik war äußerst aggressiv. »Außerdem hat mir eine gewisse Miss Brown verraten, wo er vermutlich seine Aufzeichnungen versteckt hat«, hauchte er ihm ins Gesicht.

»Lassen Sie das!«, forderte der Student ihn auf und wich empört einen Schritt zurück.

»Ach? Und ich dachte, Sie wollen bei mir promovieren?« Hastings' Stimme klang süffisant. Wie skrupellos er sein musste, den Studenten einfach so zu erpressen.

»Gut. Was soll ich machen?«

»Mich begleiten! Nach Einbruch der Dunkelheit fahren wir nach Lobos Island und schauen uns um.«

»Und was sagen wir diesem Castor?«

»Das sehen wir dann. Im Notfall gar nichts.« Hierbei deutete er auf seine geballte Faust.

Was der Student hierauf antwortete, konnte Lisa nicht mehr verstehen, da sie sich entfernten und bereits um die nächste Ecke verschwunden waren.

Lisa konnte nicht glauben, was sie gerade gehört hatte. Das gibt es doch nicht. Ich muss Finnley sofort warnen!, dachte sie verzweifelt und überlegte, wie sie hier am schnellsten rauskäme, ohne Hastings noch einmal über den Weg zu laufen.

»Gibt es hier eigentlich einen Hintereingang, Madam?«, fragte sie die zuvorkommende Dame an der Ausleihe.

»Ja, auf der anderen Seite des Gebäudes. Ab 17 Uhr ist dieser allerdings verschlossen. Sie haben noch zehn Minuten.«

Mit hastigen Schritten eilte Lisa auf den zweiten Ausgang zu, ohne darauf zu achten, ob sie zu laut war und die Studierenden störte. Als sich die Tür öffnen ließ, die direkt auf den Parkplatz führte, atmete sie erleichtert auf. So schnell sie konnte, rannte sie zu ihrem Mietwagen und durchwühlte ihre Taschen nach dem Schlüssel.

»Das darf doch nicht wahr sein!«, stieß sie aus, als dieser nirgends aufzufinden war. Sie musste den Autoschlüssel in der Bibliothek verloren haben. Vermutlich, als sie sich geduckt hatte, um nicht vom Professor gesehen zu werden.

»So ein Mist aber auch!« Lisa musste noch einmal zurück in die Bücherei gehen, um nach dem Schlüssel zu suchen. Die andere Möglichkeit wäre, ein Taxi zu nehmen, das bis nach Point Lobos vermutlich ein halbes Vermögen kosten würde.

Das Glück schien nicht auf ihrer Seite zu sein, denn der Nebeneingang war verschlossen. Ein Schild verriet, dass sich diese Tür nur von innen öffnen ließ. Also musste Lisa die ganze Prozedur noch einmal wiederholen und am Empfang und der Dame in der Bücherei vorbeilaufen.

Immerhin hatte sie an diesem Tag nicht nur Pech. Ohne Zwischenfragen oder Hastings zu begegnen, erreichte sie die Bibliothek und fand tatsächlich in besagtem Gang den Wagenschlüssel. Genau an dem Platz, wo sie vermutet hatte, lag er auf dem Boden. Lisa hätte vor Glück jubeln können.

Leider hatte sie für das ganze Manöver natürlich mehr als zehn Minuten gebraucht, weshalb der Hinterausgang mittlerweile verschlossen war.

Lisa spürte, wie sich ihr Puls beschleunigte, als sie den Weg wieder zurückrannte. Unnötigerweise rempelte sie an einer unübersichtlichen Ecke den Studenten an, mit dem Hastings gesprochen hatte. Ohne ihn eines Blickes zu würdigen oder sich zu entschuldigen, rannte sie weiter. Sie hatte Wichtigeres zu tun!

Als sie nach dem gefühlten Marathon in ihrem Mietwagen saß, musste sie erst einmal verschnaufen. Ihr Herz raste. Der Schweiß stand ihr auf der Stirn. Das war einfach zu viel der Aufregung.

Lisa ließ den Motor an und es ertönte ein Geräusch, das sie zuvor noch nicht gehört hatte. Ein Blick auf das Armaturenbrett zeigte eine rot leuchtende Zapfsäule, was bedeutete, dass der Wagen gerade auf die Reserve geschaltet hatte. So ein Mist aber auch!

Unmöglich käme sie mit dem restlichen Benzin bis Lobos Island. Zumindest wollte sie das nicht ausprobieren. Wenn sie am Highway One liegen bliebe, hätte sie ein noch größeres Problem.

Lisa erinnerte sich, auf der Herfahrt vom Flughafen eine Tankstelle gesehen zu haben, die zwar in der anderen Richtung lag, aber vermutlich nur ein paar Minuten entfernt war. Sie verfluchte sich, dass sie sich noch keine amerikanische SIM-Karte gekauft hatte. Dann hätte sie einfach das Navi an ihrem Mobiltelefon nutzen können, um die nächstgelegene Tankstelle zu finden. Ganz zu schweigen davon, dass sie hätte telefonieren können. Aber wen hätte sie überhaupt anrufen sollen?

Hätte, hätte, Fahrradkette, kam ihr der blöde Spruch in den Sinn, den ihre Mutter so oft von sich gab, während sie mit quietschenden Reifen den Parkplatz verließ.

Lisa fiel es schwer, sich auf den Weg zu konzentrieren, da sie immer wieder an die Worte von Professor Hastings denken musste. Offensichtlich hatte Tiara ihm verraten, wo er die Unterlagen finden konnte. Lisa fühlte sich schlecht, weil sie die Motelbesitzerin mit ihrer Recherche vermutlich erst auf diese

Idee gebracht hatte. Sie fragte sich, ob Tiara vielleicht Geld dafür bekommen hatte. Wie sie bei ihrer Internetsuche herausgefunden hatte, stand es ja nicht gerade rosig um das Motel.

Es war wirklich ungeheuerlich, wozu die Menschen fähig waren, wenn es um Ruhm oder Geld ging.

Kapitel 28

Finnley

Als Finnley von seinem Rundgang über die Insel zurückkam, blickte er zum Motel hinüber und sah einen Wagen auf den Parkplatz fahren. Das musste die Biologin sein, die mit ziemlicher Geschwindigkeit anrauschte, denn der State Park war bereits geschlossen.

Er mochte den Ranger, der immer überpünktlich, wenn die Sonne den Horizont küsste, die Schranke schloss. Er war der einzige Mensch, mit dem er sich ab und zu länger unterhielt. Der Ranger wirkte nicht wie die anderen Leute vom Land, die ihn herablassend, forschend oder sogar verängstigt anblickten. Fast schien es, als würde er die Geschichten aus der Vergangenheit nicht kennen. Zumindest wirkte er unvoreingenommen, was Finnley guttat.

Kurz hielt er inne und blickte hinüber. Vor ein paar Stunden hatte er beobachtet, wie die Biologin weggefahren war. Auch da schien sie es eilig gehabt zu haben, wie er an dem aufgewühlten Staub erkennen konnte, den ihr Wagen hinterließ.

Es ärgerte ihn, dass er ständig das Bedürfnis hatte, sie zu beobachten. Auch irritierten ihn die Gefühle, die die Fremde bei ihm auslöste. Dass sie bei Tiara wohnte, machte die Situation nicht gerade besser.

Tiaras Verhalten vorhin hatte ihm gezeigt, dass sie ihm nach wie vor übel nahm, dass er sie damals abgewiesen hatte. Seit fast zwanzig Jahren wollte sie sich deshalb an ihm rächen. Wie konnte man nur so nachtragend sein?

Finnley trat in sein Haus und beschloss, heute nicht mehr zum Motel hinüberzuschauen. Er wollte sich nicht von seinen Gefühlen steuern lassen. Der innere Drang, nach dieser Frau Ausschau zu halten, verunsicherte ihn.

In seinem Wohnzimmer ging er zum Kamin, um ein Feuer anzumachen, wobei sein Blick auf die Muschelkette fiel, die er darüber aufgehängt hatte – das Einzige, was ihm von seiner Mutter geblieben war. Während er die Lebensmittel, die er vorhin nur auf dem Tisch abgestellt hatte, in die Küche räumte, schweiften seine Gedanken wieder in die Vergangenheit.

Er konnte sich gut daran erinnern, wie hungrig er damals immer gewesen war. Oft ging er zum Laden von Mary hinüber, mit nur ein paar Cent in der Tasche, da sein Vater über die Jahre den Geldvorrat für Whiskey ausgegeben hatte. Ein wenig Geld hatte er noch im Versteck seiner Mutter übrig, aber davon kaufte er sich meist nur ein Stück Brot oder einen Apfel. Obwohl Mary ihn immer misstrauisch anblickte wie die meisten Menschen vom Land, schien sie Mitleid mit ihm zu haben. Häufig schenkte sie ihm Lebensmittel, wofür er ihr sehr dankbar war. Zum Dank gab er Mary einmal eine kleine Schachtel, die er mit Muscheln beklebt hatte. Gerührt nahm sie sein Geschenk entgegen. Noch heute stand die Dose neben ihrer Kasse, um Pennys darin zu sammeln.

Obwohl er wieder im Haus lebte, anstatt sich auf der Insel zu verstecken, hatte er seinen Vater damals kaum gesehen. Dieser schien mittlerweile auch im Schuppen zu schlafen. Manchmal hörte er ihn unten in der Küche hantieren und vor sich hin schimpfen, was ihm sagte, dass er ihm lieber nicht in die Quere kommen sollte. All die Jahre war er seinem Vater aus dem Weg gegangen. Daran hatte sich nichts geändert.

Manchmal sah er ihn in Richtung Strand laufen, um fischen zu gehen. Meist konnte er dann ein paar Stunden später den köstlichen Geruch wahrnehmen, wenn sein Vater den Fisch vor dem Schuppen grillte. Finnley konnte sich daran erinnern, wie ihm das Wasser im Mund zusammenlief und sich sein Magen vor Hunger zusammenzog, wenn er den leckeren Geruch wahrnahm. Aber niemals bot ihm sein Vater etwas von dem Essen an, das er sich zubereitete. Manchmal kam es ihm vor, als hätte er vergessen, einen Sohn zu haben.

An diesem Tag war es schon spät, als sein Vater zum Angeln aufbrach. Finnley beobachtete ihn durch sein Dachfenster und beschloss, ihm zu folgen, in sicherem Abstand natürlich. Von Weitem sah er seinen Vater in das Ruderboot steigen, wobei er stark schwankte. Ihm war klar, dass er viel Whiskey getrunken haben musste. Es dämmerte bereits, ähnlich wie am heutigen Abend, und der Küstennebel verdichtete sich zusehends.

Als Finnley am Strand ankam, sah er das Ruderboot gerade noch im Nebel verschwinden. Er wusste nicht, warum, aber er rief seinem Vater hinterher. Vermutlich, weil er sich Sorgen machte. Doch dieser reagierte nicht.

Finnley wartete vergebens am Strand, während sich immer mehr Pelikane zu ihm gesellten. Schon damals ahnte er, dass die Vögel von nun an seine Familie sein würden.

Wochenlang suchte er täglich am Strand und im Schuppen nach seinem Dad. Vergebens – er kam niemals von seinem Angelausflug zurück. Nun war er völlig allein …

Erschrocken fuhr er zusammen, als eines Morgens die Polizei an die Tür klopfte. Nicht gerade freundlich baten ihn die Beamten, mitzukommen. Auf dem Polizeirevier erklärten sie ihm, dass er verdächtigt werde, seinen Vater umgebracht zu haben. Worte, die für ihn zuerst gar keinen Sinn ergaben. Bitterlich weinend fragte er immer wieder, was geschehen sei, bis ihm die Beamten endlich erklärten, was vorgefallen war. Das Motorboot war hundert Meilen weiter südlich wieder aufgetaucht, von seinem Vater fehlte allerdings jede Spur. Bei näherer Untersuchung wurde festgestellt, dass das Boot so manipuliert worden war, dass es untergehen musste. Sein Vater war einem Verbrechen zum Opfer gefallen. Für die Polizisten war klar, dass kein anderer außer ihm der Täter sein konnte.

Als er damals in seiner Wut im Schulbus verkündet hatte, sich an seinem Vater und Steven zu rächen, hatten es alle Kinder und der Busfahrer gehört. Natürlich hatte er dies nur so dahingesagt, aber für alle Einwohner Carmels stand fest: Er hatte das Verbrechen sogar angekündigt.

KAPITEL 29

LISA

Als Lisa wieder beim Motel ankam, dämmerte es bereits. Für den spektakulären Untergang, auf den sich die Sonne vorbereitete, hatte Lisa im Moment nichts übrig. Ihr schwirrten immer noch die Worte von Professor Hastings im Kopf herum.

Bei Dunkelheit wollten der Professor und sein Student zuschlagen, womit ihr nicht mehr viel Zeit blieb, um Finnley zu warnen. Lisa ärgerte sich, dass das Tanken sie so viel Zeit gekostet hatte. Sonst wäre sie zwanzig Minuten früher hier gewesen.

Nachdem sie ihren Mietwagen auf dem Parkplatz abgestellt hatte, wollte sie sich schnell auf ihr Zimmer begeben, um sich etwas anderes anzuziehen und auf den Weg zur Insel zu machen. Als sie durch das Café lief, sah sie Tiara nicht, allerdings hatte ihr Auto auf dem Parkplatz gestanden, was bedeutete, dass sie sich irgendwo im Haus aufhalten musste.

»Wohin denn so eilig?«, vernahm sie ihre Stimme, als sie gerade die Treppe hinaufrennen wollte.

»Ich möchte mich nur schnell umziehen; habe etwas geschwitzt bei meiner Wanderung«, behauptete Lisa, die schon immer eine schlechte Lügnerin gewesen war. Warum war sie ihr überhaupt Rechenschaft schuldig?

»Ach, wo warst du denn wandern?«, wollte Tiara wissen. Aus irgendeinem Grund kam es Lisa so vor, als wüsste sie alles und es sei völlig sinnlos, sie anzulügen.

»Beim Monastery Beach«, fiel ihr zum Glück der Name des Strandes wieder ein. Um weiteren Fragen zu entgehen, eilte sie die Treppe hinauf, ohne Tiara noch einmal anzublicken.

In ihrem Zimmer angekommen, merkte Lisa augenblicklich, dass Tiara wieder dort herumgeschnüffelt hatte. Obwohl einige Sachen nur ein wenig anders dalagen, war es offensichtlich. Kurz kam Lisa der Gedanke, dass Tiara vielleicht beabsichtigte, dass sie dies merkte.

Rasch suchte Lisa ihre Sportschuhe heraus, mit denen sie die Landzunge am schnellsten überqueren konnte. Auch zog sie sich eine Sporthose an, da sie wusste, dass sie rennen würde, soweit das möglich war.

Sie war erschöpft und hungrig. Am liebsten hätte sie eine Pause eingelegt, doch dafür war keine Zeit. Im Vorbeigehen schnappte sie sich eine Banane, die sie am Morgen gekauft hatte, und ging ins Bad, um sich zu erfrischen. Das kühle Wasser auf ihrem Gesicht zu spüren, tat gut und beruhigte sie für einen Moment.

Doch was war das? Erschrocken horchte sie auf. War da gerade ein Geräusch an ihrer Zimmertür gewesen? Es hatte sich angehört, als hätte jemand das Zimmer betreten.

Schnell trocknete sie ihr Gesicht ab und trat aus dem Bad, um zu überprüfen, ob Tiara sich im Raum befand. Fehlanzeige.

Doch was war das für ein Geräusch gewesen? Auch jetzt konnte sie ganz deutlich hören, dass sich jemand im Flur befand. Direkt vor ihrem Zimmer. Die Schritte bewegten sich langsam weg.

Lisa stürzte zur Tür, um diese zu öffnen, was allerdings nicht ging.

Habe ich die Tür abgeschlossen?, fragte sie sich und blickte sich suchend im Zimmer um. Wo hatte sie nur den Schlüssel hingelegt?

Panisch suchte sie nach dem Zimmerschlüssel, fand ihn jedoch nirgends. Innerhalb von ein paar Millisekunden setzten sich die Puzzleteile in ihrem Kopf zusammen. Tiara musste ihr Zimmer kurz betreten haben, während sie im Bad war, um ihren Zimmerschlüssel zu nehmen und von außen abzuschließen. Lisa war in dem Zimmer eingesperrt!

Hektisch blickte sie sich um. Auch die Fenster ließen sich nicht öffnen, wie sie bereits wusste. Der Höhenunterschied zum Boden war nicht allzu hoch, somit hätte sie zur Not aus dem Fenster springen können, wenn sich dieses hätte öffnen lassen. Unruhig lief sie im Zimmer hin und her, klopfte an der Tür und rief Tiaras Namen, obwohl sie wusste, dass das wenig brachte. Schließlich hatte Tiara sie absichtlich eingeschlossen. Warum tat sie das nur?

Wusste sie, dass Professor Hastings heute zu Finnley gehen wollte, um die Dokumente zu suchen? Ahnte sie, dass Lisa dies verhindern wollte? Würde sie dann kein Geld für ihren heißen Tipp bekommen?

Kurz hielt Lisa inne, um zu Lobos Island hinüberzublicken. Sie sah Licht in Finnleys Haus, und das Leuchtfeuer im Leuchtturm brannte – wie jeden Abend.

Ob sie ihm Lichtzeichen machen konnte?

Kurzerhand entschied sie sich, mit der Lampe in ihrem Zimmer SOS-Zeichen zu geben. Das hatte sie als Pfadfinderin gelernt. Drei Mal kurz, drei Mal lang und drei Mal kurz.

Nachdem sie den Lichtschalter ein paarmal betätigt hatte, um die Lichtsignale zu geben, tat sich auf einmal nichts mehr. In ihrem Zimmer blieb es dunkel. Noch einmal versuchte sie es – ohne Erfolg. Tiara hatte ihr den Strom abgestellt, diese Schlange!

Das konnte doch nicht wahr sein! Lisa hätte sich die Haare raufen können, da sie nicht wusste, was sie nun tun sollte.

Bis zu diesem Moment war sie nur sauer gewesen. Und hilflos. Doch als sie nun den Geruch von Feuer wahrnahm, machte sich Panik in ihr breit. Sie hielt inne, um sicherzustellen, dass sie sich das nicht nur einbildete. Doch sie nahm den Geruch deutlich wahr. Irgendwo im Motel brannte es!

In Sekundenbruchteilen lief ein ganzer Film vor ihren Augen ab. Sie sah Tiara, die mit dem Geld der Versicherung das Motel nach einem verheerenden Brand wieder aufbauen konnte und all ihre Geldsorgen los war. Und eine Sorge mehr: ihre lästige Besucherin Lisa.

Noch nie hatte Lisa solche Furcht verspürt wie in diesem Augenblick. Ihr wurde heiß, während ihre Hände eiskalt waren. Ihre Atmung war unregelmäßig und ihr Herz raste. Sie hatte die Befürchtung, dass im nächsten Moment die Panik überhandnehmen und sie nichts mehr tun könnte, als sich selbst ihrem Schicksal zu überlassen.

»Nicht aufgeben! Mach was!« Mit lauter Stimme redete sie sich selbst Mut zu. Ihre Augen mussten sich erst an die Dunkelheit gewöhnen, die immer nur für ein paar Millisekunden vom Leuchtfeuer des Leuchtturms unterbrochen wurde. Lisa nutzte diese Zeit, um sich zur Zimmertür vorzuarbeiten. Mit voller Kraft hämmerte sie gegen die Tür, um Tiara zur Besinnung zu bringen.

Tatsächlich antwortete sie ihr. Was sie sagte, ergab allerdings keinen Sinn. »Du dachtest wohl, du könntest mir Finn wegnehmen, was?«, glaubte Lisa zu verstehen. Tiara musste etwas weiter weg im Flur stehen. Zumindest stand sie nicht direkt vor ihrer Zimmertür, dann hätte sie sie besser verstanden.

»Was redest du da?«, rief Lisa zurück, während sie sich weiter nach einer Möglichkeit umschaute, wie sie aus dem Zimmer herauskommen könnte. Hektisch rüttelte sie am Türknopf.

»Da kommst du nicht raus!«, vernahm sie Tiaras gedämpfte Stimme.

»Was soll das, Tiara? Lass uns in Ruhe über alles reden«, versuchte sie an die Vernunft der verrückten Motelbesitzerin zu appellieren.

»Dafür ist es jetzt zu spät. Ich habe die Blicke gesehen, mit denen ihr euch anschaut.« Tiara schien näher gekommen zu sein, denn nun konnte Lisa sie besser hören.

»Was soll das, Tiara? Falls das ein Scherz sein soll, ist es nicht witzig.«

»Ein Scherz?« Tiaras Stimme überschlug sich. Mittlerweile war Lisa klar, dass die Frau geisteskrank sein musste. Sie schien eine völlig verzerrte Wahrnehmung der Realität zu haben.

»Keine Frau soll Finnley bekommen, dafür werde ich schon sorgen.«

»Ich interessiere mich nicht für Finnley.«

»Du lügst!«

Lisa lehnte sich verzweifelt mit dem Rücken an die Tür und überlegte, was sie tun konnte. Offenbar war Tiara in Finn verliebt. Mehr noch: Sie beanspruchte ihn für sich selbst. War ihr da etwas entgangen? Die beiden waren doch kein Liebespaar!

»Ich interessiere mich nur für die Pelikane«, log Lisa, der selbst klar war, dass sie sich in Finn verguckt hatte. Aber sollte sie deswegen sterben?

»Du lügst!«, rief Tiara erneut, die sich wieder zu entfernen schien.

»Warum riecht es hier nach Feuer?«, brüllte Lisa durch die Tür, rechnete aber nicht wirklich mit einer Antwort.

Wie erwartet, blieb diese aus. Stattdessen sagte Tiara etwas, das völlig aus dem Zusammenhang gerissen war: »Ich weiß übrigens, was mit Finnleys Mutter passiert ist!«

Was sollte das nun?

»Was ist denn mit ihr passiert?«, ging Lisa auf das Spiel ein, da sie nicht wollte, dass Tiara wegging. Sie hatte noch immer die Hoffnung, sie überreden zu können, die Tür wieder zu öffnen. Doch ihre Frage blieb unbeantwortet. Auch als sie noch einmal ihren Namen rief, bekam sie keine Antwort. Tiara war gegangen und hatte sie in dem Zimmer zurückgelassen, aus dem sie nicht herauskam, während es irgendwo im Haus brannte.

Panisch blickte sie sich um und entdeckte den Feuerlöscher, der neben ihr an der Wand hing. Zum Glück ließ sich dieser leicht aus der Verankerung lösen und hatte genau das richtige Gewicht für ihren Plan. Kurz überlegte sie, ob es schlau war, den Feuerlöscher angesichts des Brandes zu opfern, erblickte jedoch nichts in dem Raum, das sich ähnlich eignete. Außerdem lief ihr die Zeit davon.

Mit Anlauf schleuderte sie den Feuerlöscher gegen ein Fenster und verspürte einen kurzen Moment der Erleichterung, als die Fensterscheibe in Tausende Teile zerbrach.

Lisa fühlte sich wie in einem Actionfilm, als sie den Bettbezug zerriss, um ihre Hände einzuwickeln, damit sie sich nicht an der Fensterscheibe verletzte. Dann trat sie ans Fenster und blickte hinab.

Vorher hat es nicht so hoch ausgesehen, dachte sie, während sie bereits einen Stuhl zu Hilfe nahm, um hinauszuklettern. Es blieb ihr keine andere Möglichkeit, als zu springen. Lisa war klar, dass sie geschickt landen musste, um ihren Fuß nicht erneut zu verletzen. Dann wäre ihr Fluchtplan passé. Außer dem Leuchtfeuer war sie von völliger Dunkelheit umgeben, was es nicht einfacher machte zu springen. Vorsichtig kletterte sie durch den Fensterrahmen, der noch mit einigen

235

scharfen Glassplittern gespickt war. Langsam ließ sie sich auf der anderen Seite herab, um den Abstand zum Boden zu verringern. Trotzdem kam es ihr unglaublich hoch vor. Als Lisa am Fensterrahmen hing, gab es kein Zurück mehr. Sie ließ sich fallen, wobei sie versuchte, nicht auf dem verletzten Fuß zu landen und sich abzurollen, wie sie es im Sportunterricht gelernt hatte.

Schmerzfrei war ihre Landung nicht, aber zumindest hatte das verletzte Fußgelenk nichts abbekommen. Nachdem sich Lisa aufgerappelt hatte und überprüfte, ob sie laufen konnte, war sie froh, erträgliche Schmerzen zu haben.

Während sie über die Wiese Richtung Treppe lief, blickte sie noch einmal zurück. Erleichtert stellte sie fest, dass Tiara ihr nicht folgte. Ein Feuer konnte sie nicht sehen, aber Rauch, der von der anderen Seite des Motels aufstieg.

So schnell ihr lädierter Knöchel es zuließ, lief sie zum Meer und die Treppe hinab, wo sie unentschlossen stehen blieb. Die Flut war in vollem Gange und das Wasser bereits viel zu hoch, als dass sie hätte über die Sandbank laufen können. Schwimmen war auch keine Option. Lisa versuchte, ihre Emotionen zu unterdrücken, um ruhig zu bleiben und nicht aufzugeben. In dem Moment fiel ihr Blick auf das alte Ruderboot zu ihrer Linken, das kurz von dem Leuchtfeuer angestrahlt wurde. Langsam ging sie darauf zu.

Lisa war hin- und hergerissen. Einerseits war ihr klar, dass das Wasser mittlerweile zu hoch war, als dass sie hätte hindurchlaufen können, andererseits sah das Ruderboot nicht gerade vertrauenerweckend aus.

Sie konnte schwer einschätzen, wie tief das Wasser war. Zumindest war sie sich sicher, dass sie an einigen Stellen schwimmen müsste. Da das Meer von beiden Seiten aufeinandertraf, entstanden in der Mitte gewaltige Wellen, die vermutlich selbst ein guter Schwimmer nur schwer bezwingen konnte. Hinzu kam die Kälte des Pazifiks. Lisa erinnerte sich noch gut an den

Schmerz, der sich wie Tausende Nadelstiche angefühlt hatte, als sie nach dem Gespräch mit Finn durchs Wasser zurücklaufen musste.

Wie es aussah, blieb ihr das Ruderboot als einzige Option, um auf die Insel zu gelangen. Sie musste nur ihre Angst vor dem Wasser überwinden, was leichter gesagt war als getan.

Entschlossen ging Lisa auf das Boot zu. Das Seil, mit dem es befestigt war, ließ sich leicht lösen. Trotzdem dauerte es eine Weile, da sie den Knoten nur lockern konnte, wenn das Leuchtfeuer in ihre Richtung schien. Ansonsten herrschte völlige Finsternis. Auch darüber durfte sie nicht nachdenken, denn in der Dunkelheit fühlte sie sich alles andere als wohl.

Immerhin lag ein Ruder in dem Boot, sonst wäre ihr Vorhaben schon hier gescheitert. Mühevoll schob sie das Holzboot über den Sand zum Wasser. Lisa fühlte sich, als hätte sie mit einem Mal übernatürliche Kräfte. Allein, wie sie das Fenster zerschlagen hatte und hinausgeklettert war, hätte sie sich niemals zugetraut.

Als sich das Boot im kniehohen Meer befand, sprang sie etwas ungelenk hinein und begann, hektisch zu rudern. Obwohl sie sich unglaublich anstrengte, bewegte sie sich nur langsam fort. Die ungestümen Wellen zu überwinden, war äußerst kräftezehrend.

»Du schaffst das!«, redete sie sich selbst ein und nahm all ihre Kräfte zusammen.

Tatsächlich entfernte sie sich langsam von der Küste, was sie allerdings alles andere als beruhigte. Ganz im Gegenteil: Das dunkle Meer, das sie umgab wie eine schwarze Masse, jagte ihr Angst ein. Die Weite des Ozeans, die sich in der Dunkelheit ausbreitete, gab ihr ein Gefühl der Einsamkeit und Machtlosigkeit. Sie war völlig auf sich allein gestellt und hatte niemanden in der Nähe, der helfen konnte.

Auch fürchtete sie die unvorhersehbaren Kräfte des Meeres. Strömungen, die ihr Boot jederzeit herumwirbeln konnten. Lisa war der Naturgewalt Wasser völlig ausgeliefert.

Wieder sah sie sich in Gedanken als Kind, wie sie in dem kleinen Rettungsboot auf dem Meer trieben. Stundenlang. Lisa spürte, dass ihre Atmung sich beschleunigte und sie wieder kurz vor einer Panikattacke stand. Sie kannte die Anzeichen, da sie als Kind beim Anblick von Wasser immer eine bekommen hatte.

Reiß dich zusammen! Jetzt ist keine Zeit für Panik, redete sie sich selbst zu, als sie die erschreckende Beobachtung machte, dass sich Wasser im Rumpf des Bootes befand. Zuerst hoffte Lisa, es wäre durch ihren tollpatschigen Sprung ins Boot gelangt. Doch als sie es beim wiederkehrenden Lichtschein des Leuchtturms betrachtete, konnte sie erkennen, dass das Wasser anstieg. Langsam, aber stetig.

Wie eine Verrückte ruderte Lisa weiter, während sie beobachtete, dass das Wasser bereits die erste Querleiste des Rumpfes erreicht hatte, was definitiv kein gutes Zeichen war. Lisa war klar, dass ihr Boot ein Leck hatte. Leider hatte sie gerade erst die Hälfte der Strecke zurückgelegt.

Mit allen Kräften versuchte sie, schneller zu paddeln, was fast unmöglich war, da sie nur ein Ruder hatte. Daher drehte sie sich mehr im Kreis, als dass sie sich nach vorn bewegte. Hinzu kam, dass der Wellengang ständig zunahm, was ihre Überfahrt zusätzlich erschwerte.

Lisa verfluchte sich, Finnley überhaupt warnen zu wollen. Warum hatte sie sich in diese verzwickte Situation gebracht? Sie hätte schon gestern ihre Koffer packen und abreisen sollen! Dann wäre sie jetzt vermutlich wieder in Heidelberg und würde mit Maja zusammensitzen und ihr von der misslungenen Mission erzählen.

Ihre Freundin hatte recht gehabt. Sie hätte vor diesem Aufenthalt schwimmen lernen sollen. Doch im Augenblick, in einem kaputten Boot im ungestümen Pazifik, war es wohl zu spät, sich darüber Gedanken zu machen.

Mit einem Mal packte sie Wut auf sich selbst. Sie wollte nicht so schnell aufgeben. Schließlich war sie hergekommen, um etwas zu erreichen!

Gerade als Lisa neue Hoffnung schöpfte, dass sie es doch auf die andere Seite schaffen könnte, vernahm sie ein lautes Krachen unter sich. Als sie hinabblickte, entfuhr ihr ein entsetzter Schrei. Das Holzboot war in mehrere Stücke zerbrochen.

Augenblicklich umgab das eiskalte Wasser ihren Körper, und für einen Augenblick dachte sie, ihr Herz würde stehen bleiben. Gelähmt vor Angst, war Lisa unfähig zu handeln. Sogleich erfasste sie eine Welle und wirbelte sie herum, als wäre sie leicht wie ein Strohhalm.

Endlich konnte sie sich an einem Holzstück festklammern und nach Luft schnappen. Immerhin schien sie ihr Rettungsfloß über Wasser zu halten. Verzweifelt versuchte sie, mit dem Holzbrett vor sich ans Ufer zu gelangen.

Mittlerweile war Lobos Island näher als das Festland, daher strampelte sie in diese Richtung. Nur noch schemenhaft konnte sie ihre Umgebung wahrnehmen, da ihr das Meerwasser die Kontaktlinsen weggespült hatte. Immer wieder brachen Wellen über ihr, was ihr jede Orientierung nahm. Ständig schluckte sie Salzwasser und hustete es würgend wieder aus. Dazwischen versuchte sie, um Hilfe zu schreien, was in einem kläglichen Gurgeln unterging.

Wie durch ein Wunder hatte Lisa Glück im Unglück. Es war wohl eher die Strömung als ihre unkoordinierten Schwimmbewegungen, die sie an Land trieb. Allerdings landete sie nicht wie geplant bei dem Übergang zum Weg, wo sie hätte aufstehen und an Land gehen können, sondern viel weiter rechts. Sie war zu einer Stelle abgetrieben, wo sich nur Felsen und schroffe Klippen befanden.

Obwohl das Land so nah war, war es Lisa unmöglich, sich hinzustellen oder am Ufer Halt zu finden. Immer wieder wurde sie von den Wellen schmerzhaft an die Felsen geschlagen und wieder weggezogen. Bei jedem Kontakt mit der Klippe zog sie sich Schnittwunden zu. Im Halbdunkeln sah sie Blut über ihre Arme laufen. Beim nächsten Aufprall verspürte sie einen stechenden Schmerz im Rücken. Das Meer kannte keine Gnade und schleuderte sie immer wieder wie einen Spielball gegen die Klippen.

Bei der nächsten Welle traf sie mit dem Kopf auf die Felsen, worauf ihr schwarz vor Augen wurde. Später konnte sich Lisa daran erinnern, kurz die Gesichter ihrer Eltern gesehen zu haben, die sie anlächelten, was ihr ein wohliges Gefühl gab. Danach tauchte sie in völlige Finsternis ab.

KAPITEL 30

FINNLEY

Er hatte sie gerettet! Finnley konnte gar nicht in Worte fassen, wie froh er war, Lisa lebend aus dem Wasser gezogen zu haben. Gerade noch rechtzeitig hatte er gesehen, dass sie völlig hilflos im Ozean trieb. Um sie herum waren zerbrochene Stücke eines Bootes zu sehen.

Zum Glück hatte zuvor seine Neugierde gesiegt und er hatte noch einmal zum Motel hinübergeblickt. Erschrocken registrierte er, dass hinter dem Haus, in dem kein einziges Licht brannte, Rauch aufstieg. In Tiaras Motel musste ein Brand ausgebrochen sein. Geistesgegenwärtig lief er zum Telefon, von dem er froh war, dass es überhaupt funktionierte, da er es äußerst selten benutzte, und wählte den Notruf. Ihm war klar, dass die Feuerwehr von Carmel einige Zeit brauchen würde, bis sie hier wäre. Daher wollte er versuchen, selbst etwas gegen den Brand zu tun. So wie es aussah, schliefen Tiara und ihr einziger Gast bereits.

Ohne zu zögern, rannte Finnley Richtung Meer, wo er auf Anhieb das zerborstene Ruderboot entdeckte. Wer hatte so spät noch auf seine Insel kommen wollen? Inständig hoffte er, dass es nicht die Biologin war.

Geistesgegenwärtig hatte er eine Taschenlampe mitgenommen, mit der er nun die Wasseroberfläche ableuchtete. Die Dunkelheit und die ungestümen Wellen erschwerten es, irgendetwas zu erkennen.

Doch dann sah er etwas! Finn konnte ein Stück Holz direkt vor den Klippen ausmachen, an dem sich ein Mensch festhielt.

Es ist tatsächlich Lisa!, dachte er, während ihm bewusst wurde, dass er diese Stelle äußerst schwer erreichen konnte. Doch er musste es versuchen!

Lisa schien keine Kraft mehr zu haben. Sie wurde von den Wellen herumgeschubst wie eine Marionette, wobei sie immer wieder gegen die spitzen Felsen geschleudert wurde. Mehrmals ging sie für längere Zeit unter, um sich danach völlig erschöpft an das Holzstück zu klammern.

Etliche Male rief er ihren Namen, kam jedoch nicht gegen das laute Tosen der Wellen an. Viel zu langsam konnte er sich auf den rutschigen Klippen fortbewegen, wobei er immer wieder beobachten musste, wie Lisa unterging. Er sah, dass sie mit ihren Kräften am Ende war. Die nächste Woge schleuderte sie gegen die Klippen, wo sie sich den Kopf stieß und ohnmächtig wurde.

Mit einem Satz sprang er ins Wasser, wo er sie gerade noch fassen konnte, bevor sie unterging. Schnell schnappte er sich ein größeres Holzstück, das in ihrer Nähe trieb, auf das er sie bettete und versuchte, sie so an Land zu bringen. Das war kein leichtes Unterfangen, denn die Stelle war äußerst tückisch für eine Bergung. Auch Finnley wurde immer wieder brutal gegen die Felsen gedrückt, wo er sich einige Schürfwunden zuzog. Doch er ignorierte den Schmerz und konzentrierte sich nur darauf, Lisa auf ihrer Bahre an Land zu ziehen. Erst nach mehreren Versuchen gelang es ihm und er zog sie auf den Weg, der zum

Leuchtturm führte. Dort starrte er einige Augenblicke in ihr lebloses, weißes Gesicht und bangte, ob Lisa überhaupt noch lebte.

Erst als die schöne Biologin einen Schwall Wasser aushustete, konnte er erleichtert aufatmen. Bei Besinnung war sie allerdings noch nicht, weshalb er sie auf die Arme nahm, um sie zu seinem Haus zu tragen. Sie war eiskalt und musste dringend ins Warme.

Das hätte verdammt schiefgehen können, dachte er, während er auf sie hinabblickte, wie sie in seinen Armen lag.

Lisa schien langsam zu sich zu kommen. Im nächsten Moment sah sie ihn an, was sein Herz schneller schlagen ließ. Er hatte den Eindruck, als wollte sie etwas sagen. Doch sie war zu schwach und schloss wieder die Augen. Sie wirkte so zerbrechlich und ihr Körper fühlte sich eiskalt an.

In dem Moment verfluchte er, vom Festland abgeschottet zu sein, da Lisa dringend Hilfe benötigte. Sicherlich würde nach seinem Anruf auch ein Krankenwagen zum Lobos Motel kommen, der ihnen hier auf der Insel aber wenig brachte. Daher musste er sich um die Erstversorgung kümmern, was vor allem bedeutete, sie warm zu halten. Er würde sie vor den warmen Kamin betten und einen Tee kochen. Ihre Schnittwunden mussten auch dringend versorgt werden.

Als Finn an der Eingangstür seines Hauses ankam, blickte er noch einmal zum Festland hinüber. Dort sah er ein Fahrzeug mit überhöhter Geschwindigkeit auf das Motel zurasen. Verwundert registrierte er, dass dies nicht die Feuerwehr, sondern eine dunkle Limousine war. Was hatte das zu bedeuten?

KAPITEL 31

LISA

Als Lisa wieder zu sich kam, dachte sie zuerst, sie wäre im Himmel. Sie lag weich wie auf einer Wolke und spürte für einen Moment keinerlei Schmerzen. Als sie die Augen langsam öffnete, blickte sie direkt in Finnleys Gesicht. Halluzinierte sie? Ihr Herz schlug schneller, als ihr klar wurde, dass ihr Aquaman sie sanft in den Armen trug.

»Bin ich im Himmel?«

»Du bist beinahe ertrunken, Lisa«, hörte sie ihn sagen. Sie fühlte sich zu schwach, um die Augen offen zu halten. Noch war sie sich nicht sicher, ob sie nur träumte, da sie sich nicht erinnern konnte, was zuvor geschehen war.

Als sie die Augen wieder öffnete, war sein Blick auf sie gerichtet. Besorgt und liebevoll. Die Welt um sie herum schien zu verblassen. Sie genoss das Gefühl, sich sicher und geborgen in seinen starken Armen zu fühlen. Lisa schloss die Augen und atmete tief ein, um den Moment zu genießen. Sie spürte seinen Atem auf ihrem Gesicht und sein Herz, das im Einklang mit ihrem schlug.

Mit einem Mal kam die Erinnerung zurück und ihr wurde bewusst, warum sie hier war. Einen kurzen Moment fand sie es schade, diesen magischen Augenblick zerstören zu müssen. Doch sie musste ihm sagen, welche Gefahr ihm drohte.

Ein paarmal versuchte sie zu sprechen, was ihr jedoch nicht gelang. Sie hatte all ihre Reserven für ihre erste Frage aufgebraucht. Dennoch verspürte sie ein Glücksgefühl, das sie am liebsten festgehalten hätte. Trotz der Kälte in ihrem Körper wurde ihr ganz warm ums Herz, und trotz ihrer Schwäche spürte sie eine innere Stärke. Sie war so beseelt in dem Moment, dass sie all die Schürfwunden und Blessuren kaum wahrnahm.

Nachdem sie in Finnleys Haus angekommen waren, bereitete er ihr ein Lager aus Kissen vor dem Kamin. Dort legte er sie sachte ab und zog ihr vorsichtig etwas von der nassen Kleidung aus, die völlig zerrissen war. Dann deckte er sie liebevoll zu und verschwand. Kurz darauf kehrte er mit Verbandszeug zurück, um ihre zahlreichen Wunden zu versorgen.

»Da hat es dich aber ganz schön erwischt!«, sagte er, während er die Schürfwunden an ihrem Bein desinfizierte. Der brennende Schmerz holte Lisa immer wieder aus ihrem Dämmerzustand in die Gegenwart zurück.

Du musst ihn vor Professor Hastings warnen, vernahm sie eine innere Stimme, aber sie war zu schwach, etwas zu sagen. Im Halbschlaf hörte sie einen Teekessel pfeifen, woraufhin Finnley eine Weile verschwand. Ihr Zeitgefühl spielte völlig verrückt. Es fühlte sich an, als wäre eine Ewigkeit vergangen, bis Finnley sie vorsichtig aufrichtete und ihr Tee einflößte, der nach Fenchel und Pfefferminze schmeckte.

Allmählich weckte die warme Flüssigkeit ihre Lebensgeister. »Ich muss dich warnen«, brachte sie endlich heiser hervor.

»Was ist passiert?«, wollte Finnley sogleich wissen. »Im Motel scheint es zu brennen.«

»Ja, aber nicht deshalb muss ich dich warnen.« Lisa spürte, dass sie ihre Nachricht in möglichst wenig Worte fassen musste, da ihr schlichtweg die Kraft fehlte, lange zu reden.

»Warum dann?«

»Professor Hastings möchte auf die Insel kommen, um an deine Aufzeichnungen zu den Pelikanen zu gelangen. Tiara hat ihm verraten, wo sie sich befinden.«

Kurz hielt Finnley inne und schien zu überlegen, bevor er antwortete: »Mach dir keine Sorgen. Tiara kann unmöglich wissen, wo sie sind. Mein Labor ist gut versteckt.« Diese Worte beruhigten Lisa zwar, aber sie hatte trotzdem Angst, die Männer könnten ihm etwas antun.

»Sie wollen hier auf die Insel kommen und danach suchen.« Nach diesen Worten bekam Lisa einen furchtbaren Hustenanfall, der sie spüren ließ, dass ihr ganzer Körper schmerzte.

Finnley war aufgestanden und zur Tür gegangen. Vermutlich, um zum Festland hinüberzublicken. »Hastings ist schon da«, bemerkte er überraschend ruhig, »aber er wird keine Chance haben, zu uns herüberzukommen. Gerade stehen dort drüben drei Feuerwehr- und ein Krankenwagen. Den könnten wir besser hier gebrauchen.«

»Wenn er sich ein Boot nimmt?«

»So wie du?« Er drehte sich um und lächelte sie an. »Ich wüsste nicht, wo er noch ein Boot auftreiben sollte. Die Ebbe kommt erst in den frühen Morgenstunden. Bis dahin wird er warten müssen. Und wie ich bereits gesagt habe: Er wird hier nichts finden.«

Lisa war angenehm überrascht, wie normal man sich mit Finnley unterhalten konnte. Er wirkte gebildet und nicht wie ein Einzelgänger, der nie etwas mit Menschen zu tun hatte.

Finnley setzte sich wieder neben sie und legte seine Hand auf ihre Stirn, um zu fühlen, ob sie Fieber hatte. So heiß, wie es in ihrem Inneren herging, konnte sie nicht ausschließen, dass sie erhöhte Temperatur hatte. Die Hitze konnte allerdings auch daher rühren, dass Finnley so nah bei ihr saß. Tiara hatte recht gehabt. Sie hatte sich in den charismatischen Einzelgänger verliebt. Keinen Augenblick dachte sie daran, dass sie nun in den Fängen eines angeblichen Mörders sein könnte. Es musste eine andere Erklärung dafür geben, dass das Boot seines Vaters gekentert war.

Während Finnley Holz im Kamin nachlegte, bemerkte Lisa, wie ihr langsam die Augen zufielen. Sie versank in einen traumlosen Schlaf, aus dem sie kurze Zeit später hochschreckte. Finnley saß immer noch neben ihr und hatte seinen Blick zärtlich auf sie gerichtet.

»Wie lange habe ich geschlafen?«

»Fast drei Stunden.«

Lisa konnte nicht glauben, dass sie so lange geschlafen hatte. Doch warum sollte Finnley sie anlügen? Sie spürte, dass ihr Körper sich ein wenig erholt hatte. Ihre Körpertemperatur schien sich normalisiert zu haben und trotz der Schmerzen an vielen Stellen konnte sie all ihre Gliedmaßen bewegen.

»Wie geht es dir?«

»Etwas besser«, sagte Lisa und lächelte ihn an. »Danke!«, fügte sie flüsternd hinzu.

»Ich möchte dir danken, dass du es auf dich genommen hast, herzukommen, um mich zu warnen. So etwas hat noch nie jemand für mich gemacht.«

»Wenn ich gewusst hätte, wie schwierig die Überfahrt ist, hätte ich es mir vermutlich anders überlegt«, scherzte Lisa, worauf Finn lachen musste. Sie mochte es, wenn er lachte. Ehrlich gesagt, gefiel ihr alles an ihm.

»Meinst du, du kannst aufstehen?«

»Ich glaube schon. Warum?«

»Um dich in ein richtiges Bett zu legen«, sagte Finn und reichte ihr die Hand.

KAPITEL 32

FINNLEY

Wie schön sie ist, dachte Finnley, während er die schlafende Lisa betrachtete. Selten war er einem Menschen so nah gewesen wie jetzt. Vorsichtig berührte er ihre Haare.

Sie hatte es auf sich genommen, den gefährlichen Seeweg zu seiner Insel zu überqueren, um ihn vor diesem Hastings zu warnen. Der Trottel bildete sich tatsächlich ein, seine Forschungsergebnisse für sich beanspruchen zu können. Da hatte er sich aber geschnitten.

Als Hastings vor ein paar Monaten bei ihm auf der Insel erschienen war, hatte er ihm eine Kooperation und viel Geld angeboten. Augenblicklich war Finnley klar gewesen, dass der aufgeblasene Professor seine Untersuchungsergebnisse der letzten zwanzig Jahre für sich beanspruchen wollte. Vermutlich hätte er ihn danach ohne das Geld einfach abserviert. Niemand würde dem Einzelgänger von der Insel glauben, das wusste Finnley schon lange. Nachdem er das Angebot höflich ausgeschlagen hatte, erhöhte Hastings den Betrag. Ihm war wohl nicht klar, dass Geld für Finn völlig unwichtig war und er nicht viel in seinem einfachen Leben benötigte. Finn hatte dem

Professor angesehen, wie entrüstet er über seine Absage war. Nun wollte Hastings offensichtlich auf skrupellose Weise an Finns Aufzeichnungen kommen.

Liebevoll strich er Lisa eine Haarsträhne aus dem Gesicht. Was für hübsche Gesichtszüge sie hatte. Die hohen Wangenknochen und die vollen Lippen waren ihm gleich aufgefallen. Es wunderte ihn, dass es sich so natürlich anfühlte, einem anderen Menschen so nah zu sein.

Während Lisa schlief, hatte Finnley das Bett im Dachboden vorbereitet, um sie hier ausruhen zu lassen. Das Lager vor dem Kamin war zwar warm, aber auf Dauer etwas unbequem. Bei jeder Bewegung rutschten die Kissen auseinander und Lisa lag auf dem blanken Boden. Nachdem er Lisa in den Dachboden geführt hatte, war sie augenblicklich wieder eingeschlafen. Sie schien sehr erschöpft zu sein und ihr Körper brauchte den Schlaf.

Noch hatte Lisa nicht erzählt, was im Motel vorgefallen war und woher sie wusste, dass Professor Hastings ihm einen Besuch abstatten wollte. Er war sich sicher, dass niemand seine Aufzeichnungen jemals finden würde, hatte aber sicherheitshalber den Leuchtturm abgeschlossen. Er hatte beobachtet, dass die Feuerwehr, die den Brand im Motel gelöscht hatte, mittlerweile wieder abgerückt war. Allerdings stand der Wagen, der vermutlich Hastings gehörte, immer noch da.

Finnley wusste, dass es nicht gut um das Motel stand. Bereits vor Jahren hatten die Browns zu kämpfen gehabt. Er traute Tiara durchaus zu, etwas mit dem Brand zu tun zu haben. Was für eine furchtbare Vorstellung, dass Lisa hierbei hätte verletzt werden können!

Ich hätte sie beschützen sollen! Er machte sich Vorwürfe, sie so links liegen gelassen zu haben. Nicht einmal zugehört hatte er ihr, als sie mit ihm sprechen wollte. Mittlerweile war er sich sicher, dass es ihr wirklich um die Pelikane ging.

Finnley nahm sich eines der Stofftiere als Kopfkissen und die von seiner Mutter gehäkelte Decke, um es sich auf dem Boden bequem zu machen. Er hatte schon an weitaus unbequemeren Stellen geschlafen. In den letzten Stunden hatte er beschlossen, Lisa in sein Geheimnis einzuweihen. Das war er ihr schuldig, nach all dem, was sie auf sich genommen hatte.

KAPITEL 33

LISA

Als Lisa am nächsten Tag bei Morgendämmerung aufwachte, blickte sie sich irritiert um. Nur vage konnte sie sich daran erinnern, was am Vorabend geschehen war. In ihrem Kopf spürte sie ein dumpfes Pochen, im Rücken einen ziehenden Schmerz. Als sie sich ein wenig bewegte, fühlte sie die vielen weiteren Verletzungen an ihrem Körper. Augenblicklich wurde ihr klar, dass sie froh sein konnte, überhaupt noch am Leben zu sein.

Vorsichtig richtete sie sich auf und war überrascht, Finnley auf dem Boden neben sich schlafen zu sehen. Sein Anblick ging ihr zu Herzen. Wie rührend er sich um mich gekümmert hat, dachte sie, während sie ihn betrachtete. Langsam kamen ihr die Bilder der vergangenen Nacht wieder in Erinnerung.

Lisa hoffte, dass sie sich nicht täuschte, denn sie fand ihn nicht nur gut aussehend, sondern auch liebenswert. Sie bildete sich ein zu erkennen, dass er eine gute Seele hatte – egal, was Tiara oder die Bewohner von Carmel behaupteten.

Möglichst leise glitt Lisa aus dem Bett, um Finn nicht zu wecken. Am Bettende entdeckte sie ihre zerrissene Hose, die mittlerweile getrocknet war. Es war kein leichtes Unterfangen, sie wieder anzuziehen, da ihre Beine an mehreren Stellen verbunden waren. Die Verbände sahen professionell aus, wobei Lisa nicht wissen wollte, wie es darunter aussah. Die brennenden Schmerzen, die sie an einigen Stellen verspürte, deuteten auf größere Wunden hin.

Die Dielen des alten Holzhauses knarrten, als sie einen Fuß vor den anderen setzte, was sie erschrocken zu Finnley blicken ließ. Doch dieser schien tief und fest zu schlafen. Vermutlich hatte er die halbe Nacht bei ihr gewacht, bis er erschöpft eingeschlafen war.

Lisa blickte sich in dem Raum um. Der Dachboden gefiel ihr. Er war gemütlich eingerichtet, wobei er eher an ein Kinderzimmer erinnerte. An den schrägen Wänden befanden sich unzählige Zeichnungen, die sie jetzt genauer betrachtete. Viele waren recht kindlich gehalten, andere äußerst detailliert und beinahe wissenschaftlich gezeichnet. Beispielsweise sah sie das Bild einer Qualle, die in allen Details dargestellt war. Auch das Gemälde eines Pelikans war überraschend detailgetreu. Der Name in der unteren Ecke bestätigte ihre Vermutung, dass Finnley diese Zeichnungen angefertigt hatte. Kein Zweifel, dass er Talent hatte. Gerade wenn man bedachte, dass er diese Bilder vermutlich gemalt hatte, als er noch ein kleiner Junge gewesen war.

Als Nächstes wurde ihre Aufmerksamkeit auf eine Muschelsammlung gelenkt, wie sie sie selten gesehen hatte. Sortiert nach Farben, Formen und Größen lagen unzählige Muscheln, eine schöner als die andere, auf einem Regal. Beinahe wäre ihr ein Pfiff entwichen, als sie einige besonders ausgefallene Stücke entdeckte. Allein die Sammlung von Abaloneschalen war beeindruckend. Lisa registrierte ein besonders großes Exemplar einer pinken Abalonemuschel, die äußerst selten vorkam. Eine Muschel dieser Größe war vermutlich mehrere Hundert Dollar wert.

Auf die Muschelsammlung folgte eine fein säuberlich sortierte Federsammlung. Einige der Federn waren mit Bildern der Vögel versehen, zu denen sie gehörten.

Lisa war klar, dass diese Sammlung an ausgefallenen Fundstücken über Jahre, wenn nicht Jahrzehnte entstanden war. Im Geiste sah sie Finn als Kind vor sich, wie er hier oben gewissenhaft seine Schätze sortierte. Auch Steine und Seeglas hatte er zusammengetragen.

Ein Blick aus dem Fenster verriet ihr, dass die Sonne gerade erst aufgegangen war. Der Ausblick von hier oben war umwerfend. Man sah den Leuchtturm und den rauen Pazifik, über dem der morgendliche Küstennebel hing.

Vor dem Fenster stand ein Sessel, auf den sie sich setzte. Anlehnen konnte sie sich nicht, da ihr Rücken zu sehr schmerzte, doch sie wollte ein wenig die Natur betrachten.

In dem Moment flog ein Pelikan dicht am Fenster vorbei, um sich kurz darauf auf das Geländer des Leuchtturms zu setzen. Kam es ihr nur so vor oder blickte der Vogel zu ihr herüber, als wüsste er, dass sie hier saß?

Gern hätte Lisa aus dem Fenster auf der anderen Seite des Dachstuhls geschaut, um zu sehen, was beim Lobos Motel vor sich ging, doch der schlafende Finnley versperrte den Weg dorthin.

Langsam kam ihre Erinnerung zurück. Der Brand was sicherlich mittlerweile gelöscht. Aber was war mit Professor Hastings? War er vielleicht noch dort, um sich gleich auf den Weg zu ihnen zu machen? Er hatte ziemlich entschlossen geklungen und würde sich bestimmt nicht von seinem Vorhaben abbringen lassen, nach Finnleys Dokumenten zu suchen. Warum war er sich überhaupt so sicher, dass es diese gab?

Lisa erinnerte sich dunkel an Finnleys Worte, dass er vor dem nächsten Morgen nicht zu ihnen gelangen konnte.

Der nächste Morgen wäre dann jetzt, dachte Lisa. Das bedeutete, dass Hastings jede Sekunde hier auftauchen konnte! Sollte sie Finnley wecken?

Kurz überlegte sie, nach unten zu gehen, um zum Festland hinüberzuschauen, doch ihr Körper verlangte unmissverständlich von ihr, die Dinge langsam angehen zu lassen. Wohl oder übel musste sie sitzen bleiben und noch etwas die Natur genießen.

»Du bist ja schon wach?«, vernahm sie im nächsten Moment Finnleys Stimme.

»Das bin ich.« Während sie sich ruckartig zu ihm drehte, fuhr es ihr schmerzhaft in den Rücken.

»Geht es dir gut?«, wollte Finnley besorgt von ihr wissen, nachdem er geradezu aufgesprungen war und auf sie zukam.

»Es geht so. Ich habe wohl ziemlich viele Blessuren.«

»Allerdings. Wir sollten zusehen, dass du heute zu einem Arzt kommst. Nicht, dass sich eine deiner Schürfwunden entzündet.«

Eine Weile schwiegen die beiden und blickten aus dem Fenster.

»Bist du bereit?«, wollte Finnley dann von ihr wissen.

»Wofür?«

»Für das Geheimnis der Pelikane.«

»Ja, ich bin bereit«, antwortete Lisa, was sich so dramatisch anhörte, dass sie kurz kichern musste.

Nachdem Lisa ihm bestätigt hatte, dass sie laufen konnte, reichte er ihr die Hand und zog sie langsam hoch. Einen Moment lang wurde Lisa schwindlig, als sie vor ihm stand. Kurz schwankte sie, was ihn dazu veranlasste, sie mit einem Arm zu umgreifen und festzuhalten. Lisa spürte, dass er sie hierbei näher an sich zog. Als ihr Gesicht direkt vor dem seinen war, räusperte er sich verlegen und trat einen Schritt zurück.

»Bist du dir sicher, dass du laufen kannst?«, erkundigte er sich noch einmal.

»Ich glaube schon. Wenn es kein Marathon ist.«

»Nein. Wir müssen nur zum Leuchtturm rübergehen.«

Beim Verlassen des Hauses reichte Finnley ihr seinen Mantel, den sie dankend annahm. Es war wieder ein kühler Morgen am Pazifik.

Finnley stützte sie, während sie langsam Schritt für Schritt hinüber zum Leuchtturm gingen.

»Ist der Wagen da drüben von Hastings?«, fragte Lisa.

»Das vermute ich.«

Beide sahen, dass der Überweg zum Festland bald wieder passierbar sein würde.

Finnley schien ihre Gedanken zu lesen, denn er sagte: »Er soll ruhig rüberkommen. Er wird nichts finden.«

Während sie vor der imposanten roten Tür des Leuchtturms standen, kam ein Pelikan angeflogen, der sich direkt neben sie setzte. Das Tier wirkte keineswegs scheu.

»Das ist Calico«, erklärte Finn kurz.

Lisa war gerührt, dass er den Tieren Namen gab. »Haben alle deine Pelikane Namen?«

»Nein, nur ein paar. Calico war der erste Pelikan, den ich gefunden habe, als ich auf die Insel kam. Er hatte eine Verletzung am Auge, daher gab ich ihm den Piratennamen. Dies ist einer seiner Söhne, der seine Funktion als Bewacher des Leuchtturms übernommen hat. Daher hat er denselben Namen bekommen.«

»Dir sind wohl die Namen ausgegangen bei den vielen Tieren«, scherzte Lisa.

»Das könnte auch sein.«

Nachdem sie den Leuchtturm betreten hatten, stellte Finn sicher, dass die Tür hinter ihnen wieder gut verschlossen war. Danach ging er auf eine Luke zu, die Lisa zuvor gar nicht gesehen hatte, und öffnete sie. Vorsichtig stieg Lisa die steile Treppe hinab, wobei Finnley übertrieben aufpasste, dass sie nicht stürzte. Erst später sollte sie den Grund hierfür erfahren.

Als sie unten in dem runden Kellergeschoss ankamen, blickte Lisa sich um und war sprachlos. Augenblicklich wusste sie, wo sie sich befand. In Finnleys Labor!

Hier bewahrte er also all seine Aufzeichnungen, Fotografien und Dokumentationen auf! Einen Großteil davon hatte er an der Wand aufgehängt, die Lisa sogleich bestaunte.

Finnley zeigte ihr, wo die Aufzeichnungen begannen. Tatsächlich waren hier noch recht kindliche Zeichnungen zu sehen, ähnlich wie die auf dem Dachboden. Über die Jahre wurden die Schriftstücke professioneller. Lisa sah verschiedene Tabellen, bei denen sie vermutete, dass sie das Flugverhalten der Vögel festhielten. Selten hatte sie so detaillierte Aufzeichnungen zur Migration der braunen Pelikane in einem ihrer Bücher gesehen. Dazu hatte Finnley Fotos geheftet, wie sie ein Profi nicht besser hätte aufnehmen können. Er deutete auf einen Tisch, auf dem alle Utensilien zum Entwickeln von Fotografien standen. Darüber hingen an einer Art Wäscheleine seine neuesten Aufnahmen. Es waren Bilder von Pelikanen bei der Futtersuche. Alle wunderschön und detailliert aufgenommen.

»Du könntest einen Fotoband veröffentlichen«, schwärmte Lisa, während sie weitere Fotos betrachtete. »Und all diese Aufzeichnungen! Wie viele Jahre machst du das schon?«

»Seit über zwanzig Jahren trage ich hier alles zusammen, was ich über Pelikane weiß und herausfinde.«

»Das ist unglaublich, Finnley. Kein Wunder, dass Hastings an deine Aufzeichnungen gelangen möchte.«

»Ihm würde ich sie aber nicht geben.«

»Nein, auf gar keinen Fall. Daraus musst du selbst einen Artikel verfassen. Ich bin mir sicher, dass du vieles herausgefunden hast, was manchen Biologen bisher Rätsel aufgegeben hat.«

Lisa bemerkte an seinem Gesichtsausdruck, dass etwas nicht stimmte. Kurz überlegte sie, ob Tiara mit ihrer Behauptung recht haben könnte, Finnley könne nicht lesen und schreiben. Sie blickte wieder zur Wand und betrachtete die Beschriftungen, die größtenteils aus Zeichnungen bestanden. Manchmal waren es auch kurze Worte, die häufig Rechtschreibfehler hatten und aussahen, als hätte sie ein Kind geschrieben.

»Ich kann kaum lesen und schreiben, Lisa. Das, was ich mir selbst beigebracht habe, wird wohl kaum für einen Artikel reichen.«

»Dann verfassen wir ihn zusammen, wenn du willst.«

»Ich weiß nicht …«

»Möchtest du denn nicht, dass die Menschheit von deinen Entdeckungen erfährt?«

»Doch. Eigentlich schon.«

Lisa trat näher an ihn heran und blickte Finnley direkt in die Augen. Sie spürte, dass er ein herzensguter Mensch war, und wollte ihm helfen. Mehr noch, sie wollte Zeit mit ihm verbringen und dieses Projekt gemeinsam mit ihm angehen.

»Was ist denn das Geheimnis der Pelikane?«, fragte sie im Flüsterton.

Einen Moment lang hatte Lisa die Befürchtung, Finnley könnte diese direkte Frage abschrecken. Doch er schien nur nach den richtigen Worten zu suchen.

»Das Geheimnis, warum es auf meiner Insel so viele Pelikane gibt, ist eigentlich gar nicht so kompliziert. Es sind nur einige Dinge, die auf Lobos Island zusammenkommen, die sich positiv auf die Reproduktion der Pelikane auswirken. Und ich stelle sicher, dass sich daran nichts ändert.«

Lisa hing geradezu an seinen Lippen. Er sprach besser als jeder Forscher, den sie zu diesem Thema je etwas hatte vortragen hören.

»Schon mein Großvater achtete darauf, dass es keine Raubtiere auf der Insel gibt, die eine Gefahr für die Vögel darstellen. Ich habe immer sichergestellt, dass keine Waschbären, Stinktiere oder Marder auf die Insel kommen. Die wenigen Exemplare, die ich entdeckt habe, habe ich eingefangen und wieder aufs Festland gebracht. Die Pelikane spüren, dass sie hier sicher sind, daher kommen sie gern zum Brüten her. Ich habe ihnen eine Atmosphäre geschaffen, in der sie sich absolut wohlfühlen. Außerdem schütze ich ihre Nester, wenn sie zum Beispiel zu tief gebaut wurden – ein Fehler, den Jungvögel oft begehen. Denn dann können auch kleinere Tiere wie Krabben oder Marder eine Gefahr für den Nachwuchs darstellen. Meine Aufzeichnungen haben mir gezeigt, wie Pelikane sich verhalten. Fühlen sie sich an einem Platz wohl, kommen sie immer wieder dorthin zurück. Damit sie sich wohlfühlen, habe ich zu Beginn auch täglich die Fischerboote vertreiben müssen, die meiner Insel zu nahe kamen. Das muss ich nach wie vor ein paarmal in der Woche tun. So werden die Pelikane weder von den Fischern getötet, sei es durch ihre Netze oder absichtlich, noch werden sie ihrer Nahrungsgrundlage beraubt. Ich glaube, es ist ein Zusammenspiel aus diesen Dingen, die ich herausgefunden oder veranlasst habe, die die Pelikane immer wieder zurückkommen lassen, obwohl sie oft bis British Columbia ziehen.«

»Das ist unglaublich, Finnley! Was du herausgefunden hast, hätte vermutlich ein ganzes Forscherteam nicht erarbeiten können, da sie niemals die Voraussetzungen dieser Insel gehabt hätten.«

»Da könntest du recht haben.«

»Aber weißt du, was ich am schönsten finde?«, fragte Lisa und beantwortete ihre Frage gleich selbst. »Das Geheimnis der

Pelikane beruht auf Fürsorge. Du liebst diese Tiere und das ist der wahre Grund, warum sie sich in dieser Gegend endlich wieder vermehren.«

Eine Weile schwiegen sie und betrachteten seine Aufzeichnungen.

»Meinst du wirklich, das interessiert die Leute?«, wollte Finn dann von ihr wissen.

»Absolut. Ich habe dir doch den aktuellen Leitartikel der Biologiezeitschrift gezeigt. Es geht um genau deine Pelikane und das Rätsel, warum sie sich hier vermehren.«

Während Lisa dies sagte, war sie näher an Finnley getreten, dessen Wärme sie nun spüren konnte. Mit einem Mal wurde sich Lisa ihrer gegenseitigen Anziehung bewusst. Das Gefühl war so intensiv, dass ihr schwindlig wurde. Sie war bereit, den nächsten Schritt zu tun.

Gerade als sie dies dachte, neigte Finnley langsam den Kopf, bis sich ihre Gesichter beinahe berührten. Lisa fühlte seine Wärme und schloss die Augen. Nun spürte sie nur noch seinen Atem auf ihrer Haut. Würde er sie jetzt küssen?

Der romantische Moment wurde durch ein lautes Pochen über ihnen unterbrochen.

Jemand hämmerte laut an die Tür des Leuchtturms.

»Das ist Hastings!«, flüsterte Lisa angsterfüllt. Finn hatte schützend den Arm um sie gelegt und schaute sie liebevoll an. Seine Augen verrieten ihr, dass sie keine Angst haben musste. Seine hellgrünen Augen, in denen sie augenblicklich versinken wollte.

»Lass ihn nur klopfen. Ich habe vorhin noch die Polizei verständigt, dass es einen Eindringling auf meiner Insel gibt. Sie wird bestimmt bald hier sein!«, erklärte er seelenruhig und zog sie näher an sich heran. Kurz darauf trafen sich ihre Lippen für einen ersten zärtlichen Kuss.

KAPITEL 34

Drei Monate später

Die Sonne war noch nicht lange aufgegangen. Lisa saß am Strand und ließ ihre Füße vom kalten Meerwasser umspielen. Sie liebte diesen Platz und hätte stundenlang hier sitzen können, um das Meer und die Pelikane zu betrachten. Gerade hatten sich zwei in ihrer Nähe am Strand niedergelassen, als wollten sie sie begrüßen. Einige der Vögel kannte sie bereits. Die Markierungen machten es einfach, sie auseinanderzuhalten.

»Hey, was ist los, worauf wartest du?«, rief Finnley, der ein paar Meter entfernt an einem Motorboot herumschraubte. Er wollte unbedingt an diesem Tag einen Ausflug darin machen, obwohl Lisa noch nicht gut auf Boote zu sprechen war.

»Ich gewöhne mich noch an das kalte Wasser«, behauptete Lisa, was nicht wirklich stimmte. Es kostete sie immer noch ein wenig Überwindung, ins Wasser zu gehen. Die Morgenstunden am Strand von Lobos Island waren perfekt, um im Meer zu schwimmen, da die See noch ruhig war. Gegen die Kälte schützte sie ein besonders dicker Neoprenanzug.

Finnley hatte es sich nicht nehmen lassen, ihr das Schwimmen beizubringen. Zuerst hatte sie sich mit Händen und Füßen dagegen gewehrt – Schwimmen lernen, und das auch noch im Pazifik, wenn sie nicht einmal in ein Schwimmbad ging! Doch Finnley hatte ein gutes Gespür für ihre Ängste und brachte sie dem Wasser allmählich näher, bis sie nach ein paar Wochen tatsächlich schwimmen konnte.

Er wusste genau, womit er sie locken konnte, als er ihr eine Taucherbrille und einen Schnorchel überreichte und ihr die Unterwasserwelt zeigte, die sich direkt vor der Insel befand. Lisa war begeistert von dem Seegraswald, in dem sich allerhand Tiere versteckten. Besondere Freundschaft hatte sie mit einem Oktopus geschlossen, den sie fast täglich besuchte.

»Na, und wo bleibst du denn überhaupt?«, rief sie zurück, da Finnley keinerlei Anstalten machte, ins Wasser zu gehen.

Mit einem Mal rannte er los, wobei er sich beim Laufen das T-Shirt auszog. Nur in Shorts gekleidet, schnappte er sie, nahm sie auf seine Arme und trug sie ins Meer. Lisa lachte glücklich und sie küssten sich, bevor er sie sachte ins Wasser gleiten ließ.

Finnley war ein ausgesprochen guter Schwimmer. Tatsächlich ein bisschen wie Aquaman, dachte Lisa oft. Er benötigte keinen Neoprenanzug und konnte die Tiere unter Wasser auch ohne Schnorchel längere Zeit beobachten.

Als sie nach ihrem morgendlichen Schwimmen zum Haus zurückkamen, bereitete Finnley ihnen ein Frühstück zu, während Lisa duschte. Selten in ihrem Leben hatte sie solch einen Gentleman kennengelernt, wie Finn es war. Vermutlich, weil er früher kaum Kontakt zu Menschen gehabt hatte, scherzte sie oft. Es war erstaunlich, wie schnell sie sich aneinander gewöhnt hatten, doch manchmal merkte Lisa, dass ihm die Zweisamkeit zu viel wurde und er sich wieder in sein Schneckenhaus zurückzog.

Dann gab sie ihm den Raum, ließ ihn für einige Stunden oder auch einen Tag allein, wofür er sehr dankbar war.

Die beiden waren seit der verhängnisvollen Nacht, in der Lisa beinahe ertrunken wäre, unzertrennlich.

»Was sollen wir heute lesen?«, wollte Lisa nach dem Frühstück wissen.

»Nicht wieder so einen langweiligen Artikel wie gestern«, bemerkte Finn und zwinkerte ihr zu. So wie Finnley ihr das Schwimmen beigebracht hatte, hatte sie ihn allmählich und mit viel Geduld lesen und schreiben gelehrt.

Die beiden ergänzten sich gut und Lisa fühlte sich äußerst wohl auf Lobos Island. Sie wollte auf jeden Fall hierbleiben, solange ihre Recherche andauerte. Mit der Fachzeitschrift für Biologie hatte sie eine dreiteilige Serie ausgehandelt, die sich mit den Pelikanen der Insel befassen sollte. Finnley hatte bei einem Verlag bereits einen Vertrag für seinen Bildband über Big Sur unterschrieben. Auch hier hatte Lisa als seine angebliche Managerin gut verhandelt.

Was danach passieren würde, hatten sie bisher noch nicht besprochen. Am liebsten hätte Lisa die Zeit angehalten, weil sie die Stunden auf Lobos Island so sehr genoss. Sie wollte nicht daran denken, was passieren würde, wenn ihre Arbeit hier beendet war, denn natürlich wollte sie vor allem wegen Finn hierbleiben.

Maja hatte dies sofort durchschaut und fand die ganze Geschichte wahnsinnig romantisch. Ihrer Mutter hingegen konnte sie nicht die Wahrheit sagen. Diese fragte bei jedem Telefonat, wann sie denn endlich wieder nach Hause kommen würde, was sie noch nicht beantworten konnte.

»Es gibt einen Artikel in der Tageszeitung von Carmel über das Lobos Motel. Den könntest du mir vorlesen«, schlug Lisa vor.

»Aber ich weiß doch, was drinsteht«, beschwerte sich Finn. »Wie schade es ist, dass das Motel, das schon seit sechzig Jahren existiert, bei einem Brand teilweise zerstört wurde.«

»Das ist aber nicht alles«, sagte Lisa und deutete auf die letzten Zeilen.

»Nach wie vor wird nach einem Käufer für das Motel gesucht, da die ehemalige Besitzerin nicht mehr in der Lage ist, es weiterzuführen«, las er langsam vor und rümpfte die Nase. »Das nennen die ›nicht mehr in der Lage‹! Tiara hätte die Psychiatrie niemals verlassen dürfen, wenn du mich fragst. Sie war eine tickende Zeitbombe.«

»Mein Gott, Finnley, wenn ich gewusst hätte, dass eine Geisteskranke das Motel leitet, hätte ich mir dort sicherlich kein Zimmer gebucht. Das ist ja wie in dem Film *Psycho*.«

»Was ist das für ein Film?«, wollte Finnley unschuldig wissen. Diese Fragen berührten Lisa immer zutiefst, da sie ihr verdeutlichten, wie wenig Finn vom normalen Leben außerhalb seiner Insel mitbekommen hatte. Er lebte in einem Mikrokosmos, war weder auf die Schule gegangen noch hatte er Eltern als Vorbilder oder Freunde gehabt.

Dafür war er aber ganz gut geraten, wie sie fand.

Anstatt einer Antwort ging sie auf ihn zu und küsste ihn. »Wie wäre es eigentlich, wenn man das Motel in eine Art Forschungsstation umfunktionieren würde?«, kam ihr plötzlich in den Sinn. »Es gäbe sogar genug Platz, um interessierte Studenten unterzubringen. Auch Touristen könnten sich dort die neuesten Forschungsergebnisse anschauen.«

Finnley überlegte kurz, dann huschte ein Lächeln über sein Gesicht, wie Lisa zufrieden bemerkte. »Das ist gar keine schlechte Idee. Nur wer soll das Ganze finanzieren? Die Renovierung des Motels wird einiges kosten.«

»Vielleicht hat ja die Gemeinde von Carmel Interesse daran?«

»Oder das Institut für Meeresbiologie«, bemerkte Finnley augenzwinkernd.

Professor Hastings hatte sich mit der Aktion selbst geschadet und die gerechte Strafe dafür bekommen. Nachdem ihn die Polizei von der Insel befördert hatte, kam der Student, den Lisa mit Hastings belauscht hatte, auf sie zu, um sich bei ihnen zu entschuldigen. Er berichtete, wie stark er von Hastings unter Druck gesetzt worden war, und machte die ganze Aktion öffentlich. Nachdem sich hierauf weitere Studenten meldeten und von Unterdrückung, Machtmissbrauch und sogar Übergriffen ihres Vorgesetzten berichteten, wurde Hastings sofort freigestellt. Kurz darauf wurde er wegen erheblicher Verstöße gegen seine Dienstpflicht entlassen.

Es waren auch einige Bewohner von Carmel auf der Insel erschienen, um sich bei Finnley zu entschuldigen. Es hatte sich einiges geändert, seitdem die Wahrheit ans Licht gekommen war. Mittlerweile wussten die Anwohner, dass Finnley Castor kein Mörder war, sondern Tiara für das Verschwinden seines Vaters verantwortlich war. Diese Nachricht hatte sich verbreitet wie ein Lauffeuer.

Tiara hatte alles minutiös geplant. Da sie selbst mit ihren Krücken nicht bis zur Insel laufen konnte, hatte sie ihren Schulkameraden Steven dazu gebracht, das Boot zu manipulieren. Kurz nach Finnleys einzigem Schultag war ein Brand in der Scheune von Stevens Eltern ausgebrochen. Vermutlich hatte Tiara ihm weismachen können, dass Finn dafür verantwortlich war. Der Tatbestand der Brandstiftung konnte damals nachgewiesen werden und Steven erlitt bei dem Vorfall einige Verbrennungen und eine schwere Rauchvergiftung. Daher hatte ihm der Gedanke, Finn eins auszuwischen, wohl gefallen. Mittlerweile waren sich Lisa und Finn sicher, dass Tiara auch für diesen Brand verantwortlich war.

Steven ging seinerzeit auf Tiaras Vorschlag ein. In einer Nacht- und Nebelaktion hatte er auf ihre Anweisung hin das Motorboot so manipuliert, dass es untergehen musste. Finnley war sich nicht einmal sicher, ob der Anschlag seinem Vater oder ihm gegolten hatte. Vielleicht auch ihnen beiden.

Finnley hatte bereits damals den Verdacht gehabt, dass Tiara hinter all dem steckte. Doch niemals hätte ihm jemand zugehört oder geglaubt.

Zumindest Tiaras Eltern musste klar gewesen sein, was ihre Tochter angerichtet hatte, als sie sie damals wegschickten. Sie war seinerzeit nicht zu ihrer Tante nach Los Angeles geschickt worden, sondern in eine psychiatrische Anstalt in den Bergen von Carmel, wo sie viele Jahre verbrachte. Deshalb wollte sie mit ihren Eltern nichts mehr zu tun haben. Erst nach deren Tod kehrte sie zurück, wobei sie offensichtlich mit dem Führen des Motels überfordert war. Außerdem schien Finns Nähe ihre Besessenheit ihm gegenüber wieder zu entfachen.

Lisa war zur falschen Zeit am falschen Ort gewesen. Tiara sah in ihr eine Konkurrenz, als sie erfuhr, dass Lisa mit Finn reden wollte. Dies brachte ihre alten Muster wieder zum Vorschein: Tiara litt am Othello-Syndrom, benannt nach dem berühmten Shakespeare-Charakter. Menschen mit dieser Erkrankung erlebten intensive und unkontrollierbare Eifersucht und konnten selbst harmlose Situationen als bedrohlich empfinden.

Oft machte sich Lisa Gedanken darüber, was Tiara ganz zum Schluss behauptet hatte. Sie hatte gesagt, sie wisse, was mit Finnleys Mutter passiert sei. Bedeutete das, dass sie noch am Leben war? Bisher hatte sie Finn noch nichts davon gesagt, da sie ihm keine falschen Hoffnungen machen wollte. Schließlich war diese Aussage von einer schizophrenen Person gekommen. Darauf konnte man sich alles andere als verlassen. Lisa hatte beschlossen, der Sache erst einmal allein auf die Spur zu kommen. Das bedeutete allerdings, dass sie noch einmal mit Tiara sprechen und sie in der psychiatrischen Einrichtung besuchen musste, in die sie sogleich wieder eingeliefert worden war.

»Du siehst so nachdenklich aus«, holte Finnley sie wieder in die Gegenwart zurück.

»Ich denke nur über die Zukunft des Motels nach«, log sie.

»Deine Idee mit der Forschungsstation gefällt mir. Dann könntest du hier bei mir deiner Arbeit nachgehen. Wir könnten gemeinsam die Erforschung und Arterhaltung der Pelikane fortführen«, bemerkte er und schloss sie zärtlich in die Arme.

Lisa war gerührt, dass Finnley sich Gedanken über ihre Zukunft machte. Offensichtlich wollte er, dass sie hier bei ihm auf Lobos Island blieb.

»Bist du denn glücklich hier?«, vergewisserte er sich, da sie nicht antwortete.

»Ich war noch nie so glücklich, Finn«, antwortete sie und setzte sich auf seinen Schoß. »Und noch nie so verliebt!«

Folge der Autorin auf Amazon

Wenn dir dieses Buch gefallen hat, folge Hannah Hope auf Amazon. Dann erhältst du eine Benachrichtigung, wenn die Autorin ihr nächstes Buch veröffentlicht. Um der Autorin zu folgen, gehe bitte folgendermaßen vor:

Desktop:

1) Suche auf Amazon.de oder in der Amazon App nach dem Namen der Autorin.
2) Klicke auf den Namen der Autorin, um auf die Autorenseite zu gelangen.
3) Klicke auf den »Folgen«-Button.

Smartphone und Tablet:

1) Suche auf Amazon.de oder in der Amazon App nach dem Namen der Autorin.
2) Klicke auf einen Titel der Autorin.
3) Klicke auf den Namen der Autorin, um auf die Autorenseite zu gelangen.
4) Klicke auf den »Folgen«-Button.

Kindle eReader und Kindle App:

Wenn du dieses Buch auf einem Kindle eReader oder in der Kindle App liest, wird dir automatisch angeboten, der Autorin zu folgen, nachdem du die letzte Seite des Buches gelesen hast.

FSC
www.fsc.org
MIX
Papier | Fördert
gute Waldnutzung
FSC® C083411

Zeitfracht Medien GmbH
Ferdinand-Jühlke-Straße 7
99095 Erfurt, Deutschland
produktsicherheit@kolibri360.de

Druck:
CPI Druckdienstleistungen GmbH
im Auftrag der
Zeitfracht Medien GmbH
Ein Unternehmen der Zeitfracht · Gruppe
Ferdinand-Jühlke-Str. 7
99095 Erfurt